모파상 단편선

모파상 단편선

기 드 모파상 | 김동헌·김사행 옮김

문예출판사

Contes choisis de Maupassant

Guy de Maupassant

차례

보석 • 7

달빛 • 19

목걸이 • 25

귀향 • 39

승마 • 50

여로(旅路) • 61

첫눈 • 71

미친 여인 • 84

두 친구 • 90

쥘르 삼촌 • 102

노끈 한 오라기 • 114

걸인 • 126

불구자 • 135

미뉴에트 • 143

어느 여인의 고백 • 151

의자 고치는 여인 • 160

고아 • 171

산장 • 182

올리브나무 숲 • 201

작품 해설 • 241
기 드 모파상 연보 • 249

보석

랑탱 씨는 차장 댁 야회(夜會)에서 그 아가씨를 만나는 순간 그물에 덮이듯 사랑에 사로잡혔다.

그녀는 몇 년 전에 사망한 지방 세무관의 딸이었다. 아버지가 돌아가신 후 그녀는 어머니와 함께 파리로 나왔다. 어머니는 딸을 시집보내려는 마음에서 이웃의 중류층 가정들을 드나들었다. 모녀는 가난하게 살았으나 품위가 있었고, 성품이 온화하고 정숙했다. 딸은 분별 있는 젊은이라면 자기의 일생을 의탁해보려고 생각할, 정숙한 여성의 전형과도 같았다. 그녀의 수수한 미모는 천사와 같이 청순한 매력을 지녔으며, 언제나 입술에서 떠나지 않는 미소는 그녀의 마음을 반영하는 것 같았다.

보는 사람마다 그녀를 칭찬했고, 그녀를 아는 사람이면 누구나 이렇게 말했다.

"누가 데려가려는지 행운아야. 저보다 훌륭한 색시가 또 있을까."
랑탱 씨는 당시 연봉 3천5백 프랑을 받는 내무성(內務省)의 사무관이었는데, 청혼하여 그녀와 결혼했다.

그들은 꿈속에서와 같이 행복했다. 그녀가 어떻게나 살림을 잘 꾸려나가는지 그들은 사치스럽게 사는 것 같았다. 그녀는 가지가지 애교와 교태, 애정을 다하여 남편을 보살폈다. 육체적 매력도 빼어나서 처음 만난 후 6년이 지났어도 그녀는 신혼 초보다 더욱 사랑스러웠다.

그가 아내에 대해서 달갑지 않게 생각하는 것은 극장에 가는 취미와 모조 보석을 좋아하는 취향 두 가지뿐이었다.

그녀는 하급 관리 부인 몇 명과 알고 지냈는데, 이 친구들은 인기 있는 연극이 상연될 때면 언제나, 그것도 초연(初演)의 특등석 표를 얻어주었다. 그녀는 남편이 좋아하든 싫어하든 그를 이끌고 갔는데, 하루 일과를 마치고 연극을 보기에는 몹시 피곤했다. 그래서 그는 아내에게 누구 아는 사람 부인과 함께 구경하고 오면 안 되겠냐고 사정했다. 그녀는 그렇게 하는 것이 이상하다고 좀처럼 마음을 바꾸려들지 않았다. 그러나 남편을 기쁘게 해주려고 결국 승낙하고 말았다. 그는 그것을 여간 고맙게 생각하지 않았다.

그런데 이 극장에 가는 취미 때문에 그녀의 마음속에는 몸치장에 대한 욕구가 움트게 되었다. 그녀의 옷치장은 아주 간단했다. 물론 천하게 보인 적은 없지만 값싼 옷가지들이었다. 수수한 옷차림은 웃음 띤 얼굴에 순수한 매력을 지닌 그녀의 부인할 수 없는 우아함에 새로운 풍치를 더했지만, 그녀에게는 커다란 모조 다이아몬드 귀걸이, 인조 진주 목걸이, 가짜 금팔찌, 보석처럼 보이는 갖가지 유리 장식이 붙은 머리핀으로 단장하는 습관이 생겼다.
이런 싸구려 취미에 기분이 언짢아진 남편은 종종 말했다.
"여보, 진짜 보석을 살 수 없으면 자신이 지닌 우아함과 미모로 단장하는 거라오. 그것이야말로 얻기 힘든 귀중한 보석이지."
그러나 아내는 다정하게 웃으며 말했다.
"왜요? 나는 이게 좋은데요. 나쁜 습관이기는 해요. 당신 말씀이 옳아요. 하지만 마음을 고칠 수가 없군요. 나는 워낙 보석을 좋아하거든요."
그리고 그녀는 진주 목걸이를 손에 놓고 굴리어 구슬의 단면들이 반짝반짝 빛나게 하며 이렇게 말했다.
"자, 보세요. 얼마나 잘 만들었어요. 다들 진짠 줄 알겠죠."
남편은 웃으며 소리쳤다.
"당신, 집시의 취미를 가졌군."
종종 저녁에 단둘이 난롯가에 앉아 시간을 보낼 때면, 그녀는 싸구려(랑탱 씨는 이렇게 말했다)가 든 가죽 상자를 가져다 테이블 위에 놓고 모조 보석들을 꺼내서 넋을 잃고 관찰했다. 그녀는 마치 은밀하고도 심오한 기쁨을 맛보는 것 같았다. 그러고는 막무가내로 목걸이 하나를 남편 목에 걸어주며 웃음을 터뜨렸다.
"우습기도 하지!"
이렇게 소리치고는 남편 품에 몸을 던지며 미친 듯이 입을 맞추었다.
어느 겨울 밤, 그녀는 오페라 극장에 갔는데, 돌아올 때는 온몸을 와들와들 떨고 있었다. 이튿날부터 기침을 했다. 일주일 후 그녀는 폐렴으로 세상을 떠났다.

랑탱 씨는 무덤 속까지 그녀를 뒤따라가려고 했다. 절망이 어찌나 깊었는지 한 달 만에 머리칼이 다 세었다. 그의 넋은 참을 수 없는 비통에 찢겼고, 죽은 아내의 온갖 매력, 목소리와 미소, 추억에 사로잡혀 그는 온종일 눈물을 흘렸다.

시간이 가도 그의 슬픔은 가라앉을 줄 몰랐다. 때로 집무 시간 중에 동료들이 다가와서 별로 대수롭지 않은 이야기를 하여도 돌연 그의 볼은 부풀고 코에는 주름이 잡히며 눈에는 눈물이 괴고 얼굴이 무섭게 일그러져 흐느끼기 시작했다.

그는 아내의 침실에 손 하나 대지 않았다. 매일 그곳에 들어가 문을 닫고 그녀를 생각했다. 모든 가구와 그녀의 옷조차도 마지막 날 있던 그 장소에 그대로 있었다.

그러나 생활은 어려워졌다. 아내가 살아 있을 때는 그의 봉급을 가지고 살림살이에 부족함이 없었는데 이제는 자기 혼자 살기에도 벅찼다. 그는 아내가 어떻게 항상 맛있는 음식과 고급 술을 먹도록 해주었는지 의아했다. 자기의 적은 수입으로는 이제 그렇게 해볼 수가 없었다.

그는 빚을 졌다. 하루하루 근근이 살아가게 된 사람처럼 돈을 구하러 다녔다. 어느 날 아침 수중에는 동전 한 푼 남아 있지 않았다. 봉급날까지는 꼬박 일주일이나 기다려야 했다. 그는 아무것이나 팔 것이 없을까 생각해보았다. 홀연 아내의 '싸구려'를 처분해버려야겠다는 생각이 그의 머리에 떠올랐다. 전에 불쾌감을 주던 모조품들에 대한 일종의 적개심이 그의 가슴속에 남아 있던 탓이었다. 매일 그 물건들을 보는 것만으로도 사랑하던 이에 대한 아름다운 추억이 다소 상처를 입었다.

그는 오랫동안 아내가 남긴 번쩍이는 모조품 더미를 뒤적였다. 그녀는 죽는 날까지 거의 하루도 거르지 않고 저녁마다 새로운 물건을 한 가지씩 사 들고 들어왔다. 그는 그녀가 좋아하던 큰 목걸이를 택했다. 실로 가짜치고는 아주 공들여 만든 것이었다. 그는 6프랑이나 7프랑은 받으리라고 생각했다.

그는 목걸이를 호주머니에 넣고 믿을 만한 보석상을 찾으려고 대로를 따라 근무처가 있는 쪽으로 걸어갔다.

마침내 상점이 하나 눈에 띄었다. 그는 이처럼 보잘것없는 물건을 팔 정도로 궁상스러운 자신의 모습에 수치감을 느끼며 안으로 들어갔다.

그는 보석상 주인에게 말했다.

"여보시오, 이 목걸이 값이 얼마나 나가겠습니까?"

주인은 물건을 받아 조사해보았다. 뒤집어 보기도 하고 손으로 무게를 달아보기도 하고 확대경으로 들여다보기도 했다. 점원을 부르더니 아주 낮은 목소리로 주의를 주기도 하고, 목걸이를 감정대 위에 올려놓고 더욱 잘 분별해보기 위해 멀리 떨어져서 바라보기도 했다.

랑탱 씨는 이처럼 수선을 떠는 것이 거북해서 입을 열어 이렇게 말했다.

"아, 잘 압니다. 얼마 안 되겠지요."

그때 보석상은 이렇게 결론을 내렸다.

"선생님, 1만2천 프랑에서 1만5천 프랑까지 나가겠습니다. 하지만 선생께서 출처를 확실히 말씀해주시지 않는다면 저로서는 살 수가 없습니다."

랑탱 씨는 눈을 크게 뜨고 영문을 몰라 멍하니 서 있었다. 그는 이윽고 이렇게 중얼거렸다.

"뭐라고요, 그게 정말입니까?"

보석상은 그가 어이없게 생각하는 것을 오해하고 어색한 목소리로 이렇게 말했다.

"더 받으실 수 있다면 다른 데를 알아보세요. 나로서는 1만5천 프랑 이상은 드릴 수가 없습니다. 더 나은 데가 없다면 다시 오세요."

랑탱 씨는 완전히 얼이 빠진 사람처럼 목걸이를 다시 집어 들고 밖으로 나왔다. 혼자가 되어 깊이 생각해보고 싶다는 막연한 생각이 그를 사로잡고 있었다. 그러나 길에 나오자 웃음이 터져 나올 것만 같았다. 그는 이렇게 생각했다.

'바보! 바보 녀석! 그 바보 같은 녀석 말을 믿다니! 보석상이 진짜와 가짜도 분별 못 한단 말이야.'

그리고 그는 평화가(平和街) 초입에 있는 다른 보석상 안으로 뛰어들어갔다. 목걸이를 보자 보석상은 소리쳤다.

"아, 이런, 알고말고요. 이 목걸이는 우리 집에서 사간 겁니다."

랑탱 씨는 심히 난처해져서 물어보았다.

"얼마나 받겠습니까?"

"2만5천 프랑에 팔았죠. 법률 규정은 지켜야 하니까, 어떻게 수

중에 넣게 되셨는지 말씀해주신다면 1만8천 프랑에 다시 사겠습니다."

이때 랑탱 씨는 놀라움으로 몸이 죄어와 의자 위에 주저앉았다.

"아니, 그럴 수가, 잘 좀 감정해보슈. 이제까지 믿었는데…… 가짜라고."

보석상이 다시 말했다.

"선생님 성함이 어떻게 되십니까?"

"랑탱입니다. 내무성에 근무하고 있는데 집은 마르티르가(街) 16번지요."

상점 주인은 장부를 열고 찾아보더니 소리쳤다.

"정말이군요. 이 목걸이는 1876년 7월 20일 마르티르가 16번지 랑탱 부인에게 보냈던 것입니다."

두 사람은 서로 눈이 마주쳤다. 관리는 놀라움에 어이가 없었고, 보석상은 도둑이 아닌가 의심했다.

보석상은 이렇게 말했다.

"물건을 하루 동안만 저희가 보관하게 해주실 수 없을까요? 영수증은 써드리겠습니다."

랑탱 씨는 어물어물했다.

"그렇게 하시죠."

그는 영수증을 접어 호주머니에 넣으며 밖으로 나왔다.

그는 길을 건너갔다. 그리고 길을 따라 걸어갔다. 그는 방향이 잘못된 것을 깨닫고는 튈르리 궁전 쪽으로 다시 내려와서 센강을 건너갔다. 또 길이 틀린 것을 깨닫고는 확실한 생각도 없이 샹젤리제로 다시 나왔다. 그는 이해해보려고 생각에 골몰했다. 그의 아내는 이렇게 비싼 물건을 살 돈이 없었다.

'그렇다면 선물이다, 선물! 누가? 무슨 이유로?'

그는 걸음을 멈추고 길 한복판에 우뚝 섰다. 끔찍한 의심이 머리를 스쳐갔다. 아내가? 그렇다면 다른 보석들도 모두 선물로 받은 것들이 아닌가! 땅이 흔들리는 것 같았다. 자기 앞에서 나무가 쓰러지는 듯했다. 그는 팔을 뻗은 채 땅 위에 넘어져 의식을 잃었다. 의식을 차리고 보니 약국이었다. 지나가던 사람들이 그를 이곳에 들여다 놓았던 것이다. 그는 집으로 들어가서는 방에서 나오지 않았다.

그는 밤이 깊도록 정신없이 눈물을 흘렸다. 소리를 내지 않으려고 손수건을 입에 넣고 물어뜯었다. 그러고는 침대로 가서 슬픔과 피로에 지쳐 깊은 잠에 빠졌다.

그는 해가 높이 떠서야 잠을 깨었다. 출근을 하려고 천천히 자리에서 일어났다. 그토록 심한 충격을 받은 후 사무를 본다는 것은 어려운 일이었다. 그래서 그는 핑곗거리를 궁리했다. 그는 과장에게 편지를 썼다. 그러고는 보석상에 다시 가보아야 한다고 생각했다. 수치심으로 얼굴이 붉어졌다. 그는 오랫동안 생각에 잠겼다. 그러나 목걸이를 보석상에 주어버릴 수는 없었다. 그는 옷을 입고 밖으로 나갔다.

날씨는 화창했다. 도시 위에 펼쳐진 푸른 하늘은 웃고 있는 것 같았다. 한가한 사람들이 호주머니에 손을 찌르고 앞서거니 뒤서거니 걸어가고 있었다.

지나가는 사람들을 바라보며 랑탱 씨는 생각했다.

'재산이 있다는 것은 얼마나 행복한 일이냐! 돈만 있으면 슬픔까지도 떨어버릴 수가 있으리라. 가고 싶은 데도 가고, 여행도 하고, 휴식을 취할 수도 있다. 아, 나에게도 돈이 있었으면!'

그는 배가 고팠다. 식사를 못 한 지 이틀이나 되었다. 그러나 그의 주머니는 텅 비어 있었다. 목걸이 생각이 다시 났다. 1만8천 프랑! 1만8천 프랑이라! 이것은 큰 금액이었다.

그는 평화가에 들어서자 보석상을 향해 보도 위를 왔다 갔다 하며 걸어가기 시작했다. 1만8천 프랑이라! 그는 수없이 들어갈까 말까 망설였다. 번번이 수치심이 그의 발걸음을 멈추게 했다.

그렇지만 그는 배가 고팠다. 아주 배가 고팠다. 그러나 돈은 한 푼도 없었다. 그는 결심하고 생각할 이유도 갖지 않으려 뛰어서 길을 건너 다음 보석상 안으로 쑥 들어갔다.

상점 주인은 그를 보사 친절하게 웃음 지으며 재빨리 의자를 내놓았다. 점원들도 나와서는 눈과 입으로 상냥한 표정을 지으며 곁눈질로 쳐다보았다.

보석상은 이렇게 말했다.

"조회를 해보았습니다. 선생의 의향에 변동이 없으시다면 선생께 말씀드린 금액을 지불하겠습니다."

관리는 어물어물 대답했다.

"물론이죠."

보석상은 서랍에서 커다란 지폐 18장을 빼내어 세어보고는 그것을 랑탱 씨에게 내주었다. 랑탱 씨는 간단한 영수증을 쓴 다음 떨리는 손으로 돈을 호주머니에 넣었다.

그러고는 상점 밖으로 나가려다 주인을 향해 돌아섰다. 그는 여전히 미소를 짓고 있었다. 랑탱 씨는 눈을 내리떴다.

"또…… 또 다른 보석들이 있는데…… 똑같이 물려받은 것들인데 그것들도 사시겠습니까?"

상점 주인은 허리를 굽히며 말했다.

"물론이죠."

점원 하나가 마음 놓고 웃으려고 밖으로 나갔다. 다른 점원은 코를 힘껏 풀었다.

랑탱 씨는 모르는 척, 얼굴이 붉어져서 정중하게 말했다.

"그럼 가져오겠소."

그는 마차를 타고 보석을 가지러 갔다.

한 시간 좀 지나서 그는 상점으로 다시 왔다. 그때까지 식사도 하지 않고 있었다. 그들은 물건 하나하나를 검사하며 값을 평가했다. 대부분이 이 상점에서 나온 것들이었다.

랑탱 씨는 이제 가격을 흥정하기도 하고, 화를 내기도 하고, 장부를 보여달라고도 하고, 언성을 높여서 가격을 더 올려보려 하기도 했다.

커다란 다이아몬드 귀걸이는 2만 프랑, 팔찌는 3만5천 프랑, 브로치나 반지, 대형 메달은 1만6천 프랑, 에메랄드와 사파이어로 된 패물은 1만4천 프랑, 금줄 목걸이에 달린 외알 보석은 4만 프랑, 전액 19만6천 프랑이 되었다.

보석상은 악의 없는 농담으로 말했다.

"오로지 보석에만 투자한 분이었군요."

랑탱 씨는 점잖게 말했다.

"여러 투자 방법 중 하나랍니다."

그는 다음 날 재감정을 하기로 매수인과 결정짓고 상점에서 나왔다.

거리에 나온 그는 방돔 원기둥을 바라보자 경기용 원기둥에 기어오르듯 기어오르고 싶었다. 공중 높이 앉아 있는 황제의 동상 위에서 개구리뜀이라도 하고 싶은 가벼운 기분이었다.

그는 부아쟁에 가서 점심을 먹었다. 한 병에 20프랑 하는 와인도 마셨다.

그러고는 마차를 타고 볼로뉴 숲을 한 바퀴 돌았다. 그는 자기와 함께 마차에 탄 사람들을 일종의 멸시감을 갖고 바라보았다.

'나도 부자다! 나에게는 20만 프랑이 있다.'

지나가는 사람들에게 이렇게 소리치고 싶은 욕망이 그의 마음을 짓눌렀다.

관청에 대한 생각이 그의 머리에 떠올랐다. 마차를 그 앞에 세웠다. 그는 과장실로 들어가서 이렇게 선언했다.

"사표를 제출하러 왔습니다. 30만 프랑의 상속을 받았죠."

그는 옛 동료들에게 가서 일일이 악수를 청하며, 자기의 신생활의 설계를 털어놓았다. 그러고는 카페 앙글레에 가서 저녁식사를 했다.

자기 곁에 지체 높은 사람처럼 보이는 신사가 앉은 것을 보자 그는 일종의 허영심에서 방금 40만 프랑을 상속받았다고 고백하고 싶은 마음을 억제할 수가 없었다.

생애 처음으로 그는 극장에 가서 지루함을 느끼지 않았다. 그리고 그날 밤을 여자와 함께 보냈다.

6개월 후 그는 재혼을 했다. 둘째 부인은 아주 정숙했지만 성격이 까다로웠다. 부인은 남편을 아주 들볶았다.

달빛

 쥘리 루베르 부인은 스위스 여행에서 돌아오는 언니 앙리에트 레토레 부인을 기다리고 있었다.
 레토레 부부는 5주쯤 전에 여행을 떠났다. 일이 생겨 남편 혼자 칼바도스의 소유지로 돌아가자 앙리에트 부인은 파리의 동생 집에 와서 며칠 묵기로 했다.
 저녁이 되었다. 루베르 부인은 해가 지며 어두워진 부르주아풍의 작은 객실에 한가로이 앉아 책을 읽고 있었다. 소리가 날 때마다 그녀는 책에서 눈을 들었다.
 이윽고 초인종이 울렸다. 품이 큰 여행복을 입은 언니가 나타났다. 두 여인은 서로 얼굴을 보기도 전에 껴안았다. 그리고 잠시 떨어졌다가는 다시 껴안았다.
 그러고 나서 두 여인은 안부를 주고받았다. 건강에 대해, 가족들에 대해, 그 밖의 많은 일들에 대해 묻고 대답했다. 언니가 베일과 모자를 벗는 동안 수다스러운 말들이 잇달아 재빠르고 성급하게 튀어나왔다.

밤이 되었다. 루베르 부인은 초인종을 눌러 램프를 가져오게 했다. 불빛이 들어오자 그녀는 언니를 바라보며 다시 껴안으려 했다. 그러나 그녀는 놀라고 당황하여 멍하니 서 있었다. 두 가닥의 흰머리가 언니의 양쪽 관자놀이를 덮고 있었다. 머리의 다른 부분은 온통 짙은 검은빛으로 윤기가 흘렀으나 그곳, 그 양쪽만은 두 가닥 은빛 물줄기를 이루며 검은 머리타래 속으로 자취를 감췄다. 하지만 그녀는 스물넷도 채 안 된 나이였다. 머리가 갑자기 센 것은 스위스로 여행을 떠난 후의 일이었다. 움직이지 않고 서서 루베르 부인은 멍하니 언니를 바라보았다. 어느 기이하고 끔찍한 불행이 자기 언니에게 떨어지기라도 한 양 그녀는 울상이 되어 이렇게 말했다.

"앙리에트, 무슨 일 있었어?"

활기 없는 쓸쓸한 웃음을 지으며 앙리에트는 이렇게 대답했다.

"아니, 그런 일 없어. 왜, 머리가 세었다고?"

그러나 루베르 부인은 언니의 어깨를 힘껏 움켜잡고 뚫어지게 바라보며 말했다.

"무슨 일 있었지? 무슨 일인지 말해봐. 언니가 거짓말하는 것 난 다 알아."

두 여인은 마주 본 채 서 있었다. 앙리에트 부인은 실신이라도 할 듯 창백했고, 내리뜬 눈가에는 눈물이 맺혔다.

동생은 재촉했다.

"무슨 일이야, 무슨 일? 말해봐."

그러나 언니는 힘 없는 목소리로 속삭였다.

"나…… 나에게 애인이 생겼어."

그리고 그녀는 동생 어깨 위에 얼굴을 묻으며 흐느꼈다.

그런 다음 좀 진정이 되어 가슴의 동요가 가라앉자 그녀는 비밀을 털어버리고 사랑스러운 동생의 근심을 없애주려는 듯 갑자기 말을 꺼내기 시작했다.

두 여인은 팔을 끌어 잡고 객실의 침침한 구석에 놓인 소파에 가서 앉았다. 동생은 언니의 목을 끌어안고 귀를 기울였다.

"아, 변명할 여지가 없다는 건 나도 알아. 나 자신도 이해를 못 하겠어. 그날 이후 나는 내 정신이 아니야. 조심해야지. 너도 조심해야 해. 여자들이란 얼마나 약하고 굴복하기 쉽고 유혹에 잘 빠지는지 너는 모를 거야! 아주 간단해. 우리 여자들이란 누구나 어느 순간 마음속에 불현듯이 스쳐가는 마음의 동요, 일종의 애상 같은 것을 느끼고, 두 팔을 벌려 끌어안고 미친 듯이 사랑해보고 싶은 충동을 갖게 되는데, 그것이 바로 우리를 약하게 만드는 거야.

너는 형부를 잘 알지. 그리고 내가 얼마나 그이를 사랑하는지도. 하지만 그는 의젓하고 분별은 있으나 여자 마음의 온갖 섬세한 동요에 대해서는 아무것도 몰라. 그는 언제나 한결같지. 언제나 친절하고 언제나 명랑하고 언제나 상냥하고 실수하는 법이 없지. 아! 나는 그가 난폭하게 나의 팔을 잡아당겨 끌어안고, 두 사람이 하나가 되는, 무언의 고백 같은 감미로운 키스를 오래도록 퍼부어주기를 얼마나 고대했는지 몰라. 나는 그가 주책없고 결함이라도 있는 사람이었으면, 나를 필요로 하는 사람, 나의 애무와 눈물을 필요로 하는 사람이었으면 하고 얼마나 바랐는지 몰라.

이건 모두 얼빠진 소리지. 그러나 우리네 여자들이란 이런 것이 아닐까. 그렇다 해도 그를 배반하겠다는 생각은 결코 떠오르지 않았을 거야. 이제 와서는 별 이유도 없이 그렇게 되어버렸지만 원인은 아무것도 아냐. 어느 날 밤 뤼세른 호수 위에 달빛이 비치고 있었기 때문이었어.

우리가 함께 여행한 한 달 동안, 남편은 말 없는 무관심으로 나의 감격을 마비시키고 흥분을 짓눌러버렸어. 사륜 승합마차를 달려, 해가 떠오르는 비탈길을 내려가며 빛나는 아침 안개 속에 길게 뻗은 계곡, 나무숲 개울과 마을 집들을 보게 될 때면 나는 기쁨에 취해 손뼉을 치며 남편에게 이렇게 말했지.

'참 아름답죠! 여보, 키스해줘요.'

남편은 남자다우나 싸늘한 미소를 짓고 어깨를 약간 추어올리며 이렇게 대답했어.

'경치가 아름답다고 키스할 이유는 없잖소.'

이런 말을 들었을 때 나는 마음속까지 얼어붙는 것 같았어. 사랑하는 사이라면 감동을 주는 풍경 앞에서 더욱더 사랑하게 되는 것이라고 나는 생각했지.

한마디로 말하면 내 마음속에는 시정(詩情)이 들끓는데 남편이 발산하지 못하도록 억제했던 거야. 무슨 소린지 알아듣겠니? 나는 증기가 가득 찼는데 꽉 닫아놓은 보일러와 다름이 없었던 거야.

우리가 플뤼엘랑의 호텔에 투숙한 지 나흘째 되던 날 저녁, 로베르는 머리가 좀 아프다고 저녁식사를 마치자마자 침실로 올라가고, 나는 홀로 호숫가를 산책하러 나갔지.

 요정들의 이야기에 나오는 것 같은 밤이었어. 둥근 달이 하늘 중천에 걸렸고 높은 산들은 꼭대기에 은모자를 쓴 것 같았으며 비단결같이 잔물결이 이는 수면은 달빛을 받아 빛났어. 온화한 대기는 몸속까지 스며들어 그 열기로 넋을 잃을 듯 우리를 부드럽게 하고 이유도 없이 다정하게 만들었지. 그러니 이럴 때 영혼은 아주 다감하고 민감해지는 법이지. 얼마나 재빨리 반응을 일으키고, 강하게 자극을 받아들이게 되는지 몰라!

 나는 풀 위에 앉아 우수와 매혹에 찬 저 넓은 호수를 바라보고 있었어. 그때 알 수 없는 이상한 기분이 마음속을 스치고 지나갔어. 사랑에 대한 채울 수 없는 욕구, 불쾌하고 평범한 생활에 대한 반항심이 마음속에 솟아났던 기아. 아니 그래, 나라고 달빛에 젖은 둑길을 따라 애인의 품을 향해 달려가보지 말라는 법이 있을까? 나라고 신이 사랑하는 사람들을 위해 만든 것 같은 달콤한 밤에 나누는 저 깊고 미친 듯 감미로운 키스를 받아보지 말라는 법이 있을까? 나라고 여름 밤 달빛 그늘 속에서 열광적인 남자의 두 팔에 힘껏 안겨보지 말라는 법이 있을까? 나는 미친 듯이 울었어.

 그때 등 뒤에서 발소리가 들렸지. 한 남자가 나를 내려다보고 서 있었어. 내가 고개를 돌리자, 내 얼굴을 본 그는 나가오며 이렇게 말하는 것이었어.

 '부인 울고 계시군요?'

 그는 젊은 변호사였는데 자기 어머니와 함께 여행하는 중이었어. 전에 만난 적도 여러 번 있고 내 뒤를 따라다니기도 했던 사람이었지.

나는 하도 당황해서 무슨 말을 해야 좋을지 떠오르지 않았어. 그저 몸이 괴롭다고 대답했지.

그는 자연스럽고 정중한 태도로 나의 곁으로 걸어와서 우리 여행에 관해 이야기를 하더군. 내가 느꼈던 바를 하나하나 말로 표현했고, 나의 심금을 울린 것을 나보다도 더 잘 이해했어. 그러더니 갑자기 뮈세의 시를 암송하여 들려주는 거야. 나는 표현할 수 없는 감동에 사로잡혀 숨이 막힐 듯했어. 나에게는 호수와 달빛, 산들까지도 형용할 수 없이 감미로운 노래를 부르는 것 같았어. 그리고 이것은 어떻게, 무슨 원인으로 그렇게 되었는지 알 수 없는 일종의 환각이었어.

그 남자는…… 이튿날 길을 떠났는데 그 후로 다시 만나보지 못했어. 그는 자기 명함을 주고 갔단다…….”

레토레 부인은 자기 동생의 품속에서 기운을 잃고 통곡하듯 흐느껴 울었다.

그러자 루베르 부인은 엄숙하지만 아주 다정한 목소리로 이렇게 말했다.

“이봐, 언니. 우리 여자들은 흔히 남자를 사랑하는 것이 아니라 사랑 자체를 사랑하곤 하지. 그날 밤 언니의 진정한 애인은 저 달빛이었던 거야.”

목걸이

 그녀는 아름답고 매력이 있었지만 운명의 잘못이랄까 하급 직원의 가정에 태어난 처녀들 중 하나였다. 지참금이 있는 것도 아니고, 기대를 가져볼 만한 점도 없었으며, 부유하고 집안 좋은 남자와 알게 되어 이해받고 사랑에 빠져 결혼하게 될 길도 전무했다. 그래서 그녀는 문부성에 근무하는 하급 관리와 결혼하고 말았다.

 몸치장을 할 수 없으니 수수하게 차리고 있었지만 그녀는 자기 지위라도 빼앗긴 사람처럼 불만이었다. 하기는 여성들에겐 신분이나 집안도 의미가 없으며, 타고난 미모와 우아함과 매력이 혈통과 가문을 대신한다. 고상한 기품, 우아한 취미, 기민한 재질만이 그들의 계급을 이루며 평민의 딸들로 하여금 귀족의 딸들과 어깨를 나란히 하게 하는 것이다.

 그녀는 자기야말로 온갖 쾌락과 사치를 위해 태어났다고 생각했으므로 언제나 마음이 아팠다. 그녀는 누추한 집, 썰렁한 벽, 낡아빠진 의자들, 때 묻은 커튼을 볼 때마다 괴로워했다. 같은 신분에 있는 다른 여자들 같으면 알아차리지도 못했을 이 모든 것들이 그녀의 마음을 괴롭히고 화를 내게 만들었다. 식모 노릇을 하는 브르타뉴 태생 계집애를 볼 때면 그녀의 마음속에는 서글픈 후회와 미칠 듯한 몽상이 눈을 떴다. 그녀는 동양풍 벽지로 장식하고, 높은 청동 촛대에 불이 밝혀져 있으며, 짧은 바지를 입은 뚱뚱한 하인 둘이 난로의 후끈한 열기에 맥이 빠져 큰 안락의자에 앉아 잠이 든 조용한 응접실을 상상해보았다. 그녀는 옛날 비단으로 벽을 두른 큰 살롱을 상상해보았으며, 값을 헤아릴 수 없는 골동품들이 놓인 우아한 가구들, 모든 여성들의 선망과 관심을 받는 사교계의 인기 있는 남성들과 가장 친밀한 친구들이 모여 오후 다섯 시의 담화를 즐기도록 만든 향기롭고 아담한 밀실들을 상상해보았다.

저녁식사 때, 사흘째 빨지 않은 식탁보를 덮은 둥근 식탁 앞에 앉아, 맞은편의 남편이 수프 그릇 뚜껑을 열며 "아, 훌륭한 수프야! 나에겐 이게 최고야!"라고 기쁜 목소리로 소리칠 때면, 그녀는 훌륭한 만찬, 번쩍이는 은그릇들, 선경(仙境)의 숲속에 사는 기이한 새들과 고대의 인간들을 수놓은 태피스트리, 눈이 부신 그릇에 담겨 나오는 진기한 음식들, 잉어의 붉은 살이나 들꿩의 날개를 뜯으며 신비로운 미소를 띠고 정담을 속삭이는 남녀들의 모습을 눈앞에 떠올렸다.

그녀에게는 드레스도 보석도 전혀 없었다. 그런데 그녀가 사랑하는 것은 이런 것밖에 없었다. 자신은 그런 것을 위해 태어났다고 생각했다. 그토록 그녀는 쾌락과 선망을 갈망했으며 남자들을 매혹시켜 구애를 받고 싶어했다.

그녀에게는 수녀원 동창인 부유한 친구가 하나 있었다. 그녀는 이제 그 친구를 만나보려고도 하지 않았다. 그녀에게는 그 친구를 만나는 것이 그토록 마음 아픈 일이었다. 그 친구를 만나고 오면 며칠 동안은 슬픔과 후회, 절망과 비관으로 눈물을 흘렸다.

그런데 어느 날 저녁 남편이 손에 큰 봉투를 하나 들고 의기양양하게 돌아왔다.

"자, 당신에게 주려고 가져온 거야."

그녀는 성급하게 봉투를 찢고 그 속에서 카드 하나를 꺼냈다. 거기에는 이렇게 인쇄되어 있었다.

문부대신 조르주 랑포노 부처는 1월 18일 월요일 저녁 대신관저에서 야회를 개최하오니 루아젤 부처께서 참석해주시기를 바랍니다.

그녀는 남편이 기대했던 것처럼 기뻐하는 대신 심술궂게 초대장을 테이블 위에 내던지며 이렇게 중얼거렸다.

"이걸 가지고 어떻게 하란 말이에요?"

"아니 여보, 나는 당신이 기뻐할 줄 알았는데. 당신, 외출해본 적도 없으니 참 좋은 기회잖소! 이것을 얻느라고 얼마나 애썼는지 모른다오. 서로 얻으려고 다투었는데, 하급 직원들에게는 몇 장 주지도 않았지. 그날 나가면 고관들을 모두 볼 수 있을 거요."

그녀는 성난 눈초리로 남편을 바라보다가 참을 수가 없다는 듯이 소리쳤다.

"무엇을 걸치고 가라는 거예요?"

남편은 거기까지는 생각을 못 했다. 그는 이렇게 중얼거렸다.

"아니, 극장에 갈 때 입는 옷 있지 않수. 내 눈에는 좋아 보이던데……."

그는 놀라기도 하고 어이가 없어 말을 계속하지 못했다. 보니 아내가 울고 있었다. 두 줄기 굵은 눈물이 눈가에서 입 끝으로 천천히 흘러내렸다.

"왜 그러지? 왜 그래?"

그러나 그녀는 간신히 마음을 진정시킨 후 눈물에 젖은 뺨을 닦으며 조용한 목소리로 대꾸했다.

"아무것도 아네요. 그저 난 입고 갈 옷이 없으니 야회에 갈 수 없을 뿐이에요. 초대장은 나보다도 옷이 많은 부인을 둔 동료에게 주어요."

남편은 서글펐다. 그는 다시 이렇게 말했다.

"여보, 마틸드. 적당한 옷 한 벌 하는 데 얼마나 들까? 때때로 입을 수 있고, 비싸지도 않은 것으로."

그녀는 잠시 생각에 잠겼다. 가격을 계산해보기도 하고 얼마 정도나 요구해야 이 검소한 관리가 당장 거절하지 않고 놀라 비명도 지르지 않을 것인가 생각해보기도 했다.

마침내 주저하며 그녀는 이렇게 대답했다.

"정확히는 모르겠어요. 하지만 4백 프랑이면 될 것 같군요."

남편은 얼굴이 약간 창백해졌다. 그는 꼭 이만한 금액을 저축해 두었던 것이다. 그는 이 돈으로 총을 사서 돌아오는 여름에는 일요일마다 종달새 사냥을 가는 친구들과 함께 낭테르 벌판에서 사냥을 즐기려던 참이었다.

그러나 그는 이렇게 대답했다.

"그러지, 4백 프랑을 줄 테니 예쁜 옷을 사도록 해보우."

야회날이 가까워가는데 루아젤 부인은 근심과 걱정, 슬픔에 싸인 것 같았다. 옷은 준비되어 있었다. 어느 저녁 남편이 물었다.

"왜 그러오? 요 며칠 동안 당신 아주 얼빠진 사람 같으니."

그녀 대답은 이러했다.

"나는 보석이고 장신구고 몸에 붙일 것이라고는 아무것도 없으니 딱해서 그래요. 꼴이 얼마나 처량하겠이요. 야회에 가지 않는 편이 차라리 낫겠어요."

남편은 다시 이렇게 말했다.

"생화를 달고 가구려. 요즈음은 그 편이 아주 멋있어 보이던데. 10프랑만 주면 훌륭한 장미꽃 두셋은 살 수 있을 거야."

그녀는 그 말에 수긍하지 않았다.

"싫어요……. 돈 많은 여자들 틈에서 가난해 보이는 것처럼 굴욕스러운 일은 또 없어요."

그런데 남편이 이렇게 소리쳤다.

"당신은 참 바보야! 당신 친구 포레스티에 부인을 찾아가 보석을 빌려달라고 하구려. 그만한 것쯤은 부탁할 수 있는 사이가 아니오."

그녀는 기쁨에 넘쳐 소리쳤다.

"그렇지! 그 생각을 못했군요."

이튿날 그녀는 친구를 찾아가 자기의 딱한 사정을 이야기했다.

포레스티에 부인은 거울이 달린 옷장 앞으로 가더니 큰 상자 하나를 들고 와서 열어 보이며 루아젤 부인에게 말했다.

"자, 골라봐."

그녀는 먼저 팔찌를 몇 개 보았다. 다음에는 진주 목걸이를, 다음에는 베네치아 산 십자가 그리고 놀라운 솜씨로 만든 패물들을 보았다. 그녀는 거울 앞에서 그것들을 몸에 걸어보면서, 벗어놓지도, 돌려주지도 못하고 망설일 뿐 마음을 정하지 못했다. 그녀는 번번이 이렇게 말했다.

"다른 건 없니?"

"응, 있어. 골라봐. 어느 것이 네 마음에 들지 알 수가 있어야지."

검은 공단 상자 속에 눈부신 다이아몬드 목걸이가 들어 있는 것이 언뜻 눈에 띄었다. 그녀의 가슴은 걷잡을 수 없이 뛰기 시작했다. 그녀의 손은 그것을 집으며 떨었다. 그녀는 그것을 목에 걸고 자기 모습에 스스로 취하여 서 있었다.

그러고는 난처한 듯 망설이며 이렇게 말했다.

"이걸 빌려줄 수 있을까? 다른 건 필요 없어."

"그럼."

그녀는 친구의 목을 얼싸안으며 격렬하게 입을 맞추었다. 그러고는 목걸이를 가지고 총총히 돌아왔다.

야회날이 되었다. 루아젤 부인은 성공을 거두었다. 그녀는 누구보다도 아름답고 우아하고 맵시 있었으며, 기쁨에 취해 웃었다. 모든 남자들이 그녀를 바라보았고, 이름을 물었으며, 소개받기를 원했다. 모든 관리들이 그녀와 춤을 추고 싶어했다. 장관도 그녀를 유심히 바라보았다.

그녀는 흥분 속에서 취한 듯 춤을 추었다. 그녀는 자기 미모의 승리와 성공의 영광, 온갖 찬사와 감탄, 온갖 쾌락의 개방과 여성들의 마음에는 한없이 달콤한, 완전무결의 승리로 이루어진 행복의 구름 속에서 기쁨에 도취하여 모든 것을 잊었다.

그녀는 새벽 네 시쯤 되어서야 야회장에서 나왔다. 남편은 자정부터 사람도 없는 응접실에서 다른 남자 셋과 함께 자고 있었다. 부인네들은 그동안 마음껏 쾌락을 맛보았는데.

남편이 돌아갈 때를 위해서 가지고 온 옷을 그녀의 어깨 위에 걸쳐주었다. 평소에 입던 검소한 옷이었으므로 그 누추함은 무도회의 화려한 의상과는 어울리지 않았다. 이것을 느끼자 그녀는 값진 모피 옷으로 몸을 감싼 다른 여자들의 눈에 띄지 않으려고 몸을 피하려 했다.

루아젤은 그녀를 붙들었다.

"잠깐만 기다리구려. 밖에 나가면 감기 들 거야. 내가 나가서 마차를 불러올 테니."

그러나 그녀는 남편의 말을 듣지 않고 급히 층계를 뛰어 내려갔다. 그들이 거리로 나왔을 때 마차는 한 대도 보이지 않았다. 그들은 멀리 지나가는 마차를 소리쳐 부르며 마차를 잡기 시작했다.

그들은 낙담하여 몸을 떨며 센강 쪽으로 걸어갔다. 마침내 그들은 강가에서 밤에 나다니는 낡은 마차 한 대를 발견했다. 파리에서 낮에는 차마 그 초라한 꼴을 보이기가 부끄러운 듯 밤에나 볼 수 있는 그러한 마차였다.

그들은 그것을 타고 마르티르가(街)에 있는 집 문 앞에 다다랐다. 그들은 쓸쓸하게 집 층계를 올라갔다. 그녀에게는 모든 것이 끝난 것이다. 그리고 남편은 아침 열 시까지 문부성에 출근할 일을 생각하고 있었다.

그녀는 화려한 자기 모습을 다시 한번 보려고 거울 앞으로 가서 어깨에 걸쳤던 웃옷을 벗었다. 그러나 그녀는 갑자기 비명을 질렀다. 목에 걸었던 목걸이가 보이지 않았다.

옷을 벗던 남편이 물었다.

"왜 그래?"

그녀는 남편을 향해 돌아서며 얼빠진 듯 이렇게 말했다.

"저…… 저…… 목걸이가 없어졌어요."

남편은 실성한 사람처럼 벌떡 일어섰다.

"아니, 뭐라고……! 그럴 리가 있나!"

그들은 옷갈피 속, 외투 갈피 속, 호주머니 속을 샅샅이 뒤져보았다. 그러나 목걸이는 나오지 않았다.

남편은 이렇게 물었다.

"무도회에서 나올 때까지는 확실히 있었소?"

"그럼요. 장관 댁 현관에서 만지기까지 한 걸요."

"그렇지만 길에서 떨어뜨렸으면 소리가 났을 텐데. 마차 안에서 잃어버린 게 확실해."

"네, 그런 것 같아요. 마차 번호 기억나요?"

"모르겠어. 당신도 보지 않았소?"

"네."

그들은 낙담하여 서로 마주 바라보았다. 결국 루아젤은 옷을 다시 입었다.

"혹시 눈에 띨지도 모르니 왔던 길을 다시 가봐야겠어."

그는 밖으로 나갔다. 그녀는 드레스를 입은 채, 자러 갈 기력도 없어 불도 피우지 않고 아무 생각도 하지 못한 채 멍하니 의자에 앉아 있었다.

일곱 시경에 남편이 돌아왔다. 그는 아무것도 찾지 못했다.

그는 경시청으로, 현상을 걸기 위해 신문사로, 마차 회사로 뛰어다녔다. 조금이라도 희망의 빛이 보이는 곳이면 어디나 찾아가보았다.

부인은 이 무서운 재난 앞에서 여전히 넋을 잃고 온종일 남편을 기다렸다.

루아젤은 저녁때 여위고 파리해진 얼굴로 돌아왔다. 그는 아무것도 발견하지 못했다.

"여보, 친구에게 편지를 써야겠소. 목걸이의 고리가 부서져서 수선을 맡겼다고. 그러면 돌려주는 데 시간 여유가 생길 것 아니오."

부인은 남편이 부르는 대로 받아썼다.

일주일이 지나자 그들은 모든 희망을 잃었다.

5년이나 늙어버린 것 같은 루아젤은 이렇게 단안을 내렸다.

"똑같은 보석을 구해서 돌려주는 수밖에 없겠어."

이튿날 그들은 목걸이가 들어 있던 상자를 들고 상자 속에 적힌 상점을 찾아갔다. 보석상은 장부를 들춰 보았다.

"저희 가게에서 판 목걸이가 아닙니다. 상자만 제공해드린 것 같군요."

그래서 그들은 똑같은 목걸이를 찾으려고 기억을 더듬어가며 이 상점에서 저 상점으로 돌아다녔다. 두 사람 모두 슬픔과 근심으로 병자와 같았다.

그들은 팔레 루아얄의 어느 상점에서 찾던 것과 꼭 같아 보이는 다이아몬드 목걸이를 찾아냈다. 값은 4만 프랑이었으나, 3만 6천 프랑이면 팔겠다고 했다.

그들은 보석상에게 사흘 안으로는 다른 사람에게 팔지 말아달라고 사정했다. 그리고 2월 마지막 날까지 잃어버린 목걸이를 찾게 되면 상점에서 3만 4천 프랑에 사준다는 조건으로 계약을 했다.

루아젤은 아버지에게서 물려받은 1만 8천 프랑의 재산이 있었다. 나머지는 빚을 얻어야 했다.

그는 이 사람에게 1천 프랑, 저 사람에게 5백 프랑, 이곳에서 5루이, 저곳에서 3루이, 닥치는 대로 빚을 얻었다. 그는 증서를 쓰고, 전 재산을 저당 잡히고, 고리대금은 물론 어떤 종류의 대금업자와도 거래를 했다. 그는 돈을 얻기 위해 자기 인생의 모든 것을 걸었으며, 이행할 수 있을지 알지도 못하면서 함부로 서약서에 도장을 찍었다. 그는 장차 닥쳐올 불행에 대한 걱정, 머지않아 엄습해 올 비참의 어두운 그림자, 앞으로 겪게 될 온갖 물질적인 결핍과 정신적인 고통에 대한 생각으로 몸을 떨며 새 목걸이를 사러 보석상을 찾아가서 3만 6천 프랑을 계산대 위에 내놓았다.
 루아젤 부인이 목걸이를 가지고 찾아가자 포레스티에 부인은 불쾌한 표정으로 말했다.
 "좀 빨리 갖다 줘야지. 나한테 쓸 일이 생기면 어쩌려고."
 그 여인은 상자를 열어보지는 않았다. 그녀는 친구가 상자를 열어볼까 봐 걱정했다. 물건이 바뀐 것을 알았다면 친구는 어떻게 생각했을까? 친구는 무어라고 했을까? 자기를 도둑으로 생각하지는 않았을까?

 루아젤 부인은 가난한 사람들의 생활이 얼마나 끔찍한 것인지 알았다. 그러나 그녀는 곧 비장한 결심을 했다. 저 무서운 빚을 갚아야 했다. 자기가 갚으리라. 하녀를 내보냈다. 집을 옮겼다. 지붕 밑 다락방을 세로 얻었다.
 그녀는 얼마나 집안일이 힘들고 부엌일이 귀찮은 것인지를 알게 되었다. 그녀는 식기를 닦았다. 기름 낀 그릇과 냄비 속을 닦느라 분홍빛 손톱이 다 닳았다. 그녀는 세탁도 했다. 더러운 옷이나 내복, 걸레를 빨아서 빨랫줄에 널었다. 매일 아침 그녀는 쓰레기를 들고 거리까지 내려갔다. 그리고 숨을 돌리려고 층계마다 쉬며 물을 길어 올렸다. 그녀는 하층 계급의 부인네 같은 차림으로 바구니를 팔에 끼고 채소 가게나 식료품점이나 고깃간을 드나들며 값을 깎다 욕을 먹어가면서 비참히 한 푼 한 푼을 절약했다.
 그들은 매달 갚을 수 있는 것은 갚고 나머지 빚은 차용증을 고쳐 써가며 연기해야 했다.

남편은 저녁마다 어떤 상인의 장부를 정서해주는 일을 맡아서 했고, 때로는 한 페이지에 얼마씩 보수를 받고 서류 작성을 해주기도 했다.

이런 생활이 10년 동안 계속되었다.

10년이 지났을 때, 그들은 모든 빚을 다 갚았다. 고리대금의 이자와 쌓이고 쌓인 이자의 이자까지도 모두 갚았다.

이제 루아젤 부인은 늙어 보였다. 그녀는 억세고 고집쟁이에 거칠고 가난한 살림꾼이 되었다. 머리는 빗질도 하지 않았고, 치마도 아무렇게나 걸쳤으며 손은 거칠었다. 물을 첨벙거리며 마룻바닥을 닦고, 거친 음성으로 떠들었다. 그러나 이따금 남편이 출근하고 없을 때면 그녀는 창가에 앉아 지난날의 무도회, 자기가 그렇게도 아름다웠고 사랑을 받았던 무도회를 생각해보았다.

저 목걸이를 잃어버리지 않았더라면 어떻게 되었을까? 알 수 없지, 알 수 없어! 인생이란 참 이상하고 무상한 거야! 사소한 일이 파멸을 가져오기도 하고 구원을 베풀기도 하니!

그런데 어느 일요일, 그녀는 일주일 동안의 피로를 풀기 위해서 샹젤리제 거리로 산책을 나갔다가 뜻밖에 어린아이를 데리고 산책을 나온 포레스티에 부인을 만났다. 포레스티에 부인은 여전히 젊고 아름답고 매력이 있어 보였다.

루아젤 부인은 가슴이 두근거렸다. 가서 말을 해볼까? 그렇지. 빚을 갚은 이제, 그에게 다 이야기하자. 못 할 이유가 무언가?

그녀는 가까이 갔다.

"잔, 오랜만이야!"

포레스티에 부인은 그녀를 알아보지 못하고, 이런 비천한 여자가 자기를 그토록 정답게 부르는 것이 놀라워 이렇게 중얼거렸다.

"그런데…… 부인, 저는 모르겠군요……. 사람을 잘못 보신 게 아닌지요?"

"나 마틸드 루아젤이야."

친구는 소리를 질렀다.

"아……! 가엾은 마틸드, 어쩌 이리 변했어……."

"응, 고생 참 많이 했지. 우리가 마지막 만났던 후로……. 그 심한 고생살이가 다…… 너 때문이었어!"

"나 때문이라니…… 무슨 소리야?"

"생각나지, 저 문부대신의 야회에 가려고 내가 빌렸던 다이아몬드 목걸이 말이야."

"응, 그래서?"

"그것을 잃어버렸어."

"뭐라고! 내게 돌려주고선."

"내가 준 것은 모양은 똑같지만 다른 거였어. 그래 그것을 갚느라고 10년이 걸렸지. 이해할 수 있겠지만 아무것도 없는 우리로선 쉬운 일이 아니었지……. 그러나 결국 다 해결했어. 내 마음은 후련해."

포레스티에 부인은 발걸음을 멈추었다.

"그럼 내 것 대신에 다른 다이아몬드 목걸이를 사가지고 왔단 말이야?"

"그럼. 아직까지 몰랐구나. 하긴 모양이 아주 똑같으니까."

그녀는 자랑스럽고 순박한 기쁜 미소를 지었다.

포레스티에 부인은 감격해서 친구의 두 손을 붙잡았다.

"아! 가엾은 마틸드! 내 것은 가짜였어. 기껏해야 5백 프랑밖에 안 나가는……."

귀향

 잔물결이 단조롭게 해변을 때렸다. 작은 흰구름 송이들은 세찬 바람에 날려 새 떼처럼 푸른 하늘을 재빠르게 지나갔다. 바다 쪽으로 경사를 이룬 계곡에 둘러싸인 마을은 햇빛을 받아 아늑했다.
 바로 마을 입구에 마르탱 레베스크네 집이 외따로 떨어져 있다. 조그만 뱃사람 집으로, 벽에는 진흙을 발랐고 밀짚을 엮어 덮은 지붕에는 푸른 풀잎이 돋아났다. 문 앞에 당당하게 자리한 손바닥만 한 마당에는 양파, 캐비지, 파슬리, 사양채 같은 채소들이 고개를 쳐들었다. 길가에는 울타리를 둘러쳤다.
 남편은 고기잡이를 나가고 아내는 집 앞에서 큰 거미줄 같은 갈색 그물을 벽에 펼쳐놓고 그물코를 수선했다. 열다섯 살쯤 된 계집애 하나는 마당 앞 밀짚 의자에 앉아서 몸을 뒤로 젖히고 벌써 여러 번 깁고 헝겊을 댄 무명옷을 꿰맸다. 이 애보다 한 살 어려 보이는 또 다른 계집애가 갓난아기를 팔에 안고 얼렀는데, 역시 아무 말도 하지 않았고 몸도 움직이지 않았다. 두세 살 난 어린애 둘이 땅바닥에 마주 보고 주저앉아 제대로 놀리지도 못하는 손으로 흙을 긁어모아 상대편 얼굴에다 한 줌씩 뿌리고 있었다.

식구들 중 아무도 입을 열지 않았다. 잠을 재우려는 갓난애만이 작고 나약한 목소리로 한결같이 빽빽 울었다. 고양이 한 마리가 창턱에서 졸았고, 담장 밑에 활짝 핀 무꽃들은 흰 털모자 같은 꽃송이를 이루었는데, 그 위에서 파리 떼가 붕붕거렸다.

문 앞에서 옷을 꿰매던 계집애가 갑자기 소리쳤다.

"엄마!"

어머니가 대답했다.

"왜 그래?"

"그 사람 또 왔어."

그들은 아침부터 불안했다. 어떤 사람이 집 근처에서 어정거렸기 때문이다. 그는 초라한 모습을 한 늙은이였다. 그들은 아버지가 배를 타고 나가는 것을 도와주러 따라가던 길에 그 남자를 보았다. 그는 대문이 마주 보이는 고랑에 앉아 있었다. 그런데 식구들이 바닷가에서 돌아왔을 때도 그는 여전히 그곳에 앉아 집 안을 들여다보고 있었다.

그는 병든 사람 같았고 아주 불쌍해 보였다. 그는 한 시간 이상을 꼼짝하지 않았다. 그러더니 사람들이 자기를 부랑자로 생각하는 것을 눈치 채자 자리에서 일어나 무거운 걸음으로 그곳을 떠났다.

그러나 얼마 지나지 않아 느리고 지친 걸음으로 다시 돌아오는 그의 모습이 보였다. 그는 다시 자리를 잡고 앉았다. 이번에는 식구들의 동정을 살펴보기 위해서인지 좀 더 멀리 떨어져 앉았다.

어머니와 딸들은 무서웠다. 더구나 어머니는 겁이 많은 데다 남편 레베스크는 밤이나 되어야 바다에서 돌아올 터여서 두려움에 어쩔 줄을 몰라 했다.

남편은 레베스크라고 불렸고 부인은 마르탱이란 이름을 갖고 있어 사람들은 그들을 마르탱 레베스크네라고 불렀다. 그 이유는 이러하다. 여인의 첫 남편은 마르탱이란 이름을 가진 뱃사람이었는데 해마다 여름이면 테르 뇌브로 대구잡이를 나갔었다.

결혼하고 2년 뒤, 남편을 태우고 디에프항을 떠난 범선 뒤 세르호가 바다에서 돌아오지 않았다. 그때 부인에게는 딸이 하나 있었고 또 임신 6개월이었다.

남편의 소식은 전혀 들을 길이 없었다. 함께 배를 탔던 선원들은 아무도 돌아오지 않았다. 그래서 배에 실은 물건이나 배에 탄 사람이나 모두 없어진 것으로 생각하게 되었다.

마르탱 부인은 10년 동안이나 남편을 기다렸다. 고생하며 자식들을 키웠다. 부인은 착하고도 굳세었으므로 그 지방의 레베스크라는 어부가 청혼을 했다. 그는 아들 하나가 딸린 홀아비였다. 부인은 그와 결혼하여 3년 동안 또 애 둘을 낳았다.

이들은 열심히 일하며 어렵게 살았다. 이 집 식구에게는 빵도 귀한 음식이었다. 고기 맛이라고는 거의 알지도 못했다. 때로 겨울이 되어 몇 달 동안 바람이 세차게 불면 빵집에 빚을 져야 했다. 그래도 애들은 건강하게 자랐다. 사람들은 이렇게 말했다.

"저 마르탱 레베스크네는 훌륭한 사람들이지. 마르탱 부인은 고생을 잘 견디거든. 레베스크는 고기잡이에서 그를 따를 사람이 없고."

문 앞에 앉았던 소녀가 다시 말을 했다.

"우릴 아는 사람인가 봐. 아마 가난뱅이 에프레빌이나 오즈보스크네 사람일 거야."

그러나 어머니는 딸의 말을 믿지 않았다. 절대로 그렇지 않다. 저 남자는 이 지방 사람이 아니다!

그는 기껏해야 울타리의 말뚝과 말뚝 사이를 왔다 갔다 할 뿐 줄곧 마르탱 레베스크 집에서 눈을 떼지 않았기 때문에 마르탱은 화가 났다. 무서움도 잊고 담담해져 그녀는 삽을 집어 들고 문 밖으로 나갔다.

"게서 무얼 하슈?"

그녀는 부랑자에게 소리쳤다.

부랑자는 쉰 소리로 이렇게 대답했다.

"서늘한 바람을 쏘이고 있소. 뭐 잘못된 거라도 있수?"

그녀는 다시 이렇게 말했다.

"뭣 땜에 줄곧 우리 집만 감시하는 거예요?"

남자는 이렇게 대답했다.

"내가 해를 끼치기라도 했소? 그래 길에 앉아 있지도 못한단 말이오?"

대답할 말이 없어 부인은 다시 집으로 들어왔다.

그날은 도무지 시간이 가지 않았다. 정오가 되자 남자의 모습이 보이지 않았다. 그러나 다섯 시쯤 되자 그는 다시 나타났다. 저녁에는 또 보이지 않았다.

밤이 되자 레베스크가 돌아왔다. 이야기를 듣고 나서 그는 이렇게 결론지었다.

"사기꾼 아니면 악한일 거야."

그리고 그는 태연하게 잠이 들었다. 한편 부인은 자기를 아주 이상한 눈으로 바라보던 부랑자를 생각했다.

날이 새자 바람이 몹시 불었다. 어부는 바다에 나갈 수가 없으므로 아내가 그물 수선하는 것을 도왔다.

아홉 시쯤 되어 만딸이 빵을 구하러 나갔다가 얼빠진 모습으로 뛰어 돌아오며 소리쳤다.

"엄마, 그 사람 또 왔어!"

어머니는 가슴이 두근거려 얼굴이 아주 창백해지며 남편에게 이렇게 말했다.

"레베스크, 가서 말 좀 하세요. 그렇게 남의 집을 들여다보지 말라고. 속이 뒤집힐 것 같아요."

레베스크는 벽돌빛 나는 얼굴에 붉은 수염은 다듬지 않아 거칠었고 파란 눈에는 까만 눈동자가 박혔으며, 억세 보이는 목에는 바다의 비바람을 막기 위해 항상 양모를 두르는 건장한 어부였다. 그는 말없이 문 밖으로 나가더니 낯선 사나이 앞으로 다가갔다.

부인과 아이들은 멀리서 그들을 바라보며 걱정이 되어 몸을 떨었다.

갑자기 낯선 사나이가 일어서더니 레베스크를 따라 집 쪽으로 걸어왔다.

 마르탱은 놀라 뒤로 물러섰다. 남편이 말했다.

 "저 사람에게 빵하고 능금주를 한 잔 주오. 이를 전부터 아무것도 먹지 못했다는군."

 그들 두 사람은 집 안으로 들어왔다. 부인과 아이들도 그 뒤를 따라 들어왔다. 나그네는 자리를 잡고 앉더니 모든 사람이 보는 가운데서 고개를 숙이고 음식을 먹기 시작했다.

 어머니는 서서 사나이를 훑어보았고, 큰 딸 둘은 방문에 기대 서서, 그 중 하나는 갓난아기를 안은 채 호기심에 찬 눈으로 사나이를 뚫어지게 바라보았다. 벽난로의 재 속에 주저앉아 시커먼 냄비를 가지고 놀던 어린애 둘도 움직이지 않고 낯선 사람을 쳐다보았다.

 레베스크는 의자에 앉으며 이렇게 물었다.

 "그래 먼 데서 왔소?"

 "세트에서 왔다오."

 "걸어서?"

 "그렇죠. 별수 없으니."

 "어디로 가는 길이오?"

 "여기까지 왔수다."

 "누구 아는 사람이라도 있소?"

 "그야 물론이죠."

 두 사람은 입을 다물었다. 나그네는 굶주렸음에도 천천히 음식을 먹었다. 빵을 한 입 떼어 먹고는 능금주를 한 모금 마셨다. 그의 얼굴은 주름이 잡히고 쭈그러져 초췌해 보였으며, 고난을 많이 겪은 듯했다.

레베스크는 갑자기 이렇게 물었다.

"성함이 어떻게 되십니까?"

그는 고개를 숙인 채 이렇게 대답했다.

"마르탱이라 하오."

이상한 전율이 부인을 스치고 지나갔다. 그녀는 나그네를 더 자세히 보려는 듯 한 걸음 다가섰다. 그녀는 팔을 축 늘어뜨리고 입을 멍하니 벌린 채 그 앞에 마주 섰다. 아무도 더 말을 하지 않았다. 이윽고 레베스크가 입을 열었다.

"이곳 사람이오?"

그가 대답했다.

"이곳 사람이오."

마침내 그가 고개를 들자, 남자의 눈과 부인의 눈이 서로 마주쳤다. 두 사람의 시선은 뒤얽힌 듯 움직이지 않았다.

부인이 갑자기 달라진 낮고 떨리는 목소리로 말했다.

"당신이구려!"

남자는 똑똑한 어조로 천천히 말했다.

"그렇소. 나요."

그는 꼼짝하지 않고 빵을 계속해서 먹었다.

레베스크는 놀란 정도를 넘어 아주 충격을 받아 중얼거렸다.

"자네가 마르탱이라고?"

상대편은 간단히 대답했다.

"그렇소."

둘째 남편이 이렇게 물었다.

"그래, 자네 어디서 오는 길인가?"

첫째 남편이 대답했다.

"아프리카 해안일세. 배가 암초에 걸려 침몰하자 살아남은 것은 피카르와 바티넬 그리고 나, 세 사람뿐이었네. 그 후 우리는 토인들에게 12년 동안 붙잡혀 있었네. 피카르와 바티넬은 그곳에서 죽었지. 나는 지나가던 영국인이 구해주어 세트까지 데려다 주었네. 그래서 이렇게 돌아왔지."

마르탱 부인은 앞치마에 얼굴을 파묻고 울기 시작했다.

레베스크가 말했다.

"이제 난 어찌하면 좋을까?"

마르탱이 물었다.

"자네가 저 여자의 남편인가?"

레베스크는 대답했다.

"그렇다네."

두 사람은 마주 보며 말을 잇지 못했다.

그러자 마르탱이 둘러선 아이들을 바라보면서 고갯짓으로 두 계집애를 가리키며 말했다.

"저게 내 애들인가?"

레베스크가 대답했다.

"자네 애들일세."

마르탱은 자리에서 일어나지도 않고 딸들에게 키스를 하지도 않았다. 그는 다만 아이들을 알아본다는 듯이 말했다.

"어쩌면 저렇게 컸어!"

레베스크는 다시 물었다.

"이제 어떻게 한다?"

마르탱도 어떻게 해야 좋을지 몰랐다. 이윽고 그는 이렇게 결론을 내렸다.

"나는 자네 뜻대로 하겠네. 자네에게 해를 끼치고 싶지 않아. 하지만 집에 대해서는 생각이 다르네. 내 애들은 둘, 자네 애들은 셋, 둘 다 자기 애들이 있네. 애들 어미는 자네 것도 되고 내 것도 되지 않나? 그러니 자네 뜻대로 하려네. 그러나 집으로 말하면 우리 아버지가 물려준 거고 내가 태어난 곳이며 등기소의 문서까지 있네."

마르탱 부인은 여전히 푸른 천으로 만든 앞치마에 얼굴을 파묻고 조그만 소리로 흐느껴 울었다. 두 큰 딸들이 다가와서 무서워하며 저희들 아버지를 바라보았다.

그는 식사를 마쳤다. 이번에는 그가 이렇게 말했다.

"어떻게 한다?"

레베스크가 자기 생각을 말했다.

"신부님에게 가서 결정해야겠군."

마르탱이 자리에서 일어나 부인 앞으로 다가갔다. 그녀는 그의 가슴에 몸을 던지며 흐느껴 울었다.

"여보, 당신이 왔구려! 마르탱, 불쌍한 마르탱, 당신이 왔구려!"

그녀는 팔을 벌려 그를 껴안았다. 지난날의 걱정, 20년의 세월과 남자의 첫 포옹을 일깨우는 추억의 소용돌이가 갑자기 그녀를 스치고 지나갔다.

마르탱 그도 감개무량해서 그녀를 껴안고 머리 위에 입을 맞췄다. 벽난로 속에 앉아 있던 두 아이는 어머니가 우는 것을 보자 함께 소리 내어 울기 시작했다. 둘째 딸이 팔에 안은 갓난애도 잘못 나는 피리 소리처럼 빽빽 소리쳤다.

레베스크는 일어나서 기다렸다.

"가세, 결말을 지어야지."

마르탱은 부인을 풀어주었다. 그가 두 딸을 바라보자 어머니는 애들에게 이렇게 말했다.

"아빠한테 키스라도 해야지."

딸들은 함께 앞으로 다가왔다. 아이들의 눈은 눈물에 젖어 있지 않았다. 놀란 듯 좀 무서워했다. 마르탱은 그 애들 볼에 하나씩 거칠게 농부 같은 키스를 해주었다. 낯선 사람이 다가오자 갓난애가 어떻게나 소리를 지르는지 경련을 일으킬 뻔했다.

그러고 나서 두 사람은 함께 밖으로 나갔다.

코메르스 카페 앞을 지나게 되자 레베스크가 말했다.

"한잔했으면 하는데?"

"좋지."

그들은 안으로 들어가서 아직 손님이 없는 방 안에 자리를 잡고 앉았다.

"어이, 시코, 필앙시스 두 잔 주게. 마르탱이 돌아왔어. 우리 집사람 남편 말일세. 자네도 알지. 행방불명된 뒤 세르호를 탔던 마르탱 말이야."

술집 주인은 한 손에 술잔을, 다른 손엔 술병을 들고 가까이 왔다.

그는 배가 나오고 뚱뚱한 다혈질이었다. 그는 점잖게 물었다.

"무어, 마르탱이 왔어?"

마르탱이 대답했다.

"내가 왔네!"

승마

 가련한 식구들은 가장의 적은 봉급으로 어렵게 살았다. 결혼 후 두 아이가 생겼고, 처음부터 옹색하게 쪼들려 가난과 수치를 감추면서 귀족의 신분만을 지키려는 비참한 생활을 하게 되었다.
 엑토르 드 그리블랭은 시골 부친의 저택에서 노사제(老司祭)의 교육을 받으면서 자랐다. 부유하지는 않았으나 체면은 지키며 살아왔다.
 그 후 스무 살 때 그는 일자리를 얻게 되었다. 1천5백 프랑의 봉급을 받는 해군성의 사무원이었다. 거친 생활 전선에 대비하여 일찍이 준비가 없었던 사람, 몽상 속에서 인생을 찾으려는 사람, 대항해서 싸우는 법을 알지 못하는 사람, 어린 시절부터 특수한 재능이나 독특한 능력, 불타는 투쟁력을 키워오지 못한 사람, 무기나 도구를 수중에 지니지 못한 사람이 모두 그렇듯이 그는 인생의 암초에 부덮였다.

처음 3년 동안의 직원 생활은 말할 수 없이 비참했다.

그는 자기와 신분이 같은 친구를 몇 명 사귀었다. 그들 역시 시대에 뒤떨어진 불우한 사람들로, 생 제르맹 교회의 저 서글픈 귀족거리에 살고 있었다. 그리하여 그들은 한 패의 지기가 되었다.

현대적인 생활을 외면하면서도 자존심만은 강한 이 비참한 귀족들은 잠든 듯 고요한 저택들의 위층에 세들어 있었다. 이런 주택에 세든 사람들은 위에서 아래의 층에 이르기까지 모두 귀족 칭호를 가졌다. 그러나 2층에 든 사람이건 7층에 든 사람이건 한결같이 가난했다.

끝내 버리지 못한 편견, 신분에 대한 선입견, 평민이 되지 않으려는 고심이 한때 호화롭게 살았으나 무위도식으로 가산을 탕진하고만, 이 혈족들의 머리를 떠나지 않았다. 엑토르 드 그리블랭은 이 세계에서, 자기처럼 귀족이지만 가난한 소녀를 만나 결혼했다.

그들은 4년 동안에 아이 둘을 가졌다.

그리고 또 4년이란 세월을 이들 가족은 가난에 시달리며 일요일에 샹젤리제 거리로 산책을 나가거나, 한 해 겨울에 한두 차례 동료가 주는 초대권으로 극장에 가보는 것 이외에는 아무런 즐거움도 모르고 지냈다.

그렇게 봄이 되자 그는 과장에게서 업무 할당을 더 많이 받게 되어 3백 프랑의 특근 수당을 탔다.

돈을 타가지고 와서 그는 아내에게 말했다.

"여보 앙리에트, 식구들에게 무엇이라도 해주어야 하지 않겠소. 애들이 즐거워할 만한 것이라도."

오래 상의한 끝에 야외로 나가 식사를 하기로 정했다. 엑토르는 큰 소리로 말했다.

"그렇지, 항상 있을 것도 아니고 마차를 한 대 빌려 당신이 애들과 하녀를 데리고 타기로 합시다. 나는 교마장(敎馬場)의 말을 빌려 탈 테니. 말을 타보면 기분이 참 좋겠어."

그들은 한 주일 내내 소풍 갈 이야기만 했다.

매일 저녁 관청에서 돌아오면 엑토르는 큰아들을 붙잡아 다리 위에 태우고 힘껏 추어오르게 하면서 이렇게 말했다.

"다음 일요일 야외로 나갈 때 아빠가 탄 말이 이렇게 뛸 테니 봐라."

그래서 어린놈은 의자 위에 올라앉아 매일 온 방 안을 끌고 다니며 소리소리 질렀다.

"말 탄 아빠다."

그리고 하녀까지도 그가 말을 타고 마차 곁을 따라가는 모습을 그려보며 경탄 어린 시선으로 바라보았고, 식사하는 내내 그가 하는 승마 이야기, 옛날 부친의 저택에서 살 때의 자랑거리 이야기에 귀를 기울였다. 아, 주인이야말로 교육을 잘 받은 사람, 한번 말에 올라타기만 하면 실로 아무것도 두려울 것이 없는 사람이었다!

그는 손을 비비며 아내에게 되풀이해서 말했다.

"좀 다루기 힘든 놈을 주었으면 좋겠어. 내가 얼마나 말을 잘 타는지 당신이 보게. 볼로뉴 숲에서 돌아올 때는 샹젤리제로 해서 오는 것이 어떨까. 우리 모습이 근사할 테니 관청 사람을 만나도 꺼릴 게 없지. 상관들의 존경심을 사는 데도 이보다 더 좋은 방법이 없을 거야."

예정한 날이 되어 마차와 말이 동시에 문 앞에 도착했다. 그는 곧장 내려가서 자기가 탈 말을 살펴보았다. 그는 바지 끝에 신끈도 달아놓았고 전날 사온 채찍도 휘둘러보았다.

그는 말의 네 다리를 하나하나 들어 살펴보고 목과 옆구리와 무릎마디를 만져보고, 손가락으로 엉덩이를 찔러보고, 입을 벌려 이를 조사해보고는 나이를 대었다. 그러다 식구들이 모두 내려오니까 보편적인 말과 특수한 말에 대해 이론과 실제를 겸한 일장 연설을 늘어놓았다. 그는 말에 관해 썩 아는 것이 많았다.

일동이 마차에 자리를 잡자, 그는 안장의 끈을 살펴본 다음 한쪽 등자를 밟고 말에 올랐다. 말 위에 수저앉자 말은 그의 몸무게를 느끼고 껑충대기 시작했다. 그는 하마터면 말에서 떨어질 뻔했다.

엑토르는 깜짝 놀라 말을 진정시키려고 애썼다.

"허, 이런 녀석. 착하지, 워워."

그리하여 말이 다시 조용해지고 기수도 마음이 가라앉자 기수가 물었다.

"준비됐소?"

일동은 일제히 대답했다.

"네."

그러자 그는 명령을 내렸다.

"출발!"

그리하여 기마 행렬은 멀어져갔다.

일동의 시선은 그에게로 쏠렸다. 그는 몸을 우쭐거리며 영국식으로 달렸다. 몸이 안장에 닿기가 무섭게 공중으로 솟아오르려는 듯이 다시 솟구쳤다. 몇 번이나 갈기 위로 쓰러질 뻔했다. 그러나 그는 똑바로 앞만 응시했다. 안면엔 경련이 일고 두 볼은 창백했다.

무릎 위에 아이를 하나씩 안고 있던 부인과 하녀는 끊임없이 소리쳤다.

"아빠 좀 보렴, 아빠를 봐!"

두 아이는 흔들림과 즐거움, 상쾌한 대기에 취하여 비명을 질렀다. 말은 아이들의 고함 소리에 놀라 마침내 전속력으로 달리기 시작했다. 그리하여 기수가 말을 멈추게 하려는 사이 모자가 땅에 굴러 떨어졌다. 마부가 자리에서 내려 모자를 주워야 했다. 엑토르는 모자를 손에 받아들며 떨어져 있는 부인에게 소리쳤다.

"거 애들이 소리 좀 지르지 못하게 하구려. 이러다가는 내가 날아가겠어!"

그들은 준비해 간 도시락으로 베지네 숲 풀밭 위에서 점심을 먹었다.

마부가 말을 보살펴주는데도 엑토르는 끊임없이 자리에서 일어나 자기 말에게 부족한 것이 없는지 보러 갔다. 그는 말의 목을 쓰다듬어주며 빵, 과자, 설탕을 먹여주었다.

그는 단언했다.

"성질이 거친 녀석이야. 처음엔 나도 쩔쩔맸는걸. 그러나 곧 익숙해지는 것 당신도 봤지. 주인을 알아본 거야. 이젠 함부로 굴지 못

할걸."

작정했던 대로 그들은 샹젤리제로 해서 돌아왔다.

그 넓은 거리가 마차들로 붐볐다. 양쪽 인도에도 행인들이 어찌나 많은지 개선문에서 콩코르드 광장까지 두 폭의 긴 리본을 펼쳐 놓은 것 같았다. 이 모든 사람들 위에 내리쏟는 햇빛으로 니스칠을 한 마차들, 마구의 쇠붙이, 마차 문의 손잡이들이 번쩍번쩍 빛났다.

혼잡을 이룬 사람들이나 차들이나 말들이나 한결같은 광란과 생의 도취로 설레는 것 같았다. 오벨리스크 첨탑이 저 멀리 황금빛 안개 속에 솟아 있었다.

엑토르의 말은 개선문을 지나자 갑자기 새로운 힘이 솟아나는지 달리는 마차들 사이를 뚫고 나가며 제 집을 향해 마구 달리기 시작했다. 기수가 아무리 속도를 늦추려 해도 말을 듣지 않았다.

가족들이 탄 마차는 이제 뒤에 벌리 처졌다. 공업회관 앞에서 광장을 보고 위치를 깨달은 말은 오른쪽으로 돌아 달려나갔다.

앞치마를 두른 노파가 소리 없는 걸음으로 차도를 건너고 있었다. 바로 그 길을 엑토르가 전속력으로 달려왔다. 말을 제어할 수 없었기 때문에 그는 목청을 다해 소리치기 시작했다.

"어이! 이봐요! 이봐, 비켜요!"

노파는 아마도 귀가 먹었는지 태연하게 계속 걸었다. 그러나 기관차처럼 내닫는 말 가슴에 부딪혀 노파는 치마가 허공에 펼쳐지며 서너 번 곤두박질하더니 열 발자국 앞에 굴러 떨어졌다.

사람들이 소리쳤다.

"잡아라!"

엑토르는 넋이 빠져 말갈기를 붙잡고 엎드리며 고함쳤다.

"사람 살려주!"

무서운 충격을 받아 그는 말 귀 너머로 탄환처럼 튀어 나갔다. 그리하여 때마침 달려온 경관의 팔 안에 떨어졌다.

순식간에 사람들이 모여들어 손짓 발짓을 하며 성난 목소리로 소리쳤다. 그중에서도 흰 수염을 기르고 커다란 원형 훈장을 단 노신사가 가장 분개한 것 같았다.

"망할 자식! 말을 탈 줄 모르면 집 안에 틀어박혀 있을 것이지 누구를 죽이려고 서툰 수작이야."

그러자 네 사람이 노파를 안고 나타났다. 노파는 죽은 것 같았다. 얼굴빛은 노랗고, 모자는 비뚤어지고, 온몸은 먼지를 뒤집어써 잿빛이었다.

"이 여인은 약국으로 데려가고 우리는 경찰서로 갑시다."

노신사가 명령했다.

두 경관이 엑토르를 데려가고 또 다른 경관이 말을 붙잡았다. 몰려든 사람들이 그 뒤를 따랐다. 홀연 마차가 나타났다. 부인이 달려 나왔다. 하녀는 얼이 빠졌고 아이들은 빽빽 울었다. 그는 자기 때문에 한 여인이 넘어졌는데 별것 아니니 곧 집에 돌아가게 될 거라고 설명했다. 그리하여 가족들은 넋이 나간 채 따로 돌아갔다.

경찰서에서 진술한 내용은 간단했다. 그는 해군성에 근무하는 엑토르 드 그리블랭이라고 성명을 댔다. 일동은 부상자 소식을 기다렸다. 정보를 들으러 갔던 경찰이 돌아왔다. 노파는 의식을 회복했으나 속이 몹시 아프다고 말한다는 것이었다. 그는 시몽 부인이라고 불리는 예순다섯 살 먹은 가정부였다.

　노파가 죽지 않은 것을 알자 엑토르는 다시 희망을 가졌다. 그는 노파의 치료비를 부담하겠다고 서약하고 치료소로 달려갔다.

　문 앞에는 많은 사람들이 진을 치고 있었다. 노파는 안락의자에 파묻히듯 앉아 뭐라고 중얼거렸다. 손은 맥없이 늘어졌고 얼굴은 넋이 나간 것 같았다. 의사 둘이 그때까지 진찰하고 있었다. 팔다리는 부러진 데가 없으나 내상이 염려된다고 했다.

　엑토르는 노파에게 물어보았다.

"많이 아프세요?"

"아, 그럼요."

"어디가 아프시죠?"

"뱃속에 불덩이가 들어 있는 것 같다오."

　의사가 다가왔다.

"사고를 낸 것이 선생이십니까?"

"네, 그렇습니다."

"이분을 요양원으로 보내야겠습니다. 제가 아는 곳이 있는데, 하루에 6프랑을 받습니다. 알아봐드릴까요?"

　엑토르는 기뻐서 의사에게 감사 인사를 하고 마음이 가벼워져 집으로 돌아왔다.

　부인은 눈물을 흘리며 그를 기다리고 있었다. 그는 아내를 위로했다.

"아무 일도 아냐. 저 시몽 노파, 벌써 아주 좋아졌어. 사흘 후엔 멀쩡해질 거야. 요양원으로 보냈지. 아무 일도 아냐."

아무 일도 아니다!

다음 날 사무실에서 나오는 길로 그는 시몽 부인의 소식을 들으러 갔다. 노파가 만족스러운 표정으로 고기 수프를 먹는 중이었다.

"좀 어떠십니까?"

그의 물음에 노파는 대답했다.

"아, 딱한 양반, 그저 그래요. 얼이 빠진 느낌이야."

의사는 병발증(併發症)이 생길지도 모르니 더 두고 봐야겠다고 말했다.

엑토르는 사흘 후에 다시 갔다. 노파는 안색이 환해지고 시선도 맑아졌다. 그를 보자 투덜대기 시작했다.

"여보시오, 몸을 움직일 수 없구려. 움직일 수가 없어. 이러다가 죽을 것 같소."

엑토르는 뱃속까지 오싹해졌다. 그는 의사에게 물어보았다. 의사는 두 팔을 추켜들었다.

"어쩝니까, 선생. 나로서도 모르겠소. 일으켜 세우려고 하면 고함을 지르니. 의자를 움직이려고만 해도 비명을 지릅니다. 나야 저분의 말을 믿을 수밖엔 없죠. 저분의 뱃속에 들어가보지 못하는 이상 거짓말한다고 할 수는 없는 노릇이죠."

노파는 앙큼한 눈초리로 꼼짝 않은 채 그들이 말하는 것을 듣고 있었다.

일주일이 지났다. 보름이 지나고 또 한 달이 지났다. 시몽 부인은 의자에서 떠나지 않았다. 노파는 아침부터 저녁까지 먹기만 해서 살이 쪘다. 다른 환자들과 즐겁게 이야기도 했다. 계단을 오르내리며 침구를 정리하고, 아래층에서 위층으로 석탄을 나르고, 비질을 하고 솔질을 하며 보낸 오십 평생에서 얻게 된 즐거운 휴식이나 되는 듯이 노파는 꼼짝 않고 지내는 데 익숙해진 것 같았다.

엑토르는 어쩔 줄 몰라 매일같이 왔다. 노파는 매일같이 조용하고 침착하게 앉아서 이렇게 말했다.

"움직일 수가 없는 걸요, 불쌍한 양반아. 움직일 수가 없어."

매일 저녁 그리블랭 부인은 마음이 타서 이렇게 물어보았다.

"시몽 부인은 어때요?"

그럴 때마다 엑토르는 낙담한 어조로 대답했다.

"차도가 없어. 전혀 없다고!"

하녀도 돌려보냈다. 하녀의 급료마저 너무 큰 부담이었다. 그들은 더욱 절약해야 했다. 특근 수당도 전부 이 일에 들어가고 말았다.

그래서 엑토르는 고명한 의사를 넷이나 불렀다. 이들은 노파를 둘러싸고 짚어보기도 하고 만져보기도 하며 진찰을 했다. 노파는 사나운 눈초리로 의사들을 노려보았다.

"걷게 해봐야겠습니다."

한 의사가 말했다.

노파는 소리쳤다.

"안 돼요! 선생님들, 난 못 해요!"

그래서 의사들은 노파를 붙잡아 일으켜서 몇 발자국 끌고 갔다. 그러나 노파가 의사들의 손을 뿌리치고 마루 위에 쓰러지며 어떻게나 무섭게 고함치는지 의사들도 조심스럽게 제자리로 다시 옮겨주었다.

승마 59

그들은 신중하게 의견을 밝혔는데, 결국 노파는 일하기 틀린 사람이란 결론이었다.

엑토르가 이 소식을 아내에게 들려주자 부인은 의자 위에 털썩 주저앉으며 중얼거렸다.

"부인을 이리로 데려오는 것이 낫겠어요. 그러면 비용이 덜 들겠지요."

엑토르는 펄쩍 뛰었다.

"이리, 집으로 데려오잔 말이오?"

그러나 이제 모든 것을 체념한 양 부인의 눈에는 눈물이 괴었다.

"별수 있나요? 제 잘못은 아닌 걸요……."

여로(旅路)

1

열차는 칸에서부터 만원이었다. 이야기를 주고받으며 승객들은 서로 알게 되었다. 타라스콩을 지날 때 누군가가 이렇게 말했다.

"이곳에서 살인 사건이 발생했지요."

승객들은 2년 전부터 가끔 나타나 여행자의 목숨을 빼앗는 저 이해할 수 없고 불가사의한 살인범에 관해 이야기하기 시작했다. 제각기 추측해보며 자기 의견을 이야기했다. 여자들은 문 앞에 별안간 사나이의 얼굴이 나타날까 봐 무서워서 몸을 떨며 창밖의 어두운 밤을 내다보았다. 승객들은 악한을 만났던 끔찍한 이야기, 급행열차에서 미치광이와 마주 앉았던 이야기, 수상한 사람 앞에 앉아 몇 시간을 보낸 이야기를 하기 시작했다.

제각기 위신을 세울 만한 이야기가 한 가지씩 있었다. 누구나 아슬아슬한 순간에 놀라운 용감성과 기지를 발휘하여 악한을 때려눕히고 목을 졸랐다는 것이다. 해마다 겨울을 남프랑스 지방에서 보내는 의사가 자기 차례가 되어 모험담을 이야기하려고 했다.

"나는 이런 일로 담력을 시험해볼 기회를 한 번도 가져본 적이 없었습니다. 그러나 내가 아는 어느 부인에게 이 세상에서 가장 기이하고 가장 신비롭고 가장 눈물겨운 사건이 일어났지요. 그 여인은 나의 치료를 받던 환자였는데 지금은 죽고 없습니다.

마리 바라노브 백작 부인이라는 러시아 여인이었습니다. 키가 아주 크고 미인이었지요. 러시아 여성들이 얼마나 아름다운지는 여러분도 아시겠죠. 오뚝한 코, 섬세한 입술, 무어라 형용할 수 없는 파르스름한 회색빛 두 눈, 무뚝뚝할 정도로 쌀쌀한 우아함! 러시아 여성들에게는 심술궂은 듯하면서도 매혹적인, 거만하면서도 정다운, 사나우면서도 부드러운 면이 있어요. 여기에 프랑스인은 완전히 매혹당했지요. 내가 러시아 여인들에 대해 말하고 싶은 것은, 그러니까 한마디로 말해 혈통과 골격이 다르다는 점입니다.

몇 해 전부터 의사는 그 여인이 폐병에 걸린 것을 알고는 남프랑스로 가도록 설득하려고 애썼어요. 그러나 여인은 완강히 고집을 부리며 페테르부르크를 떠나려고 하지 않았습니다. 드디어 지난가을 더 이상 내버려둘 수 없을 만큼 병세가 악화되었다고 판단한 의사는 남편을 설득했지요. 남편은 부인에게 즉시 망통으로 떠나라고 명령을 내렸어요.

여인은 기차를 타고 찻간에 홀로 앉아 있었지요. 시중드는 사람들은 다른 칸에 탔습니다. 여인은 좀 쓸쓸하게 문에 기대어 스쳐가는 들판과 촌락들을 바라보았어요. 여인은 자신이 이 세상에서 버림받은 아주 외로운 신세라고 느꼈습니다. 자식도, 친척도 없고 남편 하나뿐인데, 그의 사랑도 꺼져버려서 병든 하인을 병원에 보내듯 자기를 세상 끝에 던져버리면서도 따라오지 않는다고 생각했지요.

정차할 때마다 하인 이반이 주인마님을 찾아와 불편한 점이 없나 확인했지요. 그는 오래전부터 있던 하인으로, 복종밖에는 몰랐어요. 주인마님이 어떤 분부를 해도 그것을 이해하려고 했지요.

밤이 되었습니다. 열차는 전속력으로 달렸지요. 여인은 신경이 극도로 흥분되어 잠을 이룰 수가 없었어요. 문득 마지막 떠나던 순간 남편이 주고 간 돈을 세어보고 싶은 생각이 들었지요. 그것은 프랑스 금화였습니다. 여인은 조그만 주머니를 열고 무릎 위에 그 반짝이는 금화들을 쏟아놓았어요.

그런데 별안간 한 줄기 찬바람이 얼굴에 휘몰아쳤습니다. 여인은 깜짝 놀라 고개를 들었어요. 문이 열린 것이었습니다. 마리 백작 부인은 황급히 숄을 벗어서 옷 위에 널린 돈을 덮고 기다렸어요. 몇 초의 시간이 지나갔습니다. 그러자 남자 한 사람이 나타났지요. 그는 모자도 쓰지 않고 잠옷 바람이었는데 손에는 상처를 입고 숨을 헐떡였어요. 그는 문을 다시 닫고 의자에 앉더니 빛나는 시선으로 여인을 바라보았어요. 그러고는 피가 흐르는 손목을 손수건으로 싸맸지요.

젊은 부인은 무서워 기절할 것만 같았어요. 저 남자는 자기가 돈을 세는 걸 보고 자기를 죽이고 돈을 빼앗으러 온 것이 틀림없다고 생각했지요.

숨이 차서 얼굴을 씰룩거리며 여인에게서 시선을 떼지 않는 그는 당장 달려들 것만 같았어요.

그는 갑자기 이렇게 말했어요.

'부인, 무서워하지 마십시오!'

여인은 입을 열 수가 없어서 아무 말도 못 하고 있었지요. 심장이 뛰는 소리가 들리고 귀가 윙윙거렸어요.

그는 다시 이렇게 말했어요.

'부인, 저는 해를 끼치려는 사람이 아닙니다.'

여인은 그래도 아무 말 하지 못했어요. 그러나 갑작스럽게 무릎을 오므린 탓에 돈이 홈통에서 물이 넘쳐 흐르듯 양탄자 위에 굴러 떨어지기 시작했습니다.

그 남자는 깜짝 놀라서 돈이 굴러 떨어지는 것을 바라보더니 갑자기 몸을 굽혀 그것을 주웠어요.

여인은 얼떨결에 벌떡 일어나서 돈을 모두 털어놓았지요. 그러고는 밖으로 나가려고 쏜살같이 문으로 달려갔습니다. 그러나 그 남자는 여인이 무슨 짓을 하려는지 알아차리고는 달려가서 두 팔로 그녀를 껴안고 강제로 자리에 앉힌 다음 그녀의 손목을 붙들고 이렇게 말했습니다.

'부인, 제 말을 들어보세요. 저는 나쁜 놈이 아닙니다. 보세요. 이렇게 돈을 주워서 돌려드리지 않습니까. 한데 저는 부인께서 도와주어 국경을 넘게 해주지 않으신다면 어쩔 수 없이 죽게 될 인간입니다. 더 말씀드릴 수도 없군요. 한 시간 후에 러시아의 마지막 정거장에 도착하게 될 것이고, 한 시간 20분 후에는 러시아 제국의 국경을 넘게 됩니다. 부인이 도와주시지 않으면 저는 살아날 가망이 없습니다. 하지만 부인, 저는 살인범도 아니고 강도도 아닙니다. 불명예스러운 행동은 아무것도 하지 않았습니다. 제 말을 믿어주세요. 더는 드릴 말씀이 없군요.'

그러더니 무릎을 꿇고 의자 밑으로 들어간 금화까지 긁어모았고, 멀리 굴러간 동전도 빠짐없이 찾아내었습니다. 그리하여 조그만 가죽 주머니가 다시 가득 차자 그는 말 한마디 없이 여인에게 돌려주고는 한구석에 자리를 잡고 앉았습니다.

두 사람 다 꼼짝하지 않았어요. 여인은 아직도 무서움에 넋을 잃고 입을 다문 채 손가락 하나 움직이지 않았지요. 그러나 차츰 마음이 가라앉기 시작했습니다. 남자로 말하면 눈 한번 깜빡이지 않고 똑바로 앞을 바라보며 꼿꼿이 앉아 있었는데 죽은 사람처럼 안색이 창백했어요. 때때로 여인은 갑작스럽게 남자 쪽을 바라보다가는 재빨리 시선을 돌렸습니다. 남자는 서른 살가량 되었는데 아주 미남이었고 귀족인 것 같았습니다.

기차는 날카로운 기적을 울리며 어둠 속을 달렸지요. 때로 속도가 느려지기도 하고 빨라지기도 했습니다. 그러다 갑자기 느려지더니 기적을 몇 번 울리고는 별안간 섰습니다.

이반이 분부를 들으려고 문가에 나타났지요.

마리 백작 부인은 목소리가 떨렸습니다. 다시 한번 낯선 동행인을 생각해보고는 하인에게 급한 어조로 이렇게 말했습니다.

'이반, 이젠 필요 없으니 집으로 돌아가요.'

하인은 어이가 없어서 눈을 크게 뜨고는 중얼거렸습니다.

'그렇지만…… 마님.'

부인은 대답했습니다.

'당신은 올 것 없어. 생각이 달라졌어. 러시아에 남아 있어요. 자, 여기 돌아갈 차비가 있어요. 당신 모자와 외투는 날 주구려.'

늙은 하인은 어리둥절해서 모자와 외투를 벗어 내주었지요. 그는 주인마님의 걷잡을 수 없는 변덕과 돌변하는 성미에는 익숙했기 때문에 언제나 아무 말 없이 복종했어요. 그는 눈물을 흘리며 떠나갔습니다.

기차는 다시 출발해서 국경을 향해 달렸습니다.

그리하여 마리 백작 부인은 동행인에게 이렇게 말했습니다.

'이건 선생을 위해서 한 일들이에요. 선생이 제 하인 이반이 되는 거예요. 이렇게 하는 데 조건이 하나 있어요. 그건 절대로 말을 하지 않는다는 거예요. 감사하다는 말이나 어떤 말이라도 해서는 안 돼요.'

낯선 남자는 말없이 고개를 끄덕였습니다.

이윽고 기차가 다시 멈췄습니다. 제복을 입은 관리들이 차 안으로 들어왔습니다. 백작 부인은 그들에게 증명서를 내보이고는 구석에 앉은 사나이를 가리키며 이렇게 말했어요.

'하인 이반입니다. 여기 여권이 있어요.'

기차가 다시 출발했습니다.

밤새껏 두 사람은 말없이 마주 앉아 있었습니다.

아침이 되자 기차는 독일 정거장에 멈췄습니다. 낯선 사나이도 자리에서 일어났습니다. 그는 문 앞에 서서 이렇게 말했습니다.

'부인, 약속을 깨 죄송합니다만 저 때문에 하인을 잃으셨으니 제가 대신해야 마땅하지 않겠습니까?'

부인은 쌀쌀하게 말했습니다.

'가서 하녀를 불러다 주세요.'

그는 하녀가 탄 칸을 향해 사라졌습니다.

어느 정거장 식당에 들어갔을 때, 부인은 멀리서 자기를 바라보는 그 남자를 발견했습니다. 그들은 망통에 도착했습니다."

2

의사는 잠시 입을 다물었다가 다시 이야기를 계속했다.

"하루는 진찰실에서 환자들을 보는데 키 큰 청년이 들어서더니 이렇게 말하더군요.

'선생님, 마리 바라노브 백작 부인의 상태는 어떻습니까? 그분은 저를 알지 못해도 저는 그분 남편의 친구 되는 사람입니다.'

나는 이렇게 대답했지요.

'부인은 가망이 없습니다. 러시아로 돌아가지 못할 겁니다.'

그러자 청년은 갑자기 흐느껴 울며 일어서더니 취한 사람처럼 비틀거리며 밖으로 나갔습니다.

바로 그날 저녁, 나는 백작 부인에게 모르는 사람이 찾아와서 부인의 건강에 대해 묻더라고 알려주었지요. 부인은 충격을 받은 것 같았습니다. 그러더니 제가 방금 들려드린 이야기를 전부 말해주었어요. 그리고 이렇게 덧붙였습니다.

'그 남자를 알지도 못하는데 요즈음 그림자처럼 저를 따라다녀요. 밖에 나가기만 하면 만나게 되지요. 저를 이상한 눈으로 바라보면서도 말은 걸지 않아요.'

여인은 생각에 잠겼다가 이렇게 말했어요.

'보세요. 틀림없이 창문 밑에 있을 거예요.'

여인이 소파에서 일어나 창으로 가서 커튼을 젖히는데 보니 정말 나를 보러 왔던 사람이 길가 의자에 앉아 저택 쪽을 바라보고 있더군요. 우리가 보는 것을 눈치 채자 그는 자리에서 일어나더니 한 번도 돌아다보지 않고 떠나버렸습니다.

그때 내가 목격한 것은 놀랍고도 비통한 사실이었습니다. 그것은 알지도 못하는 사람들끼리의 말 없는 사랑이었어요.

그 남자의 사랑이란 구원받은 짐승이 감사한 마음에서 목숨을 바쳐 헌신하려는 그러한 사랑이었지요. 그는 내가 부인의 병세를 잘 파악하리라 생각하고 매일 찾아와서 '부인은 어떻습니까?' 하고 물었습니다. 그러고는 나날이 더 창백하고 파리해진 모습으로 지나가는 것을 보고는 괴롭게 눈물을 흘렸어요.

부인은 나에게 이런 말을 했습니다.

'저 이상한 사람과 말을 주고받은 적은 단 한 번밖에 없는데, 20년 전부터 알고 지낸 사람같이 생각되어요.'

두 사람이 서로 마주치게 되면 여인은 매력 있고 은근한 미소로 인사를 보냈어요. 나는 그 여인이 행복하다고 느꼈습니다. 완전히 버림받은 듯 가망 없다는 것을 여인 자신도 알았건만 그 여인이 행복하다고 느꼈어요. 그토록 모든 것을 바치려는 헌신, 시인과 같은 정열, 존경과 변함없는 사랑을 받고 있는 여인의 처지가. 그러나 여인은 끝내 영광 속에서 살고자 필사적으로 그 남자를 만나려고 하지 않았고, 이름을 알려고도 하지 않았으며, 말을 하려고도 하지 않았어요. 여인은 이렇게 말했습니다.

'그럴 수 없어요. 그렇게 되면 우리들의 기이한 우정에 금이 가고 말아요. 우리들은 서로 모르고 지내야만 해요.'

남자로 말하면 그도 마찬가지로 돈키호테와 같은 인물이었어요. 전혀 여인에게 접근하려고 하지 않았으니까요. 그는 저 열차 안에서 한 약속, 절대로 말을 걸지 않겠다는 터무니없는 약속을 끝내 지키려고 했습니다.

여인은 오랜 기간을 두고 차츰 쇠약해졌는데 종종 소파에서 일어나 창으로 가서 커튼을 살짝 젖히고 창 밑에 그가 있는 것을 바라보았어요. 그가 여전히 꼼짝 않고 의자에 앉아 있는 것을 보고 여인은 입가에 미소를 지으며 돌아와 자리에 누웠습니다.

여인은 어느 날 아침 열 시쯤 숨을 거두었습니다. 내가 저택에서 나오는데 청년이 정신 나간 것 같은 표정으로 다가왔습니다. 그는 벌써 사정을 알고 있었어요.

'선생님 입회하에 잠깐만 보게 해주십시오.'

나는 그의 팔을 잡고 집 안으로 들어갔습니다.

시체를 뉘어둔 앞에 가더니 청년은 여인의 손을 잡고 끝없이 입을 맞추었어요. 그러고는 미친 사람처럼 나가버렸습니다."

의사는 다시 입을 다물었다가 이렇게 말을 이었다.

"자, 이것이 내가 아는 철도 사건 중 가장 기이한 이야기라고 할 수 있습니다. 남자들이란 야릇한 미치광이들에 틀림없지요."

한 여인이 나직한 목소리로 중얼거렸다.

"그 두 사람은 선생님이 생각하시는 것처럼 그렇게 미친 것이 아녜요……. 그들은…… 그들은……."

그러나 여인은 울음이 북받쳐 더는 말을 계속할 수가 없었다. 일동은 여인을 진정시키려고 화제를 돌렸다. 그래서 그녀가 하려던 말은 아무도 듣지 못하고 말았다.

첫눈

 크루아제트의 긴 산책길은 푸른 바닷가를 따라 둥글게 뻗었다. 저 멀리 오른쪽에는 에스테넬 산맥이 바다로 쑥 빠져 나왔다. 이 산맥은 뾰족하고 기묘한 모양의 수많은 봉만들이 남부 지방을 아름답게 꾸미며 수평선을 가로질렀다.
 왼쪽의 생트마르그리트섬과 생오노라섬은 물속에 잠겨 전나무 숲에 덮인 등허리를 드러내었다.
 그리고 넓은 물굽이를 끼고 칸 지방을 둘러싼 큰 산들을 따라 늘어선 무수한 하얀 별장들이 햇볕에 조는 듯하다. 그 양지바른 집들은 산의 높고 낮은 곳에 흩어져서 검푸른 속에 눈송이를 뿌려놓은 듯 보인다.
 해변에는 잔잔한 물결에 잠기곤 하는 이 별장들의 철책이 넓은 산책길 쪽으로 쳐 있다. 맑은 날씨에 따스하기까지 하다. 추운 기운이 가시면서 겨울치고는 포근한 날씨가 되었다. 정원 담장들 너머로 노란 열매가 주렁주렁 달린 오렌지나무와 레몬나무 들이 보인다. 아낙네들은 굴렁쇠를 굴리는 아이들과 함께 모랫길 위를 한가롭게 거닐기도 하고 사내들과 지껄이기도 하면서 지나간다.

한 젊은 여인이 크루아제트를 향해 문이 난 조그마하고 아담한 집에서 조금 전에 나왔다. 그녀는 산책하는 사람들을 바라보며 잠깐 서 있다가 웃음 띤 얼굴로 지척거리며 바다를 마주 보고 놓인 빈 의자 쪽으로 간다. 스무 발자국 남짓 걷는 것으로도 지쳤는지 숨을 헐떡이며 앉는다. 창백한 그녀의 얼굴은 죽은 사람 같다. 그녀는 기침을 하며 자기를 쇠약하게 하는 이 기침을 멎게 하려는 듯이 투명해 보이는 손가락을 입술로 가져간다.

제비들이 날고 있는 햇빛 가득한 하늘을 쳐다보고 저기 에스테렐의 높낮은 봉우리들과 바싹 붙어 있는 파아란 바다, 잔잔하고 아름다운 바다를 그녀는 바라본다.

그녀는 다시 웃음 지으며 중얼거린다.

"아, 난 참 행복해."

그러나 그녀는 자신이 머지않아 죽으리라는 것을 안다.

다시 봄이 오는 것을 보지 못할 것이고, 지금 그녀 앞을 지나는 바로 저 사람들은 내년에도 좀 더 자란 아이들을 데리고 이 산책길을 따라 걸으며 언제나 희망과 애정과 행복에 가슴 부푼 채 이 따스한 고장의 포근한 공기를 호흡하련만, 자신은 참나무로 만든 관 속에서 수의감으로 이미 손수 골라놓은 비단옷 속에 뼈만을 남겨놓은 채 지금 자기에게 붙어 있는 이 육신은 썩어질 것도 안다.

그때 그녀는 없을 것이다. 인생의 모든 것은 다 자기 이외의 사람들을 위하여 계속될 것이다. 이것이 그녀에게는 종말일 것이다. 영원한 종말일 것이다. 그때는 나는 이미 없겠지 하고 생각하고 그녀는 웃음을 띠며 병든 폐로 정원의 향기 머금은 공기를 마음껏 들이마신다.

그리고 그녀는 생각에 잠긴다.

그녀는 돌이켜 추억을 더듬는다. 노르망디의 한 점잖은 남자와 결혼한 지 어언 4년이다. 그는 어깨가 넓고 깊지 않은 기지와 유쾌한 유머를 가진 혈색 좋고 수염을 기른 힘센 청년이었다.

그들은 그녀로서는 알지도 못했던 재산 문제 때문에 결혼하게 되었다. 그녀는 마음 같아서는 거절하고 싶었다. 그러나 부모의 뜻에 거역하지 않으려고 고개를 한 번 끄덕여 수락하고 말았다. 파리 태생으로 명랑하고 행복하게 살던 그녀였다.

그녀의 남편은 노르망디의 자기 성관(城館)으로 그녀를 데려갔다. 이 성관은 커다란 고목에 싸인 넓은 석조 건물이었다. 전나무들이 하늘을 찌를 듯 솟아 있어 밖을 내다볼 수 없었다. 오른편에 있는 길로 멀리 떨어진 농가까지 거침없이 뻗은 들판이 보였다. 지름길 하나가 철책 앞을 지나 3킬로미터나 떨어진 한길까지 닿아 있었다.

아! 온갖 지난 일들이 그녀의 머리에 떠오른다. 거기에 도착하던 일이며 새로운 집에서의 첫날이며, 그 뒤로 외로웠던 생활이며 모든 것이 생각난다.

그녀는 마차에서 내리면서 오래된 건물을 바라보고 웃으며 이렇게 말했다.

"상쾌한 기분이 나지는 않네요!"

그러자 남편이 웃으며 대답했다.

"그러면 어때! 익숙해질걸. 앞으로 알게 되겠지만 나는 이 집에서 결코 지루해본 적이 없다오."

그날 그들은 서로 포옹하면서 시간을 보냈다. 그래서 그녀는 그 하루가 너무 길다는 생각이 들지 않았다. 그 이튿날도 그렇게 보냈다. 참말이지 그 주일은 애무 속에 지나버렸다. 그다음부터 그녀는 집 안 가꾸기에 골몰했다. 여기에 한 달이 걸렸다. 하찮은 일들에 열중하면서 하루하루가 지나갔다. 그녀는 살림에서 사소한 일의 가치와 중요성을 배워갔다. 철따라 몇 푼 더하기도 하고 덜하기도 하는 달걀 값에도 관심을 가지게 되었다.

여름이었다. 그녀는 곡식 거두는 것을 보러 들로 나갔다. 햇빛의 즐거움으로 그녀의 마음도 즐거웠다.

가을이 되었다. 남편이 사냥을 다니기 시작했다. 그는 아침이면 두 마리 개, 메도르와 미르샤를 데리고 나갔다. 그러면 그녀는 남편 앙리가 없다고 언짢아하지도 않고 혼자 남아 있었다. 그녀는 그를 퍽 아껴주었으나 그를 보고 싶어하지는 않았다. 그가 돌아오면 그녀의 애정은 개들이 다 차지했다. 그녀는 어머니 같은 자애를 가지고 저녁마다 개들을 보살피고 한없이 쓰다듬어주고 자기 남편에게는 그래볼 생각조차 못 했던 수많은 어여쁜 애칭을 붙여주었다.

남편은 그녀에게 언제나 자기 사냥 이야기를 들려주었다. 전에 자고새를 보았던 곳을 표시해두었다거나 조제프 르당튜의 클로버

밭에서 산토끼를 전혀 찾아볼 수 없으니 놀라운 일이라는 등의 이야기였다. 때로는 아브르의 르샤팰리에 씨가 하는 짓에 분개하기도 했다. 르샤팰리에 씨가 남편 앙리 드 파르빌이 손수 세워놓은 사냥 미끼를 떼어가려고 경계 주변을 끊임없이 엿본다는 것이다.

그녀가 대답했다.

"그래요, 아무리 생각해봐도 그건 나쁜 짓이에요, 정말."

겨울이 왔다. 노르망디의 겨울은 춥고 비가 많이 내린다. 그칠 줄 모르는 소나기가 가파른 큰 지붕의 기왓장들 위에 하늘을 향해 우뚝 선 물기둥같이 내리퍼부었다. 길은 진창이 되고 들판도 온통 진흙투성이가 되었다. 그리고 쏟아지는 빗소리 말고 아무 소리도 들리지 않았다. 또 빙빙 돌며 날아다니다 구름같이 퍼지는 까마귀 떼가 밭에서 어울려 싸우다 날아가버리는 것 말고는 아무런 움직임도 보이지 않았다.

네 시쯤이면 날아드는 검은 까마귀 떼는 시끄럽게 소리 지르면서 성 왼쪽에 있는 커다란 밤나무들 속에 와서 앉곤 했다. 한 시간 가까이 이 가지 끝에서 저 가지 끝으로 푸득푸득하며 서로 싸우는 듯도 하고 까옥까옥 울기도 하면서 잿빛 가지 위로 시커멓게 날아다녔다.

그녀는 가슴을 죄며 쓸쓸한 대지 위에 어둠이 깃들 때의 그 무시무시한 우울에 빠져 저녁마다 그 모습을 바라보았다.

그러다가 그녀는 등불을 가져오라고 종을 쳤다. 그러고는 불 가까이로 갔다. 그녀는 습기가 밴 이 커다란 방들이 덥혀지질 않아 자꾸만 장작을 지피곤 했다. 온종일 그녀는 객실에서도, 식당에서도,

침실에서도 춥기만 했다. 뼛속까지 추운 것같이 여겨졌다. 남편은 저녁을 먹으러나 겨우 들어올 뿐이었다. 왜냐하면 늘 사냥질 아니면 밭갈이, 씨 뿌리기 등 온갖 시골일에 바쁘기 때문이었다.

그는 즐거운 표정으로 흙투성이가 되어 돌아와서는 손을 비비며 큰 소리로 말했다.

"날씨 참 돼먹지 않았어" 또는 "불이 있으니 좋군" 하거나 때로는 이런 말을 묻기도 했다.

"오늘은 뭘 했소? 기분 좋소?"

그는 행복했다. 모험 없고 평온하고 단조로운 이 생활 외에 다른 것은 꿈도 꾸지 않으며 아무런 욕심 없이 잘 지냈다.

12월에 들어서 눈이 내리기 시작하자 세월과 더불어 인간도 그렇듯이 몇백 년 사이에 점점 더 을씨년스러워지는 듯한 이 고성(古城)의 냉랭한 공기에 그녀는 몹시 괴로웠다. 그래서 어느 날 저녁 그녀는 남편에게 이런 요구를 했다.

"여보, 앙리. 여기다 난로를 하나 놓도록 해줘요. 그러면 벽도 좀 말릴 수 있을 거예요. 정말이지 아침부터 저녁까지 하루 종일 추워요."

처음에는 이런 저택에 난로를 놓는다니 가당치 않은 생각이라고 말도 못 꺼내게 했다. 그에게는 은쟁반에다 개밥을 차려주는 것이 오히려 더 자연스러워 보였다. 얼마 있다가 배 속에서 힘차게 터져 나오는 웃음으로 자꾸 웃으면서,

"여기다 난로를 놓다니! 여기다 난로를 놓다니, 참! 하! 하! 하! 그만 웃기오!"

그녀가 그렇지 않다고 말했다.

"여보, 정말 추워요, 당신은 모를 거예요. 당신은 늘 움직이니까. 그러나 난 추워요."

그가 여전히 웃으면서 대꾸했다.

"괜찮아! 상관없어, 게다가 추운 편이 건강에 좋다오. 당신 건강도 오히려 나아질 거요. 당신이나 나나 절절 끓는 집에서 살던 파리지엔은 아니지 않소. 더군다나 곧 봄이 올 거 아니오."

정월 초순께 커다란 불행이 그녀에게 닥쳐왔다. 그녀의 양친이 차 사고로 돌아가신 것이다. 그녀는 장례식 때문에 파리에 왔다. 그 후로 근 여섯 달 동안 오직 슬픔 속에 묻혀 지냈다.

날씨가 따스해지자 그녀는 그런 슬픔에서 벗어난 듯 조금 나아지기도 했다. 그러나 가을이 되도록 그녀는 비란 속에서 살았다.

추위가 또 닥쳐오자 그녀는 다시금 우울한 앞날을 대면하게 되었다. 어떻게 해야 할 것인가? 속수무책일 뿐이었다. 이제부터 그녀에게 무슨 변화라도 일어날 것인가? 아무런 기미도 없었다. 어떤 기대가, 어떤 희망이 그녀의 마음을 소생시킬 수 있을 것인가? 그럴 만한 것도 없었다. 그녀를 진찰한 어느 의사는 그녀가 결코 아이를 가질 수 없을 것이라고 단정적으로 말했다.

다른 해보다도 더욱 살을 에는 듯한 매서운 추위에 그녀는 계속 시달렸다. 떨리는 손을 붉게 타오르는 불에 쬐었다. 훨훨 타오르는 불 곁에서 얼굴이 벌겋게 되었다. 그래도 싸늘한 냉기가 뼛속까지 스며들고 살과 옷 사이를 파고들었다. 그래서 그녀는 전신을 떨었다. 밀어닥치는 찬바람, 극성맞고, 험상궂고, 악착스러운 원수 같은 찬 기운이 온 집 안에 꽉 차 있었다. 그녀는 항상 그 찬바람에 부닥쳤고 그러노라면 그녀의 얼굴, 손 또는 목덜미에 그 찬바람은 쉬지 않고 그 숨결을 불어댔다.

그녀가 다시 난로 이야기를 꺼냈다. 그러나 남편은 마치 그녀가 터무니없는 것을 요구한다는 듯이 듣고 넘겨버렸다. 난로를 놓는다는 것은 파르빌, 그에게는 선경(仙境)의 보석을 발견하는 것만큼이나 전혀 있을 수 없는 일같이 보였다.

볼일이 있어 루앙에 갔던 그는 구리로 만든 예쁜 열기구를 하나 사다가 "휴대용 난로야" 하고 웃으면서 아내에게 주었다. 그러고서 그것이면 이제 그녀의 추위를 막기에 충분하다고 생각했다.

섣달그믐께가 되자 그녀는 이대로 더는 살 수 없을 것 같았다. 그래서 어느 날 저녁, 식사를 하면서 그녀는 조심스럽게 이런 제의를 했다.

"여보, 봄이 되기 전에 파리에 가서 한두 주일 지내지 않겠어요?"

남편은 어리둥절했다.

"뭐, 파리, 파리에 가서? 뭣 때문에 그래? 별소릴 다 하는구려. 안 돼! 자기 집이 제일 좋은 법이야. 당신은 때로 이상한 생각도 다 하오!"

그녀는 말을 더듬으면서 "그러면 우리도 좀 기분 전환이 될 텐데" 했다.

그러나 그는 이해해주지 않았다.

"기분 전환을 위해 뭐가 필요한 거요? 극장? 야회(夜會)? 시내에

나가 저녁 사 먹는 것? 허나 당신도 여기 오면서부터 그런 오락 따위는 기대해선 안 된다는 것을 알았을 텐데!"

그녀는 그 말의 내용과 어조 속에서 꾸지람 같은 것을 느꼈다. 그녀는 잠자코 있었다. 그녀는 고집을 부리거나 맞서지 않는, 수줍고 온화한 성격이었다.

어느 날 저녁 그녀가 나무들 둘레를 빙빙 떠도는 까마귀 떼를 바라보았다. 그때 그러지 않으려 했으나 저절로 눈물이 고였다.

그녀의 남편이 들어왔다. 그는 매우 놀란 표정으로 물었다.

"무슨 일 있소?"

그녀의 남편은 더할 수 없이 행복했다. 이 밖의 생활을 꿈꾸어본다거나 다른 즐거움을 생각해본 적이 결코 없었다. 그는 이 황량한 고장에서 태어나 여기서 자랐다. 그는 정신적으로나 육체적으로나 아무 고통 없이 자기 집에서 살아왔다.

다른 사람들이 어떤 사건 같은 것이 일어나기를 바란다거나 변화 있는 기쁨을 느끼고 싶어하는 것이 그에게는 이해가 되지 않았다. 또 1년 내내 같은 곳에서 사는 것이 자연스럽지 못하다는 생각을 그는 전혀 이해할 수 없었다. 봄에는 봄대로, 여름에는 여름대로, 가을에는 가을에 어울리게, 겨울에는 겨울에 맞게 새로운 고장에서 새로운 즐거움을 즐기는 사람이 많다는 것도 모르는 것 같았다.

그녀는 대답을 할 수가 없었다. 그래서 애써 눈물만 닦았다. 그녀는 말을 더듬으며 어찌할 바를 몰랐다.

"난, 나는, 난 좀 쓸쓸해요……. 따분하기도 하고요."

그러자 일말의 두려움이 그런 말을 하는 그녀를 사로잡았다. 그래서 언뜻 이렇게 덧붙였다.

"그리고 좀…… 좀 추워요."

이 말에 그는 화가 났다.

"아니! 그래…… 아직도 난로 생각이구려. 그러나, 봐요. 제기랄! 당신 여기 와서 감기 한 번 든 적 없지 않소."

밤이 되었다. 그는 자기 방으로 올라갔다. 왜냐하면 그녀가 방을 따로 쓰자고 주장했기 때문이다. 그녀는 누웠다. 잠자리에서조차도 그녀는 추웠다. 그녀는 이런 생각이 들었다.

'언제까지나, 죽을 때까지 이렇겠지.'

그러고는 남편을 생각해봤다. 어떻게 나에게 그런 말을 할 수 있을까. "당신 여기 와서 감기 한 번 든 적 없지 않소"라고.

그녀가 고생한다는 것을 그가 알게 되려면 병이 나서 몹시 기침이나 해야 할 것이 틀림없다.

그래서 그녀는 약하고 수줍은 성격임에도 복받치는 노여움에 사로잡히고 말았다. 기침을 몹시 하게 될 것이 틀림없다. 그제서야 아마도 남편이 그녀를 측은하게 여길 것이다. 이제 그녀가 기침을 하게 될 것이 틀림없다. 그녀가 기침하는 것을 들으면 의사를 불러올 것이다. 그녀의 남편은 그때야 알게 되겠지!

그녀는 종아리를 드러내놓은 채 맨발로 일어났다. 그리고 어린애 같은 생각이 떠올라 웃음 지었다.

'기어이 난로를 놓고 말겠어. 결국 그렇게 될걸. 난로를 하나 놓아야겠다는 결심을 그가 하도록 나는 기침을 해야겠다.'

그러고는 그녀는 거의 다 벗은 채 의자에 앉았다. 그렇게 한 시간

두 시간을 기다렸다. 그녀는 추위에 떨었다. 그러나 감기에 걸리지는 않았다. 그러자 그녀는 비상수단을 쓰기로 마음먹었다.

그녀는 소리를 내지 않고 침실을 나와 계단을 내려와서 정원으로 나가는 문을 열었다.

눈에 덮인 땅은 죽은 듯했다. 그녀는 불쑥 벗은 발을 내디더 이 부드럽고도 차디찬 눈 속에 발을 묻었다. 쓰라린 상처처럼 오싹 추운 느낌이 가슴속까지 올라왔다. 그러나 다른 한 발도 내디디며 서서히 층계를 내려가기 시작했다.

그러고 나서 그녀는 잔디밭을 건너서 앞으로 걸어가며 혼잣말로 중얼거렸다.

"저 전나무 숲까지 가봐야겠다."

그녀는 맨발을 눈 속에 넣을 때마다 숨이 막히도록 헐떡이면서 종종걸음으로 걸어갔다.

자기의 계획대로 다 했다는 것을 스스로에게 납득이라도 시키려는 듯 그녀는 첫 번째 전나무를 손으로 만졌다. 그러고 나서 돌아섰다. 하도 기운이 빠지고 전신이 마비된 것같이 여겨져서 그녀는 두세 번은 넘어지는 줄 알았다. 그러고도 집 안으로 들어오기 전에 그녀는 또 그 차가운 눈 위에 앉았다. 심지어 눈을 뭉쳐 가슴에 문지르기도 했다.

그다음에 그녀는 들어와 자리에 누웠다. 한 시간이 지나자 그녀는 목구멍이 간질간질한 것 같았다. 그 간지러운 기운이 사지를 따라 퍼졌다. 그래도 잠이 들었다.

그 이튿날 그녀는 기침이 나서 일어날 수가 없었다.

그녀는 폐출혈(肺出血)로 정신을 잃고 말았다. 이런 실신 상태에서도 그녀는 난로를 찾았다. 의사는 난로를 하나 놓으라고 억지로 권했다. 결국 앙리는 굴복하고 말았다. 그러나 그것은 심히 화가 나서 마지못해 한 굴복이었다.

그녀의 병세는 호전되지 않았다. 깊이 병든 폐는 생명에 대한 불안마저 주었다.
"부인이 여기 계시면 겨울을 나지 못할 겁니다."
의사가 말했다.
그녀는 남부 지방으로 보내졌다.
그녀는 칸에 와서 새삼 햇빛을 깨닫고 바다를 사랑했으며, 꽃 핀 오렌지나무의 향기를 호흡했다.
그다음에 봄이 되자 그녀는 노르로 옮겨 갔다.
그러나 이즈음 그녀는 병이 낫는 것을 두려워하며 기나긴 노르망디의 겨울에 대한 공포심을 가지고 살아가고 있었다. 그래서 몸이 나아지려 하자 밤마다 지중해의 따스한 해변을 그려보면서 창문을 열어놓았다.
이제 그녀는 머지않아 죽을 것이다. 그녀는 그것을 안다. 그녀는 행복하다.
그녀는 평소 거들떠보지도 않던 신문 한 장을 펴고 〈파리에 첫눈 내리다〉란 제목을 읽는다.
그러면서 몸을 떨고는 그다음에 미소를 짓는다. 그녀는 저 멀리 석양에 장밋빛으로 물든 에스테렐 산맥을 바라본다. 그리고 넓고 푸른 하늘, 아주 푸른 하늘을, 또 망망한 푸른 바다, 파아란 바다를 바라보며 일어선다.

그러고는 너무 늦도록 밖에 있어서 좀 추웠기 때문에 기침을 하느라고 멈췄다가는 느린 걸음으로 집으로 들어온다.

그녀는 남편에게 온 편지를 보고 여전히 웃음을 띤 채 그것을 펴서 읽고 있다.

사랑하는 당신에게

나는 당신의 몸이 좋아지기를 그리고 당신이 우리의 아름다운 고장을 너무 그리워하지 않기를 바라오. 여기는 며칠 전부터 눈이 오려고 어지간히 쌀쌀하오. 나는 그때가 몹시 기다려지오. 그리고 내가 당신의 저주받은 난로를 피우지 않고도 잘 지내리란 것을 당신은 알겠지….

그녀는 자기가 난로를 가져보았다는 그 생각에 못내 행복해하며 편지 읽는 것을 중단한다. 편지를 든 오른손이 무릎 위로 서서히 떨어지고 가슴을 에는 듯한 끈덕진 기침을 가라앉히려는 듯이 왼손을 입으로 가져간다.

미친 여인

 여보게들, 난 멧도요를 보면 전쟁 중에 일어난 비참한 이야기가 생각나네.

 마티유 당돌랭 씨가 이야기를 꺼냈다.

 코르메유 교외에 있는 우리 소유지 알지. 프러시아인들이 쳐들어왔을 때 나는 그곳에 살고 있었네.

 그때 이웃에 한 미친 여인이 있었는데 거듭되는 불행의 타격으로 정신이 나간 여자였네. 오래전, 그 여자 나이 스물다섯일 때 단 한 달 동안에 아버지와 남편과 갓난아이를 잃었다네.

 집에 죽음이 한번 들어오면 드나드는 문이 어디 있는지 알았다는 듯이 거의 연달아 다시 찾아오는 법이지.

 가엾은 젊은 여인은 슬픔의 타격을 받고 자리에 누워 6주일 동안이나 헛소리를 했네. 그러고는 격렬한 발작에 이어 잠잠한 일종의 무기력 상태가 계속되었는데, 여인은 몸을 움직이지 않고 음식도 거의 입에 대지 않았으며 눈만 굴렸네. 누가 몸을 일으키려고 하기만 하면 죽이기라도 하는 것처럼 소리를 질렀네. 그래서 언제나 누워 있게 내버려두었지. 자리에서 그를 끌어내는 것은 몸을 씻길 때나 침구를 갈아야 할 때뿐이었네.

노파 한 사람이 곁에 남아서 때때로 물도 먹여주고 냉육(冷肉)을 조금씩 입에 넣어주기도 했네. 이 절망에 빠진 영혼에 무슨 변화가 일어났을까? 말을 하지 않으니 아무도 알 도리가 없었네. 죽은 사람들을 생각했을까? 명확한 기억도 없이 슬픈 공상을 했을까? 아니면 사고력이 완전히 파괴되어 고인 물과 같이 움직이지 않았을까?

15년 동안 여인은 갇힌 채 죽은 듯이 누워 있었네.

전쟁이 일어났네. 12월 초순에는 프러시아 군대가 코르메유에 침입했지.

나는 그것을 어제 일같이 기억하네. 돌도 얼어 터질 듯한 추운 날씨였지. 신경통으로 몸을 움직일 수가 없어 안락의자에 기대 있었는데, 무겁고 율동적인 그들의 발소리가 들려왔네. 나는 창 너머로 그들이 지나가는 것을 보았지.

모두가 한결같이 독특한 인형 같은 동작을 하는 행렬이 끊임없이 지나갔네. 그러더니 지휘관들이 주민들에게 병사들을 배당했지. 나에게는 열일곱, 이웃의 미친 여인 집에는 열둘이 배당되었는데, 이들 열둘 중에는 참으로 전쟁 속에서 늙었다고 할 무뚝뚝하고 난폭한 소령이 한 사람 끼어 있었네.

처음 며칠 동안은 아무 일도 없었네. 옆방 장교에게는 부인이 병으로 누워 있다고 말했고 장교도 그에 대해서는 별로 신경을 쓰지 않았네. 그러나 얼마 지나지 않아 사관은 부인이 한 번도 나타나지 않는 것에 화가 났네. 그는 부인의 병이 무엇인가 물었네. 대답은 깊은 슬픔으로 인해 15년 전부터 자리에 누워 있다는 것이었지. 장교는 이 말을 믿을 수 없었는지 이 가엾은 실성한 여인이 자리에서 일어나지 않는 것은 프러시아인을 보지 않으려는, 그들과 말을 하거나 접촉하지 않으려는 자존심 때문이라고 생각했네.

그는 부인에게 만나달라고 요청했네. 부인 방으로 들어가자 그는 퉁명스러운 목소리로 물었네.

"부인, 아래서들 뵙고자 하니 자리에서 일어나 내려가주시기 바랍니다."

부인은 그를 향해 눈을 돌렸네. 아무런 표정도 없는 희미한 시선을. 그리고 아무런 대답도 하지 않았네.

그는 다시 말했지.

"나는 거만하게 구는 것은 참지 못하오. 당신이 자진해서 일어나지 않겠다면 당신 스스로 걸어 나오도록 좋은 방법을 강구해볼 것이오."

부인은 여전히 손끝 하나 움직이지 않았네. 마치 그를 보지 못한 듯했어.

장교는 이 조용한 침묵을 극단적인 멸시의 표현이라고 생각하고 왈칵 성을 냈지.

"내일도 내려오지 않는다면……."

그는 이렇게 말을 던지고는 나가버렸네.

이튿날 노파는 어쩔 줄 몰라 했지. 부인에게 옷을 입히려고 했으나 미친 여인은 몸을 뒤틀면서 소리를 지르기 시작했네. 장교가 재빨리 올라왔지. 하녀는 그의 다리에 매달리며 애원했네.

"싫다고 합니다, 장교 나리. 싫다 해요. 제발 용서해주십쇼. 불쌍한 분입니다."

군인은 난처해져서 서 있었네. 화가 났지만 차마 부하들을 시켜 부인을 끌어내지는 못했지. 그러나 갑자기 웃음을 지으며 그는 독일어로 명령을 내렸네.

그러자 잠시 후 1개 분대의 병사가 부상병을 나르듯 침구를 들고 나오는 것이 보였네. 한 번도 손대본 적이 없는 침구 속에서 미친 여인은 누워 있게만 한다면 아무래도 상관없다는 듯이 여전히 말 한마디 없이 잠자코 있었네. 병사 하나가 부인의 옷보퉁이를 들고 뒤따랐지.

장교는 손을 비비며 이렇게 말했네.

"당신 혼자서 옷을 입을 수 없는지, 조금도 걷지 못하는지 볼 수 있겠지."

병사들의 대열이 이모빌 숲 쪽으로 멀어져가는 것이 보였네.

두 시간 뒤에 병사들만 돌아왔어.

그 후 다시는 그 여자의 모습이 보이지 않았네. 병사들은 그녀를 어떻게 한 걸까? 어디로 데리고 갔을까? 전혀 알 수가 없었지.

그러고는 밤낮으로 눈이 내려 들과 숲이 밀가루처럼 날리는 눈 속에 파묻혔네. 이리들이 문 앞까지 와서 으르릉거렸지.

그 간 곳을 알 길 없는 여인 생각이 내 머릿속을 떠나지 않았네.

정보를 얻어보려고 나는 몇 번이나 프로시아 당국에 청원을 했지. 하마터면 총살당할 뻔했어.

다시 봄이 되었네. 점령군이 물러갔지. 이웃집은 문이 닫혀 있었네. 길에는 무성한 잡초가 돋아났지.

겨울 동안 노파도 세상을 떠났네. 이제 누구 한 사람 이 사건을 염두에 두지 않았네. 다만 나 혼자 끊임없이 이 사건을 생각했지.

놈들은 그 여자를 어떻게 했을까? 그 여자는 숲속을 지나 도망쳤을까? 누가 어디서 그 여자를 붙잡았다가 아무런 말도 들을 수가 없으니 병원에 수용시키지나 않았을까? 이런 나의 의혹은 풀 길이 전혀 없었네. 그러나 차츰 시간이 지남에 따라 나의 근심도 가라앉았네.

그런데 다음 해 가을, 멧도요들이 떼 지어 지나갔네. 그리고 나도 신경통이 좀 나아져서 숲까지 천천히 따라갔네. 나는 부리가 긴 이 새를 벌써 네다섯 마리나 잡았지. 그런데 그중 한 마리가 나뭇가지로 덮인 구덩이 속으로 떨어져 보이지 않았어. 나는 그것을 주우러 구덩이 있는 데로 내려갈 수밖에 없었네. 그 새는 어느 시체의 해골 곁에 떨어져 있었네. 그러자 문득 저 미친 여인 생각이 주먹으로 얻어맞은 듯 마음속에 떠올랐네. 저 처참했던 한 해 동안 그녀 말고도 많은 사람이 이 숲속에서 죽었을 거야. 그러나 왜 그랬는지는 몰라도 내 눈에 띈 저 해골은 불쌍한 미친 여인의 것이라는 확신이 들었네.

갑자기 나는 깨달았지. 모든 것을 짐작했네. 놈들은 그 여자를 침구 위에 눕힌 채 춥고 인적 없는 숲속에 버렸던 거야. 그리고 여인은 자신의 고집대로 가볍고 두꺼운 새털 이불 같은 눈에 덮여 팔도 다리도 움직이지 않고 그대로 죽어버린 것이지.

그 뒤 이리들이 뜯어먹었겠지.

새들은 찢어진 침구에서 털을 가져다 집을 지었겠고.

나는 저 슬픈 해골을 보관하고 있네. 그리고 나는 기원하네. 우리네 자식들은 결코 다시 전쟁을 겪게 되지 않기를.

두 친구

파리는 포위되었고 사람들은 굶주려 죽을 지경이었다. 지붕 위에 참새도 보기 힘들어졌고 수챗구멍마저 말라붙었다. 사람들은 무엇이든지 닥치는 대로 먹으며 버텼다.

정월 어느 맑은 아침에 모리소 씨는 시의 외곽 도로를 따라 쓸쓸히 걷고 있었다. 본업은 시계포 주인이나, 때로는 할 일 없이 놀고먹기도 하는 그는 지난날 친하게 지냈던 한 친구 앞에 우뚝 멈춰 섰다. 그는 물가에서 사귄 소바주 씨였다.

전쟁 전에는 일요일마다 새벽부터 손에는 대로 만든 낚싯대를 들고, 등에는 양철통을 메고 모리소 씨는 길을 떠났다. 그는 아르장테유에서 기차를 타고 콜롱브에서 내려 마랑트섬까지 걸어가곤 했다. 꿈에도 잊지 못하는 이곳에 닿자마자 그는 낚시질을 시작하여 밤까지 고기를 낚곤 했다.

거기서 그는 일요일마다 작달막한 키에 뚱뚱하며 쾌활한 소바주 씨, 노트르담 드 로레트 거리의 잡화상이자 자기 못지않게 광적인 낚시꾼인 소바주 씨를 만났다. 그들은 낚싯대를 손에 쥐고 흐르는 물에 발을 담근 채 나란히 앉아 반나절을 보내는 때가 종종 있었다. 그렇게 해서 그들은 우정을 맺은 것이다.

어떤 날은 서로 말을 건네지 않기도 하고 때로는 이야기를 하기도 했다. 그러나 취미와 감정이 같았으므로 그들은 말 한마디 없이도 놀라우리만큼 서로 잘 이해했다.

봄이면 아침 열 시쯤 막 떠오른 태양이 물살과 함께 흘러가는 뿌연 수증기를 잔잔한 강물 위에 어리게 하고 이 두 낚시 중독자들의 잔등에 새봄의 따스한 햇볕을 부어줄라치면 모리소 씨는 이따금 옆 사람에게 "여보게, 얼마나 따뜻한 날씬가!" 하고 말한다. 그러면 소바주 씨는 "이렇게 좋은 날씨는 처음이야" 하고 대답하곤 했다. 이것으로도 서로 이해하고 믿기에는 충분했다.

가을에는 해 질 무렵 석양에 붉게 물든 하늘이 핏빛 구름의 모습을 물속에 드리워 온 강물을 자주빛으로 만들고 수평선은 훨훨 타오르며 두 사람 사이를 불꽃처럼 벌겋게 물들이고 또 벌써 갈색으로 퇴색되어 추위에 떨고 있는 나무들을 금빛으로 물들일 때면 소바주 씨는 미소를 띠고 모리소 씨를 쳐다보며 "얼마나 장관인가!" 하고 말한다. 그러면 황홀경에 빠졌던 모리소 씨는 낚싯대에서 눈을 떼지 않은 채 "이게 시내 큰 거리 구경보다 훨씬 낫지, 안 그래?" 하고 응수하곤 했다.

이제 그들은 서로 누구인지 알아보자 하도 엉뚱한 환경에서 다시 만난 탓에 감개무량하여 힘껏 손을 맞잡았다. 소바주 씨는 한숨을 쉬면서 나지막하게 중얼거렸다.

"이런 난리가 어디 있나!"

몹시 침통한 빛을 띤 모리소 씨는 신음하듯 말했다.

"그런데 날씨가 참 좋군! 오늘이 올해 들어 처음으로 좋은 날씬데."

실로 하늘은 아주 맑고 햇빛이 가득했다.

그들은 몽상에 잠겨 처량한 모습으로 나란히 걷기 시작했다. 모리소 씨가 다시 말을 꺼냈다.

"낚시질하던 때 기억나나? 여보게, 좋은 추억이지?"

소바주 씨가 물었다.

"언제나 우리가 거기서 다시 만날 수 있을까?"

그들은 어느 조그만 카페로 들어가 압생트 한 잔씩을 같이 마셨다. 그러고는 보도 위를 다시 거닐기 시작했다.

모리소 씨가 갑자기 멈춰 서더니 말했다.

"한잔 더 하지, 어때?"

"자네 좋을 대로."

소바주 씨가 동의했다. 그래서 그들은 다른 술집으로 들어갔다.

나올 때는 몹시 취하여 빈속에 술로 배를 채운 사람들처럼 그들은 비틀거렸다. 날씨는 따스했고 부드러운 미풍이 그들의 얼굴을 간질여주었다.

훈훈한 공기에 얼근히 취하고 만 소바주 씨는 걸음을 멈추고 말했다.

"거기나 가면 어떨까?"

"거기라니?"

"낚시하러 말이야."

"허나 어디로?"

"우리 섬으로. 콜롱브 근처에는 프랑스 전초들이 있거든. 내가 뒤 물랭 대령을 잘 아니 쉽게 통과할 수 있을 거야."

모리소 씨는 낚시를 하고 싶은 욕심에 몸살이 날 지경이었다.

"그래, 나도 따라가지."

그들은 낚시 도구를 가지러 가느라고 서로 헤어졌다.

한 시간 후에 그들은 큰길 위를 나란히 걸어갔다. 그들은 대령이 차지하고 있는 별장에 이르렀다. 그는 그들의 요청에 미소를 짓고 그들의 바람에 응해줬다. 통행증을 마련한 그들은 다시 걷기 시작했다.

얼마 가지 않아 그들은 전초지를 넘어서 인적 없는 콜롱브를 지나 센강 쪽으로 경사진 조그만 포도밭 가에 이르렀다. 열한 시쯤 되었다.

정면에는 아르장테유 마을이 죽은 듯 고요했다. 오르그몽과 사누아의 언덕들이 온 지방을 내려다보고 있다. 낭테르까지 뻗은 넓은 들판은 앙상한 벚나무들과 거무튀튀한 흙덩이들이 있을 뿐 황량했다.

소바주 씨는 산봉우리를 손가락으로 가리키면서 속삭였다.

"프러시아 놈들이 저 위에 있어!"

그러자 한 가닥 불안이 이 황량한 곳에 선 두 사람을 안절부절못하게 했다.

프로시아 놈들! 한 번도 본 적은 없지만 몇 달 전부터 파리 주변에서 프랑스를 파괴하고 약탈하고 학살하고 굶주리게끔 해 보이지 않는 막강한 힘을 가진 놈들로 여겨졌다. 그래서 이 승리에 도취한 미지의 민족에게 그들이 품은 적개심에는 일종의 터무니없는 공포감마저 더해졌다.

"어때! 만약 우리가 그놈들을 만난다면?"

모리소 씨가 말을 더듬었다.

소바주 씨는 어떤 일이 있더라도 잃지 않는 그 파리 사람다운 유머 감각으로 이렇게 대답했다.

"그놈들에게 생선 튀김이나 한 개 주지."

그러나 온 들판의 죽은 듯한 침묵에 질린 그들은 더 앞으로 나가기를 주저했다.

마침내 소바주 씨가 마음을 굳게 먹고 말했다.

"자, 출발, 그러나 조심해야 해."

그리고 그들은 둘이서 몸을 숨기기 위해 덤불을 이용해 몸을 숙여 기어가면서 불안한 눈초리로 귀를 기울이고는 포도밭 속으로 내려갔다.

강가에 닿으려면 아무것도 없는 땅 한 뙈기를 건너질러야 했다. 그들은 뛰기 시작했다. 강둑에 이르자 그들은 마른 갈대숲 속에 웅크리고 앉았다.

모리소 씨는 그 근방에서 발소리가 들리지 않나 해서 땅에 뺨을 대고 귀를 기울였다. 아무 소리도 들리지 않았다. 오직 그들만이 있을 뿐이었다.

그들은 마음을 푹 놓고 낚시질을 하기 시작했다.

그들 앞에는 인적 없는 마랑트섬이 저쪽 강둑으로부터 그들을 가려주었다. 조그만 음식점은 닫혀 있는 것이 몇 해 전부터 버려진 듯했다.

소바주 씨가 처음으로 모래무지 한 마리를 잡았다. 그다음에는 모리소 씨가 낚았다. 그리고 두 사람은 이따금 펄떡펄떡 뛰며 줄 끝에 걸려 번쩍이는 작은 고기들을 끌어 올리곤 했다. 낚시질이 참으로 기적과도 같이 잘되었다.

발밑에 담가둔, 구멍이 매우 촘촘한 어망에 고기들을 살며시 넣었다. 그러고 나면 흐뭇한 기쁨, 오랫동안 빼앗겼던 아끼던 오락을 다시 찾을 때 맛볼 수 있는 그 기쁨이 그들에게 스며들었다.

따스한 햇빛이 그들의 어깨에 내리쬔다. 이제는 어떤 소리에도 귀를 기울이지 않고 아무것도 생각지 않고 그 밖의 세상일 다 잊어두고 그들은 낚시질을 했다.

그러자 별안간 땅 밑에서 울려 오는 듯한 무거운 소리가 땅을 흔들었다. 대포를 다시 쏘기 시작한 것이다.

모리소 씨가 고개를 돌렸다. 방죽 너머 저편 왼쪽에 방금 터진 포연(砲煙)을 수탉의 볏처럼 산마루에 두른 몽 발레리앙의 거대한 모습이 보였다. 그러자 곧 두 번째 연기 뭉치가 요새의 꼭대기에서 솟아올랐다.

그리고 조금 있다가 또 새로운 폭음이 울려 왔다. 그러고 나서 다른 것들이 잇달아 터졌다. 그리하여 연방 산에서는 죽음의 숨소리가 터져 나왔고, 고요한 하늘로 뿜어 나온 잿빛 연기는 서서히 솟아 올라 산 위에 구름을 이루었다.

소바주 씨가 어깨를 으쓱하고는 이렇게 말했다.

"저놈들 또 시작이군."

낚싯줄에 달린 찌의 깃이 연방 잠기는 것을 열심히 바라보던 모리소 씨는 이렇듯 서로 싸우는 저 악랄한 놈들을 향해 본디 조용한 사람의 분노가 갑자기 치솟았다. 그래서 그는 이렇게 투덜거렸다.

"서로 죽일 게 뭐람, 저다지도 어리석어야 할까!"

소바주 씨가 말을 받았다.

"짐승만도 못한 것들이야!"

방금 잉어를 잡고 난 모리소 씨는 단정하는 투였다.

"그런데 정부란 것들이 존재하는 한 언제나 저럴걸."

소바주 씨는 그의 말을 막으며 말했다.

"공화국 정부 같으면 선전 포고를 하지는 않았을 거야……."

이번에는 모리소 씨가 말을 가로챘다.

"왕이 있으면 밖에서 전쟁을 하고 공화국이 되면 안에서 전쟁을 하니, 참!"

그러고는 그들은 조용히 이야기를 시작했다. 온순하고 식견이 좁은 사람들로서 건전한 이성으로 거대한 정치 문제를 풀어가다가 사람이란 결코 자유로울 수 없으리라는 점에서 그들은 의견의 일치를 보았다. 그러는 동안에도 몽 발레리앙에서는 쉬지 않고 쿵쿵거리는 소리가 났다. 포탄은 터질 때마다 프랑스 사람들의 집들을 부숴놓고 살림을 파괴하고 생명을 짓밟고 많은 꿈과 기대했던 많은 기쁨과 바라고 바랐던 많은 행복을 끝장내고 이 나라의 또는 다른 나라의 아내들의 가슴, 소녀들의 가슴, 어머니들의 가슴에 영원히 가시지 않을 상처를 입혔다.

"이런 게 인생이지."

소바주 씨가 단정하는 투로 말했다.

"차라리 이런 게 죽음이라고 말하게."

웃으면서 모리소 씨가 대꾸했다.

그 순간 자기들 뒤에 누군가 걸어오는 소리를 느끼면서 그들은 소스라치게 놀랐다. 눈을 돌리니 어깨 뒤로 네 명의 사내들이 눈에 띄었다. 텁석부리에 정장한 하인들처럼 옷을 입고 납작한 모자를 쓴 그들은 총부리를 두 사내의 뺨에 댔다.

두 개의 낚싯줄이 그들의 손에서 빠져 떨어지더니 강물에 떠내려가기 시작했다.

삽시간에 그들은 붙잡혀 묶여서 쪽배에 실려 섬으로 끌려갔다.

그들이 빈집이라고 생각한 그 건물 뒤에도 스무 명 남짓한 독일 병정들이 눈에 띄었다.

말 안장에 앉아 큼지막한 사기로 만든 파이프로 담배를 피우는 털투성이의 거인 같은 사내가 유창한 프랑스어로 그들에게 물었다.

"그래, 선생들 고기 많이 잡으셨소?"

그때 한 병사가 마음먹고 들고 온, 물고기가 가득한 어망을 그 장교의 발끝에 내려놓았다. 프러시아인은 웃음 지으며 말했다.

"저런, 고기잡이는 잘됐나 보군. 그러나 딴것이 문제야. 내 말을 들어봐요. 그리고 당황할 것 없소.

내가 보기엔 당신 두 사람은 나를 정탐하러 보낸 스파이들이란 말이야. 나에게 잡혔으니 내 손에 총살당하는 거야. 당신들은 계획을 감쪽같이 숨기려고 낚시질하러 온 척한 거고. 내 수중에 떨어지다니 참 안됐소. 이런 게 전쟁이야.

그런데 당신들이 전초를 나올 적엔 되돌아갈 때 쓸 암호를 틀림없이 알고 나왔겠지. 그 암호를 대시오. 그러면 용서해줄 테니."

납빛이 된 두 친구는 나란히 서서 신경성 환자가 몸을 떨듯 손을 가늘게 떨 뿐 잠자코 있었다. 장교가 다시 말했다.

"그러면 아무도 모를 것이고, 당신들은 조용히 돌아가게 될 테니. 그리고 비밀은 당신들과 함께 사라질 것이오. 만약 당신들이 거부한다면 죽는 것뿐이오. 그것도 여기서 즉사야. 둘 중에 골라보겠소?"

그들은 꼼짝 않고 서서 입도 뻥긋하지 않았다.

프러시아인은 손을 뻗어 강 쪽을 가리키면서 여전히 조용한 말씨로 말을 이었다.

"생각해봐요. 5분 후면 당신들은 결국 저 물속에 가라앉을 것이란 걸. 5분 후에는! 당신들에게도 부모가 있겠지?"

몽 발레리앙에서는 여전히 쾅쾅거리는 소리가 났다.

두 낚시꾼들은 선 채로 말이 없었다. 그 독일인이 저희 나라 말로 명령을 내렸다. 그러고 나서 그는 그 포로들과 너무 가깝지 않게 의자의 위치를 바꾸었다. 그러자 열두 사람이 집총을 하고 20보 거리로 와서 정렬했다.

장교가 다시 말했다.

"1분만, 티끌만큼도 더는 말고, 딱 1분만 여유를 줄 테다."

그러고 나서 그는 벌떡 일어서서 두 프랑스 사람에게로 다가왔다. 모리소 씨의 팔을 잡아 몇 걸음 끌고 가서 낮은 목소리로 그에게 말했다.

"빨리, 그 암호가 뭐지? 너의 친구는 전혀 모르게 할 테니, 측은하게 생각해서 너희들을 놓아주는 척할게."

모리소 씨는 아무 대답이 없었다.

프러시아인이 이번에는 소바주 씨를 끌어내 같은 질문을 했다.

소바주 씨도 아무 대답이 없었다.

그들은 다시 나란히 섰다.

그러자 장교가 명령을 내렸다. 병정들이 총을 들었다.

그때 모리소 씨의 시선이 몇 걸음 떨어지지 않은 풀숲에 놓인 모래무지가 그득한 어망 위에 떨어졌다.

아직도 살아서 팔딱거리는 고기 무리가 햇빛에 반짝거렸다. 그런데 그는 온몸에 맥이 빠졌다. 아무리 그러지 않으려고 해도 그의 눈에는 눈물이 글썽했다.

그는 더듬거리며 말했다.

"잘 가오, 소바주 형."

소바주 씨가 대답했다.

"잘 가오, 모리소 형."

그들은 서로 손을 꽉 쥐고 누를 수 없는 공포에 전신을 떨었다.

장교가 호령했다.

"발사!"

열두 발의 총알이 한꺼번에 나갔다.

소바주 씨는 코를 땅에 박고 넘어졌다. 좀 더 키가 큰 모리소 씨는 비틀거리면서 빙그르 돌더니 얼굴을 하늘로 향하고 자기 동료의 몸 위에 가로 쓰러졌다. 뿜어 오른 핏줄기가 가슴패기의 찢어진 속옷으로 배어 나왔다.

독일인은 새로 명령을 내렸다.

부하들이 여기저기 흩어지더니 끈과 돌을 가지고 와서 두 시체의 발에다 그 돌을 매달았다. 그러고는 강가 벼랑으로 그 시체들을 운반했다.

몽 발레리앙은 대포 소리가 멈추지 않을 뿐 아니라 이제는 산더미 같은 연기로 뒤덮여버렸다.

두 사람의 병정이 모리소 씨의 머리와 다리를 잡았다. 다른 두 병정이 소바주 씨를 같은 자세로 붙잡았다. 그들은 두 시체를 잠깐 힘을 주어 앞뒤로 흔들다가 멀리 내던졌다. 시체는 곡선을 그리다가 나중에는 매단 돌 때문에 발부터 먼저 꼿꼿이 물속에 잠겨 들어갔다.

강물은 첨벙 뛰어오르고 부서지고 흔들리더니 잔잔해지며 잔물결이 강가에까지 퍼져 나갔다.

수면 위로 핏물이 살짝 번졌다.

여전히 아무 일도 없었다는 듯한 기색이던 장교가 작은 목소리로 말했다.

"자, 이제는 생선을 처치할 차례다."

그러고는 집 쪽으로 돌아갔다.

그러자 풀숲에 놓인 모래무지가 든 어망이 그의 눈에 띄었다. 그는 그것을 집어서 자세히 살펴보더니 웃음을 띠며 "빌헬름!" 하고 큰 소리로 불렀다.

흰 앞치마를 두른 병정 하나가 뛰어왔다. 프러시아인은 총살당한 두 사람이 낚은 고기를 그에게 던지면서 이렇게 명령했다.

"이 조그만 생선들을 죽기 전에 곧 튀겨 오너라. 그 맛이 일품일 게다."

그러고는 다시 파이프 담배를 피우기 시작했다.

쥘르 삼촌

  수염이 허연 늙은 거지가 우리에게 손을 내밀었다. 친구 조제프 다브랑슈가 그에게 5프랑을 주었다. 내가 놀라니까 그는 이렇게 말했다.
  저 거지를 보니 언제나 머릿속에서 떠나지 않는 한 추억이 떠오르네. 자, 이야기할 테니 들어보게.
  우리 집안은 아브르에서 살았는데 부유하지 못했어. 겨우겨우 살아가는 정도였네. 아버지는 직장에 나가 늦게야 돌아왔지만 수입은 대단치 않았네. 그리고 나에게는 누님이 둘 있었지.
  어머니는 옹색한 살림을 몹시 괴롭게 여겼어. 그래서 종종 아버지에게 거슬리는 말도 하고 은근히 불충스러운 비난도 했네. 그럴 때면 아버지는 보기에 딱한 몸짓을 했어. 아버지는 아무런 대답도 못하고 손을 펼쳐 땀을 닦으려는 것처럼 땀도 나지 않은 이마로 가져갔어. 나는 그분의 무력한 괴로움을 느낄 수가 있었네. 우리는 모든 면에서 절약했네. 답례를 하지 않으려고 식사에 초대받아도 가지 않았고, 식료품도 깎아서 사고 물건을 살 때도 재고품을 사 왔네. 누나들은 제 옷을 자기가 지어 입었고, 한 자에 15상팀 하는 레이스를 가지고도 오랫동안 흥정했네. 우리네 식사는 매일 기름이 둥둥 뜬 수프와 양념한 고기였는데, 이것이 건강에 좋고 원기를 돋워주는지는 몰라도 나는 다른 음식을 먹어보았으면 했지.

단추를 잃어버리거나 바지가 찢어지기만 해도 지독히 경을 쳐야 했네.

그러나 일요일만 되면 우리는 성장을 하고 부두로 산책을 나갔어. 아버지는 프록코트를 입고 실크해트를 쓰고 장갑을 끼고는 축제일의 배처럼 화려한 옷차림을 한 어머니에게 팔을 내주었지. 누나들은 제일 먼저 떠날 준비를 마치고는 출발 신호를 기다리는 것이었어. 그러나 막상 떠나려 할 때면 언제나 아버지의 프록코트에 눈에 띄지 않던 얼룩이 발견되어 재빨리 헝겊 조각에 벤젠을 묻혀 다 지워야 했네.

아버지는 머리에 실크해트를 쓴 채 셔츠 바람으로 작업이 끝나기를 기다렸고, 어머니는 근시 안경을 고쳐 쓰고는 때를 묻히지 않으려고 장갑을 벗어놓고 서둘렀지.

일동은 위풍당당하게 길을 떠났네. 누나들은 서로 팔짱을 끼고 앞서 갔네. 그들은 시집갈 나이였으므로 거리에 나왔을 때 사람들의 눈에 잘 띄도록 하려는 것이었어. 나는 어머니 왼쪽에 섰고, 아버지는 오른쪽에 있었지. 저 일요일 산책하던 때 가엾은 양친의 으스

대던 모습이 지금도 눈앞에 보이는 것 같네. 그들의 엄격한 걸음걸이와 긴장으로 굳어진 표정이 말이야. 마치 걸음걸이에 중대한 문제라도 걸린 듯이 그들은 몸을 꼿꼿이 세우고 다리를 곧게 뻗으며 정중하게 걸어나갔네.

매주 일요일 먼 미지의 나라에서 온 거대한 선박들이 입항하는 광경을 볼 때마다 아버지는 언제나 토씨 하나 다르지 않게 똑같은 말을 했지.

"그렇지! 쥘르가 저기 타고 있다면 얼마나 좋을까!"

아버지의 동생인 쥘르 삼촌은 온 집안 식구의 유일한 희망이었네. 한때는 공포의 대상이기도 했지만 나는 그에 대한 이야기를 어려서부터 들었지. 그래서 첫눈에 그를 알아볼 수 있을 것 같았어. 그처럼 그를 친숙하게 생각했지. 나는 그가 미국으로 떠나던 날까지 어떤 생활을 했는지 세세한 부분까지 모두 알았네. 그 무렵 그의 생활에 관해서는 낮은 음성으로밖에 이야기들을 하지 않았지만.

그는 나쁜 짓을 한 것 같았어. 말하자면 돈을 좀 낭비했던 것이지. 가난한 친척들에게 그런 피해를 입혔다면 그보다 더 큰 죄악은 없지. 돈 많은 사람들이 볼 때야 난봉이 나서 사람답지 않은 짓을 한 것에 불과하겠지만. 그들은 입가에 웃음을 지으며 바람둥이라 하겠지. 그러나 가난한 사람들의 경우라면 부모의 재산을 축낸 자는 고약한 놈이요, 못된 놈에, 부랑배가 되는 거야.

똑같은 행위라고 해도 이렇게 구별짓는 것이 옳아. 왜냐하면 결과만이 행동의 중요성을 결정짓는 법이니까.

하여간 쥘르 삼촌은 아버지가 기대를 걸었던 유산을 상당히 축냈어. 물론 자기 몫은 한 푼도 남기지 않고 써버린 다음 말일세.

그 당시 많은 이들이 그랬듯이 그는 아브르에서 뉴욕으로 가는 상선을 타고 미국으로 떠나갔네.

그곳에 가자마자 쥘르 삼촌은 무슨 장산지는 몰라도 장사를 시작했네. 그는 곧 편지를 보냈는데 돈을 좀 벌었으며, 아버지에게 끼친 손해를 갚고 싶노라고 했네. 이 편지는 집안 식구들에게 깊은 감동을 주었지. 한 푼의 값어치도 없는 인간이라는 말을 듣던 쥘르는 돌연 훌륭한 사람, 양심 있는 인간, 다브랑슈 가문의 어느 누구와도 다름없이 정직한 진짜 다브랑슈가 되었네.

그뿐 아니라 그가 큰 상점을 빌려가지고 대대적인 사업을 하고 있다고 소식을 전해주던 선장도 있었네.

2년 후에 또 편지가 왔는데 그 내용은 이러했네.

"필리프 형님, 저는 건강하게 잘 있으니 염려하지 마십사고 글월을 올립니다. 사업도 잘되어갑니다. 저는 내일 남아메리카로 머나먼 여행을 떠납니다. 아마도 여러 해 동안 소식 전해드리지 못할 것 같습니다. 편지 드리지 않아도 걱정하지 마십시오. 한밑천 잡으면 아브르로 돌아가겠습니다. 머지않은 장래에 그렇게 되기를 바라고 있습니다. 그러면 우리는 함께 행복하게 살 수 있겠지요 ……."

이 편지는 집안 식구들의 복음서가 되었네. 식구들은 툭하면 편지를 꺼내 읽었고, 집에 오는 사람 누구에게나 보여주었다네.

실상 그 후 10년 동안 쥘르 삼촌은 아무런 소식도 전해주지 않았네. 그러나 시간이 가면 갈수록 아버지의 희망은 커졌네. 그리고 어머니도 가끔 이렇게 말했어.

"쥘르 도련님이 오기만 하면 우리 형편도 달라지겠는데. 그이야말로 역경에서 벗어날 줄 아는 분이지!"

그리고 일요일마다 수평선 저쪽에서 거대한 기선이 뱀 같은 연기를 하늘로 토하며 다가오는 것을 볼 때면 아버지는 언제나 똑같은 말을 반복했지.

"그렇지! 쥘르가 저기 타고 있다면 얼마나 좋을까!"

가족들은 그가 손수건을 흔들며, "필리프 형님!" 하고 소리치는 모습을 눈앞에서 보기라도 한 것처럼 생각했네.

삼촌이 확실히 돌아오는 것을 전제로 수많은 계획을 세웠네. 삼촌의 돈으로 앵구빌 근처에 조그만 별장도 살 예정이었지. 아버지가 미리 매매 교섭을 한 사실이 없었다고는 단언하지 못하겠군.

그 당시 큰누나는 스물여덟이었고 작은누나는 스물여섯이었네. 누나들은 미혼이었는데, 그것이 온 집안의 근심거리였지.

그러던 어느 날 작은누나에게 구혼자가 나타났네. 회사원이었는데 돈은 없어도 점잖은 사람이었어. 어느 저녁 보여준 쥘르 삼촌의 편지가 이 청년의 망설임을 끝내고 결단을 내리게 만들었다고 나는 지금도 믿네.

그의 청혼은 흔쾌히 받아들여졌고, 결혼식을 올린 다음 가족이 함께 저지로 간단한 여행을 가기로 결정을 보았지.

저지는 가난한 사람들에게는 이상적인 여행지일세. 멀지도 않고 정기선으로 바다를 건너기만 하면 되거든. 그리고 그곳은 타국 땅일세. 영국에 속한 섬이니까. 그러니 프랑스인이 두 시간만 배를 타고 가면 자기 나라 땅에서 사는 이웃 나라 국민들을 보고, 영국기가 휘날리는 이 섬의 풍습을 연구할 수도 있는 거야. 그 풍습이란 게 간단히 말해서 한심한 것이라고 사람들은 말하는 바지만.

이 저지 여행은 집안 식구들의 관심사가 되었고 한시도 잊을 수 없는 꿈, 유일한 기다림이 되었네.

드디어 출발일이 되었네. 내게는 그것이 어제 있었던 일처럼 눈앞에 선하네. 그랑빌 부두에 정박한 증기선은 발동을 걸고 있었고, 아버지는 침착성을 잃고 우리의 짐 세 개가 배에 실리는 것을 지켜보았고, 어머니는 불안한 듯, 동생이 결혼한 후 혼자 남은 병아리 처럼 얼이 빠진 큰누나의 팔을 붙잡았으며, 신혼부부는 항상 뒤에 처져 있었네. 그래서 나는 자꾸 고개를 돌려 뒤돌아보았지.

배에서 기적이 울렸네. 우리들은 배에 올랐지. 배는 부두를 떠나 푸른 대리석 탁자처럼 평탄한 바다 위로 떠나갔네. 우리는 좀처럼 여행을 해보지 못한 사람들이 느끼는 행복감과 자랑을 느끼며 멀어져 가는 해안을 바라보았지.

아버지는 프록코트를 입은 채 배를 내밀고 있었네. 바로 그날 아침 조심껏 얼룩을 지웠기 때문에 벤젠 냄새가 주위에 퍼졌네. 외출날이면 언제나 그러했으므로 나는 그 냄새만 맡아도 일요일인 것을 깨닫곤 했지.

아버지는 돌연 두 신사가 우아한 귀부인 두 사람에게 굴을 사주는 광경을 보았네. 누더기를 걸친 한 늙은 수부가 칼날로 껍질을 까서 신사들에게 주면 신사들은 그것을 귀부인에게 내밀었지. 부인들은 깨끗한 손수건에 껍질을 올려놓고는 옷이 더러워질까 봐 입을 앞으로 내밀어서 교묘하게 국물을 쪽 빨아 마시고는 껍질을 바다에 내던지는 것이었어.

아버지는 달리는 배 위에서 굴을 먹는 색다른 행위에 마음이 이끌렸던가 봐. 세련되고 품위 있는 좋은 취미라고 생각한 아버지는 어머니와 누나들 곁으로 다가오더니 이렇게 말했네.

"굴을 좀 사줄까?"

어머니는 비용이 드는 것을 생각하고 주저했지만 누나들은 즉시 찬성했네. 어머니는 불만스러운 목소리로 말했네.

"나는 배가 아플까 봐 겁나요. 애들이나 사주세요. 그러나 너무 많이는 안 돼요. 탈이 날지도 모르죠."

그리고 나를 향해 돌아서서 덧붙여 이렇게 말했네.

"조제프는 필요 없어요. 사내녀석에게 나쁜 버릇을 들여서는 안 되니까요."

그래서 나는 어머니 곁에 남게 되었네. 이런 차별 대우가 불만스러웠지만. 나는 아버지가 으쓱대며 두 딸과 사위를 데리고 누더기를 걸친 노수부에게 다가가는 것을 바라보았네.

두 귀부인은 막 떠나고, 아버지는 국물을 흘리지 않고 먹으려면 어떻게 해야 되는지를 누나들에게 가르쳐주셨네. 손수 시범을 보여주려고 굴 하나를 손에 들었지. 부인들을 흉내 내려고 했으나 금방 국물을 프록코트 위에 엎지르고 말았지. 어머니가 투덜대는 소리가 들렸네.

"잠자코 있으면 좋으련만."

그 순간 갑자기 아버지가 긴장하더니 몇 걸음 뒤로 물러서며, 굴 껍질을 까는 수부를 둘러싼 식구들을 뚫어지게 바라보고는 서둘러

우리들 있는 곳으로 돌아왔네. 얼굴이 몹시 창백해 보였고 눈빛이 이상스러웠네. 아버지는 작은 목소리로 어머니에게 말했네.

"참 이상한데, 저 굴 껍질 까는 작자, 쥘르와 똑같아!"

어머니는 영문을 몰라 이렇게 말했다.

"어떤 쥘르요?"

아버지가 대답했네.

"그러니까…… 내 동생 말이야……. 미국에서 잘나가고 있는 것을 아니 망정이지 그렇지만 않다면 쥘르가 틀림없다고 믿겠는걸."

어머니는 어이가 없어서 말도 잘 못했지.

"당신 미쳤수! 아니라는 것을 잘 알면서 무엇 때문에 그런 바보 같은 소릴 해요?"

그러나 아버지는 단념하지 못했네.

"클라리스, 당신이 직접 가서 보고 확인해주구려."

어머니는 자리에서 일어나 딸들 있는 곳으로 갔네. 나도 그 사람을 바라보았네. 그는 늙고 추하고 주름살투성이였는데, 자기가 하는 일에서 눈을 떼지 않았네.

어머니는 다시 돌아왔네. 나는 어머니가 떠는 것을 보았네. 어머니는 재빠르게 이렇게 말하더군.

"틀림없이 그예요. 가서 선장에게 알아보세요. 그러나 조심해야 해요. 이런 형편이니 우리가 저 작자를 떠맡게 되지 않도록 말이에요."

아버지는 우리에게서 떨어져 갔네. 나는 그를 쫓아갔지. 이상하게 마음이 들떴어.

선장은 키가 크고 마른 편이었으며 양 볼에 구레나룻을 길게 길렀는데, 마치 인도의 우편선을 지휘하는 것처럼 점잖게 선교(船橋) 위를 거닐고 있었네.

아버지는 의젓하게 그의 곁으로 다가가더니 찬사를 섞어가며 그의 일에 관해 질문을 던졌네.

"저지는 어느 정도 평가를 받는 곳입니까? 주된 생산물은 뭔가요? 인구는요? 풍속, 관습, 토질 등은 어떻습니까?"

마치 미국을 화제로 삼기라도 한 것 같았네.

그러고는 우리가 타고 있는 '엑스프레스'호에 관해 이야기를 하더니 화제가 승무원들에게로 돌아갔네. 마침내 아버지는 떨리는 목소리로 이렇게 물어보았어.

"저기 굴 껍질을 까는 사람 있지 않습니까. 아주 재미난 사람 같아 보이는데, 저 노인에 대해서 자세한 내막을 좀 아십니까?"

이 말에 드디어 짜증이 난 듯, 선장은 퉁명스럽게 대답했네.

"지난해 미국에서 만난 부랑잔데 프랑스인이기에 데리고 왔죠. 아브르에 친척도 있는 모양인데 그들에게 빚을 진 것이 있어서 돌아가지 않겠다고 합니다. 이름은 쥘르 다르망슈인가, 다르방슈인가, 아무튼 그와 비슷한 이름입니다. 한때 유복하게 산 적도 있는 모양이지만 이제는 보시다시피 저 꼴이죠."

아버지는 안색이 납빛이 되며 눈이 휘둥그레지더니, 목이 막혀 떠듬떠듬 말했네.

"아아! 그렇군요. ……별로 놀라운 일은 아니죠. ……선장님, 아주 감사합니다."

그리고 아버지는 그 자리를 떠났네. 한편 선장은 어이가 없는 듯 걸어가는 아버지 뒤를 바라보았지.

아버지는 어머니 곁으로 돌아왔네. 어떻게나 질린 표정이었는지 어머니는 이렇게 말했네.

"앉으세요. 사람들이 눈치 채겠어요."

아버지는 의자에 주저앉으며 이렇게 중얼거렸지.

"쥘르야, 틀림없는 쥘르야!"

그러고는 이렇게 말했네.

"어떡하지……?"

어머니는 재빨리 대답했네.

"애들을 데려와야 해요. 조제프는 모든 걸 알고 있으니 애를 보내서 데려오도록 해요. 사위가 아무것도 눈치 채지 못하게 각별히 조신해야 해요."

아버지는 넋 빠진 사람같이 중얼거렸네.

"이게 무슨 재난이람!"

어머니는 별안간 화를 내며 이렇게 덧붙여 말했네.

"저 도둑이 무엇을 하랴 항상 의심이 들더니만, 우리한테 또다시 무거운 짐이나 되려고! 다브랑슈 집안 사람에게 무엇을 기대하겠어!"

아버지는 어머니에게 비난을 받을 때면 늘 그러듯이 손을 이마로 가져갔네. 어머니는 또 이렇게 말했지.

"당장 조제프에게 돈을 줘요. 가서 굴 값을 치르게. 이제는 그의 눈에 띄지 않도록 하는 수밖에 없어요. 눈에 띄기만 해요. 이 배 위에서 끝좋게 될 거예요. 저 끝으로 갑시다. 저 작자가 가까이 오지 못하도록 해요."

어머니는 자리에서 일어났네. 부모님은 나에게 5프랑짜리 돈을 주고는 저쪽으로 가버렸네.

누나들은 놀라서 아버지를 기다리고 있었네. 나는 어머니가 배멀미를 좀 하신다고 말해주었지. 그러고는 굴 까는 사람에게 물어보았네.

"굴 값이 얼마인가요?"

나는 삼촌이라고 부르고 싶은 마음이었네.

그는 대답했네.

"2프랑 50수다."

내가 5프랑을 내주니까 그는 돈을 거슬러주었네.

나는 그의 손을 바라보았네. 쭈글쭈글해진 가엾은 뱃사람의 손을. 나는 그의 얼굴을 바라보았네. 처량하고 지쳐버린, 늙고 비참한 모습이었네. 나는 이렇게 생각했네.

'저 사람이 우리 삼촌, 아버지의 동생인 우리 삼촌이구나!'

나는 그에게 팁으로 10수를 주었네. 그는 나에게 이렇게 감사를 표하더군.

"복 많이 받으시오, 도련님!"

구걸하는 가엾은 사람의 어조였네. 나는 그가 미국에서 거지 생활을 했을 것이라고 생각하네.

누나들은 내가 선심 쓰는 것을 보자 어이가 없는 듯 쳐다보았네.

내가 아버지에게 나머지 2프랑을 주는 것을 보자, 어머니는 깜짝 놀라며 물어보았네.

"3프랑이나 돼? 그럴 리가 없는데."

나는 분명한 목소리로 이렇게 말했네.

"팁으로 10수를 주었어요."

어머니는 펄쩍 뛰며 나를 빤히 쳐다보았네.

"미친 녀석! 저 비렁뱅이에게 10수나 주었어……!"

아버지가 눈짓으로 사위를 가리키자 어머니도 더 말을 하지 않았네.

일동은 입을 다물었지.

전방의 수평선 위에 바다에서 솟아오르는 것 같은 보랏빛 그림자가 보였네. 그것이 저지였네.

배가 부두에 가까워지자 나의 마음속에는 다시 한번 쥘르 삼촌을 보고 싶은 강렬한 충동이 치솟아났네. 그에게 다가가서 무엇인가 다정한 말을 하여 위로해주고 싶었네.

그러나 굴을 더 먹겠다는 사람이 없으니 그의 모습도 사라져버렸네. 그는 아마도 냄새 나는 배 밑창으로 내려갔을 테지. 그곳이 저 비참한 인간의 숙소였을 거야.

그리고 우리는 돌아올 때, 그를 다시 만나지 않으려고 생말로호를 탔네. 어머니의 마음은 근심으로 꽉 차 있었네.

그 후로 나는 삼촌을 다시 본 적이 없네!

자아, 이제 왜 내가 때로 5프랑씩이나 거지에게 주는지 알 수 있겠지.

노끈 한 오라기

그날이 바로 장날이었으므로 고데르빌읍 주변의 길에는 농부들과 그 아낙들이 모두 그 읍을 향해 가고 있었다. 사내들은 느린 걸음으로 걸어갔다. 뒤틀린 긴 다리를 떼어놓을 때마다 앞으로 전신을 내밀곤 했다. 다리가 뒤틀린 것은 막일 때문이기도 했고 메고 가는 쟁기의 무게에 눌려서 그렇기도 했다. 쟁기는 왼쪽 어깨를 추키게 하는 동시에 허리를 휘게 했다. 밀밭에서 낫질을 할 때 몸을 곧추세우려면 두 다리를 벌려야 하기 때문이다. 그 밖에도 농촌에서 줄곧 하는 고된 일 때문에 다리가 비틀리기도 했다. 그들이 걸친 풀 먹인 푸른 셔츠는 니스를 칠한 것처럼 번쩍이고 목과 소맷부리는 흰 실로 자차분하게 수를 놓았으며 뼈만 앙상한 가슴패기는 불룩하게 바람이 들어 공중으로 떠오르려는 풍선 같았다. 그 셔츠 밖으로 머리가 쑥 나왔고 또 두 팔과 두 다리가 비어져 나왔다.

그 농부들 중 몇몇은 고삐 끝에 암소와 송아지를 꿰어 끌고 갔다. 그리고 그 아낙들은 짐승들 뒤에서 소의 걸음을 재촉하느라 잎사귀가 달린 나뭇가지로 소의 잔등을 때리곤 했다. 그녀들은 커다란 바구니를 가지고 가는데, 한쪽에는 병아리 대가리가 비어져 나오고 또 다른 쪽에는 오리의 대가리가 나와 있었다. 그녀들은 여위고 곧은 허리에 폭이 좁은 옷감을 감아 밋밋한 젖가슴에 핀을 꽂았고, 머리에는 흰 수건을 둘러 머리카락 위로 여미고 그 위에 모자를 올려 얹고서 남편들보다 좁은 보폭으로 종종걸음을 쳤다.

그때 조랑말이 배슬배슬 끌고 가는 마차 한 대가 지나간다. 두 사내가 나란히 앉아 있고 마차 안에는 여자 하나가 흔들리면서 가는데, 그 여자는 몸이 하도 심하게 흔들리니 마차의 난간을 꼭 붙잡았다.

고데르빌 장터에는 사람과 짐승 들이 뒤섞여 일대 혼잡을 이루었다. 황소의 뿔, 돈푼이나 있는 시골 사람들의 기다란 깃이 달린 높지막한 모자 그리고 촌 아낙네들의 모자가 우글거리는 사람들 위로 솟아 있었다. 그리고 거친 목소리, 째지는 목소리, 캥캥거리며 우는 듯한 목소리가 연방 심한 소란을 피우는데, 때로는 어떤 촌뜨기의 기운 찬 가슴에서 제딴에는 유쾌하다고 터져 나오는 큰 웃음소리에 묻혀버리거나 또는 어느 집 담벽에 매놓은 암소가 길 쪽으로 뽑아 젖히는 울음소리에 눌려버리곤 했다.

온통 외양간 냄새, 우유 냄새, 거름 냄새, 꼴풀 냄새, 땀내다. 그리고 땅 파먹는 사람들에게서 사람 냄새와 짐승 냄새가 뒤섞인 유별나게 지독한, 코를 찌르는 악취가 풍겨 기분이 상한다.

브레오테에 사는 오슈코른 영감은 고데르빌에 이르러 장터로 발길을 돌리고 있었다. 그때 그는 조그만 노끈 오라기가 땅바닥에 떨어진 것을 보았다. 진짜 노르망디 사람다운 노랑이인 오슈코른 영감은 소용이 될 만한 것이라면 무엇이고 주워 모아두는 것이 좋다고 생각한다. 그래서 신경통으로 고생하고 있는 탓에 겨우 허리를 구부려 땅바닥에 떨어진 그 하찮은 노끈 토막을 집었다. 그러고는 그것을 정성스럽게 감으려는 참이었다. 그때 제 집 문턱에 서서 자기를 바라보고 있는 마구(馬具) 수선공인 말랑댕 영감에게 눈길이 갔다. 그들은 이전에 말고삐 때문에 서로 거래가 있었으나 두 사람 다 앙심을 잘 품는지라 그 후 사이가 나빠졌다. 오슈코른 영감은 쇠똥 속에 있는 노끈 오라기를 줍다가 원수에게 들키게 되니 일종의 수치심을 느꼈다. 그는 주운 물건을 셔츠 속에 얼른 감추었다가 바지 주머니에 넣었다. 그러고 나서 그는 아직도 찾지 못한 물건을 찾는 척했다. 그러다가 머리를 앞으로 내밀고 꾸벅꾸벅 허리를 굽히고 장터로 향해 가버렸다.

그는 한없이 벌어진 흥정판에 시끄럽게 소란을 피우며 느릿느릿 걸어가는 사람들 틈으로 곧 들어가버렸다. 농부들은 암소들을 쓰다듬어보기도 하고 왔다 갔다 하기도 하면서 늘 남에게 속을까 두려워 어찌할 바를 모른 채 마음을 정하지 못하고 장사꾼의 눈치를 보면서 사람들의 속임수와 짐승의 흠을 찾아내려고 무한히 애를 썼다.

아낙네들은 큼지막한 바구니를 발밑에 놓고 거기서 닭이며 오리 따위를 끄집어내었다. 그러면 다리를 묶인, 볏이 빨간 짐승들은 땅바닥에 쓰러져 눈을 두리번거렸다.

그녀들은 손님이 부르는 값을 듣고는 누그러지지 않을 태도로 얼굴은 무표정한 채 자기가 받을 값을 버티어본다. 그러다가는 갑자기 손님이 깎아 불렀던 값에 팔기로 결심하고서 천천히 가버리는 손님에게, "그렇게 합죠, 앙팀 영감님, 그렇게 드립죠" 하고 큰 소리로 외치기도 했다.

그러노라면 낮 기도의 종소리가 정오를 알리고 멀리 떨어져 있던 사람들도 주막으로 흩어져 들어갔다.

주르댕네 주막은 커다란 홀이 손님들로 가득 찼고 넓은 마당도 짐수레, 이륜 승용마차, 2인승 마차, 포장마차, 작은 짐마차 등 온갖 종류의 수레로 꽉 차 있었다. 수없이 많은 수레들 중에는 진흙이 누렇게 묻은 것도 있고, 뒤틀린 것도 있고, 끌채가 팔을 벌린 것처럼 하늘로 치켜지거나 또는 코를 땅에 박고 꽁무니는 공중으로 치솟은, 땜질한 것들도 있었다.

밥상을 받고 있는 손님들 바로 맞은편에 불꽃이 이글이글하는 커다란 벽난로가 오른편의 줄지어 앉은 손님들 잔등이에 더운 기운을 확확 끼얹었다. 닭고기, 비둘기고기, 양의 넓적다리고기를 꿴 세 개의 꼬챙이가 돌아가고, 익은 고기와 덜 익은 껍질에서 흘러내리는 국물의 구미 돋우는 냄새가 난로에서 풍겨 즐거움이 샘솟고 입에 군침이 돌게 했다.

땅을 갈아먹고 사는 이들 중에도 돈푼이나 있다는 사람들은 모두 주막쟁이이자 말 장사도 하며 돈푼은 있지만 성질이 못된 주르댕네서 식사를 했다.

접시들이 오가고 노란 능금주 잔과 마찬가지로 금방금방 비어 나갔다. 사람들은 저마다 물건을 사고파는 따위의 자기 장사 이야기를 지껄였다. 농사 이야기도 했다. 지금 날씨가 채소에는 좋지만 밀 농사에는 좀 더 건조해야 한다고 했다.

별안간 집 앞마당에서 북소리가 울렸다. 무관심한 사람들 몇몇을 제외하고는 모든 사람들이 즉시 일어서 문께로, 또는 창께로 달려갔다. 입에는 아직도 음식을 가득 물고 냅킨을 손에 쥐고 있었다.

북소리가 그치더니 소식을 전달하러 온 사람이 말을 제대로 끊지 못하고 다그치는 목소리로 이렇게 외쳤다.

"고데르빌 주민들에게 알려드립니다—아니, 장터에 계신 분들은 누구나 알아두시게 되어 있습니다—오늘 아침 아홉 시에서 열 시 사이에 뵈즈빌 노상(路上)에서—까만 가죽 지갑 하나를 잃어버렸는데 그 안에는 5백 프랑의 돈과 서류가 들어 있다고 합니다. 주운 분은 즉시 읍사무소나 만빌의 포르튀네 울브레크 씨 댁으로 보내주시기 바랍니다. 그러시는 분께는 20프랑의 보상금이 있을 것입니다."

그러고 나서 그 사람은 가버렸다. 먼 곳에서 다시 한번 그 둔탁한 북소리와 그 사람의 희미한 목소리가 들렸다.

그러자 사람들은 울브레크 씨가 그 지갑을 찾을 것이다, 못 찾을 것이다 하고 그 가능성을 이리저리 주워섬기면서 이 사건에 대하여 이야기하기 시작했다.

그러는 중에 식사를 마쳤다.

사람들이 커피를 다 마셔갈 때쯤 헌병 대장이 문간에 나타났다.

"여기 브레오테에 사는 오슈코른 씨가 계십니까?"

그는 물었다.

식탁 저 끝에 앉아 있던 오슈코른 영감이 대답했다.

"나요, 여기 있소."

그러자 그 헌병 대장이 말을 이었다.

"오슈코른 씨, 미안하지만 읍사무소까지 저와 동행해주십시오. 읍장께서 당신께 하실 말씀이 있으시답니다."

그 농부는 놀랍고 불안했지만 조그마한 잔에 담긴 술을 한 모금에 다 마시고는 일어섰다. 그리고 식사를 하고 나서 첫 걸음은 언제나 유난히 어려웠기 때문에 아침보다도 더 허리를 구부린 채 이렇게 말을 되뇌면서 걸어갔다.

"나요, 나요."

그러면서 그는 헌병 대장을 뒤따라갔다.

읍장은 안락의자에 앉아서 오슈코른 영감을 기다렸다. 이 근방의 공증인이기도 한 읍장은 뚱뚱하고 근엄하며 말도 거창하게 하는 사내였다.

"오슈코른 씨, 오늘 아침에 당신이 뵈즈빌 노상에서 만빌에 사는 울베르크 씨가 잃어버린 지갑을 줍는 것을 본 사람이 있습니다."

그는 말했다.

이 촌뜨기 영감은 말문이 막혀 읍장을 바라보았다. 그는 왠지 알 수 없었으나 자기를 찍어 누르는 그런 의심에 이미 질려버렸다.

"내가요, 내가, 내가 그 지갑을 주웠다고요?"

"네, 바로 댁께서요."

"참말이지, 난 그런 일은 눈곱만큼도 알지 못하는데요."

"당신을 본 사람이 있습니다."

"나를 보았다구요? 나를 보았다는 게 누구요?"

"마구상(馬具商) 하는 말랑댕 씨요."

그 순간, 영감은 생각이 났다. 그의 말을 이해할 수 있었다. 그래서 화가 나서 열을 내며 이렇게 대답했다.

"아! 그놈이 나를 보았다고요, 그 망할놈이! 그놈이 나를 보았지요, 이 노끈 줍는 것을, 자요, 읍장님."

그러고는 주머니 속을 뒤져서 그 노끈 오라기를 끄집어냈다.

그러나 읍장은 믿지 않고 고개를 저었다.

"오슈코른 영감님, 나에게 속임수를 쓰지 마시오. 믿음직한 말랑댕 씨가 노끈을 지갑으로 잘못 보았겠소?"

농부는 화가 치밀어 손을 쳐들고 자기의 정직함을 증명하려고 옆에다가 침을 뱉고 나서 되풀이했다.

"그렇지만 하느님이 아시는 거룩한 사실입니다. 사실입니다. 읍장님, 제 영혼과 하느님을 걸고 거듭 말씀드립니다."

읍장이 다시 말을 꺼냈다.

"그 물건을 줍고 나서 당신은 혹시 진흙 속에 동전 몇 푼이 빠져 떨어지지 않았나 해서 한참 찾아보기까지 했다던데요."

그 영감은 한편으로는 분하고 한편으로는 겁도 나서 숨이 막힐 지경이었다.

'어쩌면 그렇게 말할 수 있을까……! 어쩌면 그따위로 입을 놀릴 수 있을까……!'

그가 아무리 그렇지 않다고 해도 소용이 없었다. 사람들은 그의 말을 믿어주지 않았다.

그는 말랑댕 씨와 대면을 했다. 그러나 말랑댕 씨는 그 말을 거듭하며 자기 말이 옳다고 내세웠다. 그들은 한 시간 동안이나 서로 욕설을 퍼부었다. 오슈코른 영감은 자진하여 몸수색을 받았다. 그에게서는 아무것도 나오지 않았다.

마침내 읍장은 몹시 당황하여 검찰에 알아보고 지시를 받아서 통지하겠다고 하면서 그를 그냥 돌려보냈다.

그 소식이 퍼져 나갔다. 읍사무소를 나오자 영감은 진지한 것이든 빈정거리는 것이든 호기심에 찬 사람들에게 둘러싸여 어떻게 되었느냐고 질문을 받았다. 그러나 아무도 영감의 봉변에 분개하는 기색이 없었다. 그래서 그는 그 노끈 이야기를 했다. 그러나 누구도 그의 말을 믿어주지 않고 웃기만 했다.

그는 가는 곳마다 사람들에게 붙들리기도 하고 그 영감 자신이 아는 사람들을 만나면 붙잡고서 그 이야기와 자기의 억울함에 대한 항의를 끝없이 다시금 늘어놓으면서 자기가 가진 것이 전혀 없다는 것을 증명하려고 주머니를 뒤집어 보이기도 했다.

그러면 사람들은 그에게 이렇게 말했다.

"교활한 영감 같으니, 가버려요!"

그래서 그는 화가 치밀고 약이 올랐으며 남들이 믿어주지 않으므로 열이 나고 또한 서글픈 생각마저 들었다. 그래도 그는 어찌할 바를 모르고 여전히 자기 이야기만 외고 다녔다.

밤이 되었다. 집으로 돌아가야 했다. 그는 이웃 사람 셋과 함께 길을 걸었다. 그는 그들에게 자기가 노끈 오라기를 주웠던 장소를 가르쳐주었다. 그리고 길을 걸으면서 내내 자기가 당한 사건에 대하여 이야기를 했다.

저녁에 그는 사람들에게 그 이야기를 하고자 브레오테 마을을 한 바퀴 돌았다. 하지만 그는 자기 말을 믿어주지 않는 사람들을 만났을 뿐이었다.

그는 그 일로 밤새도록 앓았다.

이튿날 오후 1시쯤 이모빌의 농부이자 현재 브레통 영감네 농장의 머슴인 마리우스 포멜이 그 지갑과 그 안에 든 물건을 만빌의 울브레크 씨에게 돌려주었다.

그 사람은 그것을 길에서 주웠다고 주장했다. 그러나 읽을 줄 모르는지라 집에 가지고 갔다가 주인에게 주었다는 것이다.

그 소식이 곧 그 근방에 퍼졌다. 오슈코른 영감도 그 소식을 들었다. 그는 즉시 동네를 한 바퀴 돌면서 안전하게 해결된 자기 이야기를 하기 시작했다. 그는 의기양양했다.

"내가 우울했던 것은 그 사건 자체가 아니었어. 자네도 알겠지. 그게 아니라, 그 사람 잡는 거짓말이야. 어떤 거짓말로 해서 비난을 받는 것만큼 마음이 상하는 일도 없거든."

온종일 그는 자기가 겪은 일에 대하여 이야기했다. 그는 길 가는 사람을 만나도 그 이야기였고 술집에서 술 마시는 사람들과도 그 이야기였으며, 그다음 주일날 교회에서 나오면서도 역시 그 이야기를 늘어놓았다. 전혀 모르는 사람을 세워놓고도 그 이야기를 했다. 이제 그는 마음이 후련했다. 그러나 무엇이라고 꼬집어서 말해야 할지 모르겠지만 어딘가 꺼림칙한 데가 있었다. 사람들이 이야기를 들으면서 자기를 놀리는 듯했다. 사람들은 납득한 것 같지 않았다. 자기 등 뒤에서 사람들이 이러쿵저러쿵하는 것처럼 여겨졌다.

그다음 주 수요일에 그는 고데르빌의 장터에 갔다. 오로지 자기 이야기를 해야 하기 때문이었다.

자기 집 문 앞에 서 있던 말랑댕은 그가 지나가는 것을 보고 웃기 시작했다. 왜 그러는 것일까?

영감은 크리크토에 사는 한 농부를 만나 그 이야기를 꺼냈으나 농부는 말을 마치기도 전에 아랫배를 손으로 탁 치면서 그의 얼굴에 대고 "교활한 영감 같으니, 썩 사라지게!" 하고 외쳤다. 그러더니 그는 발뒤꿈치를 돌렸다.

오슈코른 영감은 어안이 벙벙하고 점점 더 불안해졌다. 왜 사람들은 자기를 교활한 영감이라고 부를까?

그는 주르댕네 주막에 들어가 식탁에 앉자 그 사건을 설명하기 시작했다.

몽티빌리에에 사는 한 마구 상인이 그에게 소리쳤다.

"그래, 그래. 늙은 것아, 나도 안다, 그 잘난 노끈 말이지!"

오슈코른은 말을 더듬었다.

"하여간 그 지갑은 찾지 않았어?"

그러자 그 마구 상인이 또 말을 이었다.

"입 다물어, 이 사람아. 그 물건을 본 사람하고 그것을 갖다 준 사람하고 다를 수도 있지. 뭐가 어떻게 됐는지는 두 눈 똑똑히 뜨고 봐야 해."

농부는 기가 막혔다. 마침내 그는 모든 것을 이해할 수 있었다. 사람들이 자기를 비난하는 것은 그 지갑을 공모자나 공범자를 시켜서 되돌려주게 했다고 생각하기 때문이구나 싶었다.

그래서 그는 그렇지 않다고 주장하려 했다. 그러나 식탁에 앉은 모든 사람들이 웃기 시작했다.

그는 식사를 마치지 못하고 한참 비웃는 속에서 빠져나왔다.

그는 집으로 돌아왔다. 분하고 울화가 치밀고 눈앞이 아득하여 목이 죄는 것 같고 하도 낙심천만하여 노르망디 사람의 간계로도 자기를 비난하는 것을 받아칠 기운이 없었으며, 그럴듯한 말솜씨로 그 일의 결말에 대하여 큰소리칠 수조차 없었다. 그가 교활하다고 알려져 있으니, 자신에게 죄가 없다는 것이 증명되기란 막연하게나마 그가 보기에는 불가능했다. 그리고 자기에 대한 의심이 너무나 부당한 것임을 깨닫고 가슴이 미어질 듯했다.

그래도 그는 그 사건 이야기를 또 하기 시작했다. 그러는 동안에 그 이야기는 날로 덧붙여졌고 새로운 이론이 더해졌으며 더욱 힘찬 항변이 되었고 머리를 짜내어 더더욱 엄숙하게 맹세했고 혼자 있을 때면 몇 시간이고 그 이야기의 줄거리를 준비하곤 했다. 그의 머릿속은 온통 노끈 이야기에 사로잡혔다. 사람들은 그의 변호가 복잡해지고 증거가 확실해질수록 그를 더욱 믿어주지 않았다.

"그런 건, 그건 다 거짓말쟁이의 변명이야."

사람들은 그를 돌려놓고 말했다.

그도 그것을 느끼고 피가 말랐으며 헛된 노력으로 몸만 쇠약해졌다.

그는 눈에 띄게 몸이 축났다.

마치 전투를 치르고 온 병정에게 전쟁 이야기를 들려달라는 듯이 이제는 장난기 있는 사람들이 재미로 그에게 '그 노끈' 이야기를 시켰다. 밑바닥까지 푹 가라앉은 그의 정신은 쇠약해지고 있었다.

섣달그믐께 그는 앓아누웠다.

그는 정월 초순에 죽고 말았다. 그런데 죽음의 마지막 고통으로 헛소리를 하는 중에도 그는 이렇게 되뇌면서 무죄를 주장했다.

"조그만 노끈이에요……. 조그만 노끈……. 자, 여기 있어요, 읍장님."

걸인

가난하고 거동도 불편한 그이지만 그에게도 지금보다 좋은 시절이 있었다.

그는 열다섯 살 때 바르빌의 큰길에서 마차에 치여 두 다리가 으스러졌다. 그때부터 그는, 쌍지팡이에 몸을 맡긴 채 흐느적거리면서 길을 따라 돌아다니거나 농가의 마당을 가로질러 구걸을 다니게 되었다. 쌍지팡이를 짚으면 어깨가 귀밑까지 치켜 올라갔다. 그래서 마치 머리가 두 산봉우리 사이로 쑥 들어간 것처럼 보였다.

만성절 전날 도랑에 처박혀 있는 아기를 비예트 교구의 사제가 발견했다. 만성절에 주워 왔다고 니콜라 투생이라는 이름으로 영세를 받은 그는 남의 덕에 자랐다. 교육이라고는 전혀 받아보지 못하고 살다가 마을의 빵장수가 장난 삼아 준 브랜디 몇 잔을 마신 탓에 불구가 되어 그 뒤로는 떠돌이 신세로 구걸의 손을 내미는 것밖에는 아무것도 할 줄 모르게 되었다.

전에 한때는 아바리 남작 부인이 잠자리를 주었다. 잠자리라고 해봐야 성관에 붙은 농장의 닭장 곁에 있는 것으로, 밀짚이 잔뜩 쌓인 일종의 가축 우리 같은 것이었다. 그 덕에 큰 기근이 들었을 때에도 그 댁 부엌에서 날마다 빵 한 조각과 능금주 한 잔을 얻어 먹을 수 있었다. 또한 이따금 그 늙으신 마님이 계단 위나 마님의 방 창가에서 던져주는 돈 몇 푼을 받기도 했다. 한데 이제는 그 마님도 돌아가셨다.

마을에는 동냥해주는 사람이 별로 없었다. 사람들은 그를 너무나 잘 알았다. 그가 누더기를 걸치고 두 개의 나무 다리에 의지한 불구의 몸으로 다 쓰러져가는 이 집 저 집을 돌아다니는 것을 40년 전부터 보아온 탓에 사람들은 그에게 질려버렸다. 그렇지만 그는 다른 곳으로 가고픈 마음이 조금도 없었다. 그도 그럴 것이 이 세상에 자기의 구차한 생명을 끌어온 이 시골 구석의 서너 마을 외에 다른 곳은 알지도 못했기 때문이다. 그는 구걸하러 다니는 구역의 경계선을 정하고 결코 그 낯익은 한계선을 넘어가려고 하지 않았다.

그는 자신의 시야를 한정하는 저 끝 숲 뒤에 또 다른 세상이 전개되는지 어떤지를 알지 못했다. 그런 것을 생각해보지도 않았다. 농부들은 밭 가장자리나 도랑을 따라가다가 그를 만나면 항상 진저리를 치며 그에게 소리를 질렀다.

"어째서 너는 다른 마을에는 도통 가지 않고 여기서만 절룩거리고 다니는 거냐?"

그럴 때면 모르는 사람에 대한 어렴풋한 공포와 무엇을 보든 막연하게 의심부터 품는 빈민들에 대한 공포와 처음 보는 얼굴이나 조롱, 욕설, 자기를 알지 못하는 사람들에게 받는 의심에 찬 눈초리라든가 큰길에 둘씩 짝 지어 다니는 경관들에 대한 막연한 공포에 사로잡혀 그는 대답 없이 멀리 가버리는 것이었다. 그래서 경관을 만나면 본능적으로 작은 나무들 속이나 자갈 무더기 뒤로 들어가 박히곤 했다.

멀리서라도 햇빛에 번쩍이는 경관의 모습을 보기만 하면 그는 이상하리만큼 날쌘 동작, 숨을 곳을 찾는 야생동물 같은 날쌘 동작을 취하는 것이었다. 그는 지팡이를 버리고 넘어져서 마치 누더기 뭉치같이 땅바닥에 떨어져 공처럼 데굴데굴 굴러 잘 보이지도 않게 아주 조그맣게 되어가지고 굴에 들어간 산토끼같이 납작하게 엎드려 갈색 누더기는 땅과 혼동이 된다.

그러나 경관들과 시비를 일으킨 적은 한 번도 없었다. 그는 마치 본 적도 없는 부모한테서 물려받기라도 한 듯 이 무섬증과 꾀가 몸에 배어 있었다.

그에게는 은신처도 지붕도 오막살이집도 없고 숨을 곳도 없었다. 그는 여름에는 아무 데서나 잠을 자고 겨울이면 헛간 밑이나 외양간에 놀랍게도 교묘히 숨어 들어갔다. 그러고는 언제나 사람들 눈에 띄기 전에 그곳을 빠져나와버리곤 했다. 그는 그런 집들 속에 숨어드는 구멍을 잘 알고 있었다. 그리고 쌍지팡이를 짚고 다닌 덕에 두 팔에 놀랄 만한 힘이 붙어서 돌아다니다가 먹을 것을 넉넉히 얻는 때면 팔목의 힘만으로도 말먹이 꼴풀이 쌓인 창고 속까지 기어 올라가서 때로는 그 속에서 4, 5일씩이나 꼼짝하지 않고 지내기도 했다.

그는 사람들 가운데 살면서 숲속의 짐승처럼 지냈다. 아무도 알지 못했으며 아무도 사랑하지 않았다. 그는 농부들에게 다만 냉대와 적개심을 불러일으킬 뿐이었다. 마치 두 개의 기둥 사이에 매달아놓은 종처럼 두 개의 말뚝 사이에서 몸을 흔든다고 해서 사람들은 그에게 종(種)이라는 별명을 붙여 불렀다.

이틀 전부터 그는 아무것도 먹지 못했다. 이제는 아무도 그에게 먹을 것을 주지 않았다. 드디어 사람들이 진저리를 내게 된 것이다. 농부의 아낙네들은 문전에 서서 그가 오는 것을 보기만 하면 멀리서부터 소리쳤다.

"가버리지 못하겠니, 이놈아! 너에게 빵조각을 준 지가 사흘도 안 되었지 않니!"

그러면 그는 먹을 것을 줄 만한 사람을 찾아 빙빙 돌았다. 옆집으로 갔으나 거기서도 같은 방법으로 그를 맞았다.

이 집 문전에서나 저 집 문전에서나 아낙네들은 이렇게 외쳤다.

"일 년 내내 할 일 없이 돌아다니는 녀석을 먹여줄 수가 있느냐 말이다."

그러나 게으름뱅이라도 매일 먹어야 했다.

그는 동전 한 푼, 오래된 빵 껍질 하나 얻지 못한 채 생 틸레르, 바르빌 그리고 비예트까지도 돌아다녔다. 이제 그가 희망을 걸 곳이라고는 투르놀르밖에 남지 않았다. 그러나 거기까지 가려면 큰길로 20리를 걸어야만 했다. 그는 이미 주머니도 비었고 배도 텅 비어서 더 이상 몸을 끌고 다닐 수 없을 정도로 지쳐 있었다.

그래도 그는 길을 떠났다.

때는 섣달이었다. 찬바람은 들판을 달려 잎이 떨어진 나뭇가지에 윙윙거리고 구름은 낮고 어둠침침한 하늘은 어디론지 서둘러 달려가고 있었다. 그 병신은 남아 있는 비틀린 다리로 버티어 서서 무진 애를 써 지팡이를 한 발짝씩 옮겨놓으며 천천히 걸어갔다. 남은 다리 끝에는 구부러진 발이 붙어 있고 그 발에는 누더기 조각이 신겨 있었다.

그는 이따금 도랑 위에 앉아서 몇 분씩 쉬곤 했다. 허기증은 그의 혼란스럽고 무거운 마음에 비탄을 던져주었다. 그는 '먹어야 한다'는 단 한 가지 생각밖에는 없었다. 그러나 어떤 방법으로 먹어야 할지는 알지 못했다.

세 시간이나 그 먼 길에서 고생을 했다. 그러고 나서 마을의 나무들이 보이자 그는 동작을 서둘렀다.

맨 먼저 만난 농부에게 동냥을 빌었더니 "너 또 왔구나, 이 늙은 비렁뱅이야! 너를 몰아내지 못했다니" 하는 대꾸가 돌아왔다.

그래서 '종'은 하는 수 없이 자리를 떴다. 이 문전 저 문전에서 구박만 하고 아무것도 주지 않고 돌려보냈다. 하지만 그는 끈질기고 참을성 있게 구걸을 계속했다. 그러나 한 푼도 받지 못했다.

지팡이도 쳐들 수 없을 만큼 기진맥진한 그는 비에 젖어 눅진눅진한 땅을 흐느적흐느적 걸어가며 농가를 찾았다. 가는 곳마다 그는 쫓겨났다. 춥고 서글픈 날이었다. 가슴은 옥죄어들고 머릿속은 짜증만 나고 마음은 침울하여 동냥도 구원도 베풀 만한 손이 벌어지지 않는 날이었다.

그는 아는 집을 모조리 가보고 나자 쉬케 영감네 집 마당을 따라 나 있는 도랑 한구석에 가서 쓰러졌다. 그가 저 높지막한 지팡이를 팔 밑으로 미끄러뜨리면서 몸을 내려놓는 꼴을 표현하여 사람들이 말하는 것과 같은 모습으로 몸을 풀었다. 그리고 허기에 시달려 오랫동안 꼼짝 못 하고 앉아 있었다. 그 고통이 어찌나 심했는지 그는 자신의 한없이 가련한 꼴을 헤아릴 여유가 없었다.

그에게도 우리 가슴속에 항상 존재하는, 알 수 없는 막연한 기대가 있었다. 이 마당 한구석에서 살을 에는 듯한 바람을 맞으면서도 늘 하늘 또는 인간들에게 바라는 그런 신비로운 구원을 그는 기다렸다. 그러나 그 구원이 어찌하여, 또 누구에 의하여 자기에게 올 수 있을지는 생각지도 못했다. 한 떼의 까만 암탉이 모든 생물들에게 먹이를 대주는 땅속에 저의 먹고살 것을 찾으면서 지나갔다. 그것들은 줄곧 주둥이질을 하여 낱알이 보이지 않을 때는 벌레들을 쪼아 먹고 그러다가는 땅에 흩어진 모이 찾기를 천천히 계속했다.

'종'은 아무런 생각도 없이 그것을 바라보았다. 그러더니 저놈의 짐승 한 마리를 장작불에 구워 먹으면 좋겠다는, 생각이라기보다는 감정이, 머릿속이라기보다는 차라리 뱃속에서 치솟았다.

도둑질을 해야겠다는 생각은 그의 머릿속에 스치지도 않았다. 그는 손에 잡힐 만한 돌을 집었다. 그는 돌팔매질에는 솜씨가 있으므로 그 돌을 던져서 가장 가까이 있던 닭을 단번에 죽였다. 닭은 날개를 푸드덕거리면서 모로 쓰러졌다. 다른 놈들은 모두 가느다란 다리로 뒤뚱거리면서 달아나버렸다. 그래서 '종'은 다시 쌍지팡이에 기어올라 잡은 것을 집으려고 암탉들과 흡사한 몸짓으로 걷기 시작했다.

대가리에 붉은 피가 얼룩진 조그맣고 까만 몸뚱이 곁에 다다랐을 때, 그는 무시무시한 힘으로 등을 떠다밀려서 지팡이를 놓치고 열 발자국쯤 앞으로 굴러 떨어졌다. 그런 뒤 쉬케 영감이 몹시 화가 나서 도둑놈에게 달려들어 마구 두들겨 팼다. 마치 도둑맞은 농부가 미친 사람처럼 날치듯이, 주먹으로 또 무릎으로 대항할 수 없는 그 병신의 온몸을 때렸다.

이번에는 농장 사람들이 달려와서 주인과 함께 거지를 족치기 시작했다. 그러다 그들은 때리기를 그치고 그의 몸뚱이를 들어 올려서 데려갔다. 그리고 경관을 찾으러 간 사이에 나무 광 속에 가두어 두었다.

반쯤 죽은 몸에 피를 흘리며 배가 고파 죽게 된 '종'은 땅바닥에 나자빠져 있었다. 저녁이 되었다. 그리고 밤이 가고 새벽이 왔다. 그는 여전히 먹을 것이 없었다.

열두 시쯤 되어서야 경관들이 나타났다. 저항이 있으리라 생각하여 조심스럽게 문을 열었다. 그것은 쉬케 영감이 그 거지에게 공격을 받아서 간신히 방어했다고 주장했기 때문이었다.

경사가 소리쳤다.

"자아, 일어서!"

그러나 '종'은 이미 움직일 수가 없었다. 그는 지팡이에 의지하여 몸을 추스르려 해보았다. 그러나 마음대로 되지 않았다. 모두들 엄살이거나 꾀를 부리는 것이거나 못된 놈의 악의일 것이라고 생각했다. 그래서 무장한 두 경관이 그를 두들겨 패면서 억세게 잡아가지고 억지로 쌍지팡이 위에 어깨를 걸쳐 세워놓았다.

경관 제복의 노란 멜빵에 대한 타고난 공포, 사냥꾼 앞에 놓인 짐승의 공포, 고양이 앞에 선 생쥐의 공포와 같은 두려움이 그를 사로잡았다. 그래서 초인적인 노력으로 그는 기어이 서는 데 성공했다.

"가자!"

경사가 말했다. 그는 걸었다. 농장의 모든 사람들은 그가 떠나는 것을 바라보았다. 아낙네들은 그에게 주먹질을 했다. 사내들은 냉소와 욕설을 그에게 퍼부었다. 드디어 녀석이 붙잡혔구나! 잘 몰아냈다.

두 사람의 감시자 사이에 서서 그는 멀어져 갔다. 저녁때까지 그 몸을 이끌고 가기 위해 필요한 힘이 그에게는 절망적인 것으로 보였다. 그는 너무 놀라서 어떤 일이 자기에게 닥쳐올지조차 알지 못한 채 넋이 나간 상태였다.

만나는 사람마다 그가 지나가는 것을 보느라고 걸음을 멈추었다. 그리고 농부들은 이렇게 수군거렸다.

"도둑놈인 게야!"

밤이 되어서야 군청 소재지에 닿았다. 그는 여기까지 와본 적이 한 번도 없었다. 그는 그동안 지낸 일도, 앞으로 닥쳐올 일도 도무지 이해가 되지 않았다. 그 무섭고 예기치 못한 모든 일이, 낯선 얼굴들과 이 새 집들이 그를 몹시 놀라게 했다.

그는 할 말이 없어서 한마디도 입 밖에 내지 않았다. 더는 아무것도 이해할 수가 없기 때문이었다. 하기야 여러 해 전부터 아무에게도 말을 한 일이 없으니, 말하는 능력조차 거의 잃어버렸다. 그리고 그의 생각은 또한 말로 표현하기에는 너무도 어수선했다.

그는 읍내의 감옥에 갇혔다. 경관들은 그에게 뭔가 먹여야 할지도 모른다는 생각은 미처 하지 못했다. 그래서 이튿날까지 그를 그대로 내버려두었다.

그러나 이른 아침에 심문하러 갔을 때 그는 바닥에 죽어 있었다. 얼마나 놀라운 일인가!

불구자

이것은 내가 1882년경 겪은 이야기다.

내가 막 빈 차칸 한구석에 자리를 잡고, 다른 사람이 타지 않기를 바라며 문을 닫자, 갑자기 문이 다시 열리며 어떤 사람의 말소리가 들려왔다.

"조심하세요. 발판이 너무 높은데요. 선로 교차점입니다."

대답하는 또 한 사람의 말소리가 들렸다.

"로랑, 염려 말게. 손잡이를 붙들 테니."

그러고는 둥근 모자를 쓴 머리가 나타나더니, 문 양쪽에 늘어져 있는 나사와 가죽끈을 붙잡고 뚱뚱한 몸뚱이를 끌어 올렸다. 두 발이 발판 위에서 지팡이가 땅을 치는 듯한 소리를 내었다.

그런데 그 사람의 상체가 차칸 안으로 다 들어오게 되자, 다음에는 흐늘흐늘한 바짓가랑이 속으로 까맣게 칠한 나무다리의 한 끝이 나타나는 것이 보였고, 뒤따라 그와 똑같은 나무다리가 하나 더 나타나는 것이 보였다.

이 손님 뒤에서 또 한 사람의 머리가 나타나더니 이렇게 물었다.

"괜찮으세요?"

"괜찮네."

"자, 여기 짐과 지팡이가 있습니다."

늙은 군인 같은 하인이 검고 노란 종이로 싸서 정성스럽게 끈으로 묶은 물건들을 팔에 들고 올라오더니 그것을 하나씩 주인의 머리 위 선반에다 올려놓았다. 그러고 나서 이렇게 말했다.

"다 올라왔습니다. 모두 다섯 갭니다. 봉봉, 인형, 북, 총 그리고 거위간 파이입니다."

"좋아."

"안녕히 다녀오십쇼."

"고맙네, 로랑. 잘 있게!"

하인이 문을 밀고 다시 내려가버렸다. 나는 마주 앉은 사람을 바라보았다.

그는 머리가 거의 다 세었지만 나이는 서른다섯쯤 된 것 같았다. 그는 훈장을 달고 있었고, 수염을 길렀으며, 아주 비대했다. 튼튼하고 활동적인 사람이 불구가 되어 움직이지 못하면 그렇게 되듯, 숨 가쁠 정도로 비대했다.

그는 이마를 닦으며 숨을 내쉬고는 나를 똑바로 바라보며 이렇게 말했다.

"담배를 피워도 괜찮겠습니까?"

"네, 괜찮습니다."

눈매, 음성, 얼굴 모습 모두 낯익다. 그러나 언제 어디서 만났을까? 확실히 만난 적이 있기는 있다. 그와 이야기도 했고 악수를 나누기도 했다. 그러나 하도 오래전의 일이어서, 안개 속으로 사라져 버린 듯 마음속에서 추억을 더듬어보아도 잡을 길 없이 달아나는 환상을 좇는 것 같았다.

그 역시 생각이 날 듯 날 듯 한데 전혀 떠오르지 않는 것처럼 나의 얼굴을 계속해서 뚫어지게 바라보고 있었다.

오랫동안 시선을 마주치고 있기가 거북해서 우리는 서로 눈을 돌렸다. 그러나 곧이어 기억을 더듬어보고 싶은 은밀하고 줄기찬 욕구에 이끌려 시선이 다시금 마주쳤다. 나는 이렇게 말했다.

"아, 여보세요, 한 시간 내내 서로 흘금흘금 쳐다보는 대신 우리가 서로 아는 사이인지 터놓고 알아보는 것이 낫지 않겠습니까?"

그는 기꺼이 대답했다.

"당신 말씀이 옳습니다."

나는 내 이름을 대었다.

"저는 사법관 앙리 봉클레르입니다."

그는 잠시 주저했다. 그러더니 무언가에 아주 집중했을 때 나타나는 공허한 시선과 음성으로 말했다.

"아! 그렇군요. 전쟁 전에 푸앵셀 씨 댁에서 뵌 적이 있지요. 벌써 12년 전 일이네요!"

"아아! 네, 그럼, 저 르발리에르 중위시죠?"

"네…… 다리를 잃을 때는 대위까지 되었죠. 한 번에 두 다리를 다

불구자 137

잃었습니다. 총알이 관통했지요."

이제 서로 알게 되었으므로 우리는 다시 바라보았다.

날렵하고 열정적으로 춤을 추어 사람들이 '회오리'라는 별명을 붙였던 날씬한 미남 청년의 모습이 뚜렷이 내 눈앞에 떠올랐다. 그러나 명확하게 떠오른 그러한 모습 저편에 무엇인가 아련히 떠도는 것이 있었다. 그것은 내가 알았으나 잊어버린 사건, 잠깐 호의로 관심을 가져볼 뿐 거의 알아볼 수 없는 흔적만을 마음에 간직하게 되는 그러한 사건이었다.

그것은 사랑과 연결된 사건이었다. 그 사건에 대한 특이한 감동이 내 기억 속에 자리 잡고 있음을 깨달았다. 그러나 짐승의 발자국이 땅 위에 뿌리고 간 냄새가 사냥개의 코에 주는 감동, 그 이상은 아니었다.

그러는 사이 점점 어둠이 걷히고 내 눈앞에 한 처녀의 모습이 떠올랐다. 그러자 불현듯 '망달 양'이란 그 여자의 이름이 머릿속에 떠올랐다. 이제 모든 것이 생각났다. 그것은 사실 사랑 이야기, 그러나 평범한 사랑 이야기였다. 처녀는 청년을 사랑했다. 내가 청년을 만난 것은 그 무렵이었다. 그들은 결혼할 것이라는 말이 떠돌았다. 청년도 여자에게 반한 듯했고 아주 행복해 보였다.

나는 눈을 들어 선반을 바라보았다. 하인이 올려놓고 간 짐꾸러미가 기차의 진동에 따라 흔들거렸다.

하인의 음성이 방금 들은 것처럼 다시 생각났다.

"다 올라왔습니다. 모두 다섯 갭니다. 봉봉, 인형, 북, 총 그리고 거위간 파이입니다."

그러자 순식간에 이야기 한 편이 꾸며져 머릿속에 펼쳐졌다. 그리고 그 이야기는 또한 내가 책에서 읽었던 모든 이야기와 비슷했다. 신체적으로 또는 재정적으로 재난을 겪은 다음 남녀가 결혼하게 되는 그런 이야기였다. 그러나 전쟁 중에 다리가 잘린 저 장교도 언약했던 처녀를 다시 만났고 여자는 약속을 지켜 그의 아내가 되었으리라.

이것은 아름답지만 천진한 생각이다. 연극이나 책에서 보게 되는 온갖 헌신이 순진하게 여겨지듯이 이런 유의 자비심을 책에서 읽거나 이야기로 듣게 될 때는 누구나 희열과 환희를 느끼며 자기를 희생할 수 있을 것같이 생각한다. 그러나 다음 날 가난한 친구가 돈을 좀 꾸기 위해 찾아온다면 아무도 기분 좋아하지 않는다.

다음에는 이와는 다른 가정(假定), 덜 시적이나 보다 현실성 있는 가정이 갑자기 머릿속에 떠올랐다. 그는 전쟁 전, 총알을 맞고 다리를 잘라야 하는 무서운 사건이 일어나기 전에 결혼했는지도 모른다. 그래서 부인은 씩씩하고 아름다운 모습으로 떠났다가 어쩔 수 없는 분노와 병적인 비대증을 갖고 다리가 잘려 움직이지도 못하는 패잔병이 되어서 돌아온 남편을 비탄과 체념 속에서 맞이하여 간호하고 위로해야만 했는지도 모른다.

그는 행복했을까 아니면 고통을 겪었을까? 그에 대해서 자세히 알고 싶은 마음이 서서히 일어나서는 점점 커져 억누를 수가 없게 되었다. 그가 이야기하고 싶어하지 않을, 또는 이야기할 수 없는 점을 추측할 수 있게 해주는 요점만이라도 알고 싶었다.

나는 이런 생각에 잠긴 채 그와 이야기를 나누었다. 우리가 주고

받은 것은 평범한 대화였다. 나는 눈을 들어 선반을 바라보며 생각했다.

'애들이 셋이겠군. 봉봉은 아내에게, 인형은 딸에게, 북과 총은 아들놈에게 줄 게고, 거위간 파이는 자기가 먹을 거겠지.'

불쑥 나는 그에게 물어보았다.

"자녀를 두셨습니까?"

그는 이렇게 대답했다.

"아니오."

나는 큰 과오라도 범한 것처럼 갑자기 당황했다. 그래서 다시 이렇게 말했다.

"죄송합니다. 하인이 장난감 이야기를 하기에 그렇게 생각했습니다. 들려오는 말을 듣고 나도 모르게 그런 결론을 내린 겁니다."

그는 미소를 짓더니 이렇게 중얼거렸다.

"결혼은 하지 않았지요. 아직도 후보생이랍니다."

나는 갑자기 기억을 더듬는 척했다.

"아…… 그렇죠. 예전에 만났을 때 약혼 중이셨죠. 망달 양이었던 것 같은데요."

"네, 그렇습니다. 기억력이 좋으시군요."

나는 아주 대담해져서 이렇게 덧붙여 말했다.

"그리고 망달 양이 결혼했다는 말을 들은 기억이 있는 것 같은데요……."

그는 태연히 이렇게 말했다.

"네, 플뢰렐 씨와 결혼했습니다."

"아, 그렇군요! 그래요……. 그리고 보니 당신이 부상당하셨다는 말도 들은 기억이 나는군요."

나는 그의 얼굴을 정면으로 바라보았다. 그는 얼굴이 붉어졌다.

그의 둥글고 살진 얼굴은 항시 혈색이 좋았는데 더욱더 붉게 물들었다. 그는 갑자기 열을 띠며 격렬하게 대답했다. 이미 마음과 머릿속에서는 부인당해버린 정당성을 이론상으로나마 주장해보려는 사람과도 같았다.

"내 이름과 짝을 지어 플뢰렐 부인의 이름을 부르는 것은 잘못이오. 내가 비참하게도 다리를 잃고 싸움터에서 돌아왔을 때 나는 그녀가 나의 아내 되는 것을 절대로 용납할 수가 없었습니다. 결혼은 자비심을 보이기 위한 것이 아닙니다. 그것은 한시도 떨어지지 않고 남자 곁에서 산다는 것을 의미합니다. 그런데 그 남자가 나처럼 불구라면 그것은 죽을 때까지 계속될 고통의 형벌과 결혼하는 것이 아니겠습니까? 아! 나도 한계를 넘지만 않는다면 모든 희생과 헌신을 격찬할 줄도 압니다. 그러나 한 여인이 허식적인 경탄심을 만족시키기 위해 행복해야 할 삶 전체와 온갖 기쁨과 꿈을 버리는 것은 용납할 수 없습니다. 나는 걸을 때마다 내 의족과 지팡이가 방바닥에 부딪쳐 내는 소리에 화가 치밀어 하인의 목이라도 조르고 싶을 정도요. 자기 자신도 견딜 수 없는 일을 한 여성에게 참아달라고 할 수 있겠소? 그리고 당신이라면 내 다리를 아름답다고 생각할 수 있겠소……?"

그는 입을 다물었다. 그에게 무어라고 말해주면 좋을까? 그의 말이 옳다고 생각되었다. 여자를 책망하고 경멸하고 잘못이라고 할 수 있을까? 그럴 수는 없다. 하지만 그 올바르고 이치에 들어맞으며 적절하고도 진실된 결말이 나의 시적인 욕구를 만족시켜주지는 못했다. 저 다리의 절단이라는 영웅적인 사건이 나로서는 할 수 없었던 숭고한 희생의 결과라는 생각이 들자, 나는 실망했다.

나는 그에게 불쑥 이렇게 물었다.

"플뢰렐 부인은 자녀를 두었습니까?"

"네, 딸 하나 아들 둘입니다. 내가 장난감을 가지고 가는 것도 그 애들 때문이랍니다. 부인과 남편은 날 아주 친절하게 대해줍니다."

기차는 생 제르맹 언덕을 오르더니 터널을 지나 역 구내로 들어섰다.

차가 멈추자 나는 저 상이 장교를 도와주려고 손을 내밀었다. 그때 문이 열리며 그에게 두 손을 내미는 사람이 있었다.

"안녕하세요! 르발리에르 형."

"아! 안녕하세요! 플뢰렐."

남자의 뒤에는 밝은 웃음을 띤, 아직도 예쁜 여인이 있었다. 그녀는 장갑 낀 손을 흔들어 인사를 보냈다. 부인 곁에는 여자아이가 기뻐서 날뛰고 있었다. 두 사내 녀석들은 탐욕스러운 눈으로 아버지가 기차 선반에서 북과 총을 집어 드는 것을 쳐다보고 있었다.

저 불구자가 플랫폼에 내려서자 그들이 달려들어 키스를 했다. 그리고 나서 일동은 출발했다. 소녀는 나무다리에 달린, 니스칠 한 십자가 모양 손잡이를 정답게 붙잡고 있었다. 그와 나란히 서서 갈 수만 있다면 그 친절한 분의 엄지손가락을 잡았을 터이지만.

미뉴에트

큰 불행이 닥쳐도 나는 슬퍼하지 않습니다.

회의주의자로 알려진 장 브리델이 이렇게 말했습니다.

나는 전쟁의 참상을 자세히 보았고, 조금의 연민도 느끼지 않으며 시체들을 밟고 넘었습니다. 자연이나 인간의 극도의 잔인함은 우리로 하여금 공포와 분노의 절규를 지르게는 하지만 사소하고 애절한 어떤 사건을 목격했을 때처럼 가슴을 찌르고, 뼛속을 스쳐가는 전율을 느끼게 하지는 못합니다.

인간이 느낄 수 있는 가장 격심한 비애는 틀림없이 어머니로서는 자식을 잃어버리는 것일 게고, 아들로서는 어머니를 잃는 것일 겁니다. 이는 마음이 뒤집히고 찢어지는 듯한 극단적이고 끔찍한 일입니다. 그러나 이런 재난은 심한 출혈의 상처와 같이 치유될 수가 있습니다. 그런데 어떤 우연한 해후, 언뜻 보았기 때문에 짐작밖에

할 수 없는 어떤 사건, 어떤 은밀한 슬픔, 어떤 운명의 배신, 이런 것이 우리들의 마음속에 고통스러운 사고의 세계를 온통 뒤흔들어놓고, 별안간 착잡하고 고칠 길 없는 신비로운 정신의 고통 문을 열어놓는 것입니다. 이러한 고통은 너무나 깊어서 잔잔하고, 너무나 격심해서 포착할 수도 없으며, 너무나 악착스러워 습성과도 같아 우리의 마음속에 오랜 세월이 지난 다음에나 잊을 수 있는 환멸의 느낌, 쓴맛, 슬픔의 흔적 같은 것을 남겨놓습니다.

나는 언제나 다른 사람들 같으면 절대 눈에 띄지도 않았을 두세 가지 사건을 목격하곤 했습니다. 이런 사건들이 나에게는 길고 예리한 칼날처럼 아물지 않는 상처를 마음속에 남겨놓았습니다.

여러분은 그렇게 빨리 스쳐가는 인상에서 어떻게 그런 격심한 충격을 받을 수 있는지 이해가 되지 않을 겁니다. 한 가지 예를 들어보겠습니다. 이것은 아주 오래전에 있었던 일입니다만 어제 일어난 것처럼 생생하게 떠오릅니다. 상상만 해도 그때의 감동이 새로워집니다.

나는 지금 쉰 살입니다. 그때는 법률을 공부하던 젊은 시절이었습니다. 나는 다소 우울하고 몽상적이었으며 염세적인 철학에 심취해, 소란스러운 카페나 시끄러운 친구들, 어리석은 계집애들을 좋아하지 않았습니다. 아침 일찍 일어나서 여덟 시경 뤽상부르 공원의 종묘원(種苗園) 안을 혼자 산책하는 것이 가장 즐거운 기쁨의 하나였습니다.

여러분은 저 종묘원을 모르시겠지요? 그것은 잊힌 지난 세기의 공원, 할머니의 정다운 웃음처럼 아름다운 공원이었습니다. 무성한 나무들이 울타리가 되어 좁고 정연한 길을 갈라놓았습니다. 일정하게 손질한 나뭇잎들이 양쪽으로 벽을 이룬 듯한 사이로 조용히 뻗어 있는 길이었습니다. 정원사의 큰 가위가 쉴 새 없이 무성한 나뭇가지들을 다듬고 있었습니다. 여기저기에 꽃밭이며 소풍 가는 학생들처럼 줄을 맞춰 선 묘목들, 화려한 장미꽃 무리와 과일나무 연대가 있었습니다.

저 황홀한 숲속 한구석엔 벌들이 살았습니다. 짚으로 만든 벌집들은 일정한 간격을 두고 교묘하게 나뭇가지 위에 붙어서 태양을 향해 골무 같은 커다란 구멍을 열고 있었습니다. 그리고 길가 어디서나 붕붕거리는 금빛 파리 떼를 볼 수 있었는데, 이 파리들이야말로 이 평온한 장소의 진정한 주인이자 복도와 같은 고요한 숲길의 진정한 산책자였습니다.

나는 거의 매일 아침 이곳을 찾았습니다. 벤치에 앉아 책을 읽었습니다. 때로 책을 무릎 위에 떨어뜨리고 몽상에 잠기기도 하고, 주위에서 생동하는 파리의 소리를 듣기도 하고, 이 오래된 산울타리의 끝없는 안식을 즐기기도 했습니다.

그러던 어느 날, 나는 빗장을 열어놓기만 하면 이곳을 찾는 사람이 나 혼자가 아님을 알게 되었습니다. 숲 모퉁이에서 가끔 정면으로 마주치는 사람이 있었습니다. 키가 작은 이상한 노인이었지요.

그는 은장식이 달린 구두를 신고, 승마바지에 스페인풍 갈색 프록코트를 입었으며, 넥타이 대신 레이스를 매고, 노아의 방주에서 나왔을 것만 같은, 테두리가 넓고 긴 깃털을 많이 꽂은 회색 모자를 썼습니다.

그는 몹시 말라서 뼈만 앙상했는데, 얼굴을 찡그리며 웃음을 지었습니다. 그의 눈은 생기가 있어 눈꺼풀이 끊임없이 깜빡였고, 손에는 항상 손잡이가 금으로 된 훌륭한 단장을 들었는데, 그에게는 대단한 기념품인 듯했습니다.

이 노인은 처음에는 나를 놀라게 했으나 차츰 한없는 호기심을 불러일으켰습니다. 나는 장벽 같은 수목들 사이로 그를 지켜보았고, 멀리에서 뒤따라가기도 했으며, 숲 모퉁이를 돌 때는 눈에 띄지 않도록 했습니다.

그러자 어느 날 아침 그는 다른 사람이 아무도 없다고 확신하자 이상한 동작을 하기 시작했습니다. 처음에는 깡충깡충 뛰더니 절을 한 번 하고는 가는 다리로 민첩하게 공중으로 뛰어오르며 두 발을 마주치는 것이었습니다. 그러고 나서 빙그르 돌더니 깡충깡충 뛰며 얼빠진 듯이 이리 왔다 저리 갔다 하며, 관중이 앞에 있기라도 한 듯 웃음을 띠고 감사 인사를 하며 팔을 둥글게 맞잡고는 꼭두각시처럼 초라한 몸을 뒤틀며, 허공에 대고 수없이 절을 하는 것이었습니다. 그런 모습은 우습기도 하고 가련하기도 했습니다. 그는 춤을 추고 있었던 것입니다!

나는 놀라움에 어안이 벙벙했습니다. 나와 노인 두 사람 중에 누가 미친 사람인가 생각해보았습니다.

그런데 그가 갑자기 동작을 멈추고 배우가 무대 위에서 하듯 앞으로 걸어 나가더니, 뒤로 주춤하며 허리를 굽히고, 우아한 미소와 함께 손을 흔들며 두 줄로 늘어선 손질된 나무들을 향해 희극 배우 같은 키스를 보냈습니다.

그러고는 다시 점잖게 산책을 계속했습니다.

*

그날부터 내 눈은 잠시도 그를 놓치지 않고 따라다녔습니다. 그는 매일 아침 그 이상한 운동을 되풀이하는 것이었습니다.

그에게 말을 걸어보고 싶은 마음이 미칠 듯이 치밀어 올랐습니다. 나는 용기를 내어 그에게 인사를 하고는 말을 건넸습니다.

"오늘은 참 날씨가 좋군요."

그는 허리를 굽혔습니다.

"네, 꼭 옛날 같은 날씨군요."

일주일 후 우리는 친해졌습니다. 그래서 나는 그의 과거를 알게 되었습니다. 그는 루이 15세 때 오페라 극장의 무용 교사였습니다. 그의 아름다운 단장은 클레르몽 백작의 선물이었습니다. 춤 이야기가 나오면 그는 입을 다물 줄을 몰랐습니다.

그런데 하루는 마침내 이렇게 비밀을 털어놓았습니다.

"나는 저 카스트리스와 결혼했답니다. 원하신다면 소개해드리죠. 하지만 아내는 저녁때가 아니면 이곳에 오지 않는답니다. 이 공원이야말로 우리의 기쁨이요 생명이랍니다. 지나간 시대에서 우리에게 남은 것이란 이곳뿐이죠. 이곳마저 없다면 우리는 살 수 없을 것 같아요. 여기야말로 유서 깊은 곳, 이름 높은 곳이 아니겠습니까? 이곳에서는 내가 젊었을 때와 조금도 변하지 않은 대기를 숨쉬는 것 같습니다. 아내와 나는 오후 내내 이곳에서 보낸답니다. 그런데 나는 아침잠이 없기 때문에 아침부터 나와 있지요."

점심을 먹자마자 나는 다시 뤽상부르 공원으로 달려갔습니다. 그러자 곧 노인의 모습이 나타났습니다. 그는 까만 옷을 입은, 아주 늙은 자그마한 부인에게 점잖게 손을 내주고 있었습니다. 그는 나를 부인에게 소개시켰습니다. 그 부인은 귀공자들과 왕의 사랑을 받던, 이 세상에 사랑의 향기를 남겨놓고 가버린 것 같은 기사도 시대에 모든 사람의 사랑을 받던 저 유명한 무희 카스트리스였습니다.

우리는 벤치에 앉았습니다. 때는 5월이었습니다. 꽃의 향기가 깨끗한 숲길 속을 떠돌았습니다. 나뭇잎 사이로 스며드는 맑은 햇빛이 우리 위에 굵은 빛의 물방울을 뿌리는 것 같았습니다. 카스트리스의 까만 옷이 온통 빛으로 젖은 것 같았습니다.

공원 안에는 아무도 없었습니다. 마차 지나가는 소리가 멀리서 들렸습니다.

"미뉴에트가 어떤 것인지 설명해주시지 않겠습니까?"

나는 노인에게 말했습니다.

그는 몸을 떨었습니다.

"미뉴에트요, 그것은 춤의 여왕이자 여왕의 춤이지요, 아시겠습니까? 이제 왕이 없어졌으니 미뉴에트도 없어졌어요."

그리고 그는 장황하게 열렬한 찬사를 늘어놓았지만 나는 그 말을 이해할 수가 없었습니다. 나는 발의 움직임, 몸짓과 자세에 대한 설명을 듣고 싶었습니다. 노인은 잘 되지 않자 당황해서 안타깝고 서글퍼했습니다.

그러더니 그는 말없이 엄숙하게 앉아 있는 옛 파트너에게 몸을 돌리며 말했습니다.

"엘리즈, 한번 해보지 않겠소? 우리 이분에게 미뉴에트가 어떤 것인지 보여드립시다."

부인은 불안스러운 눈초리로 주위를 살펴보더니 말없이 자리에서 일어나 남편 앞으로 가서 섰습니다.

그리하여 나는 영원히 잊을 수 없는 장면을 보았습니다.

그들은 미소를 짓고 교태를 피우며 어린애들처럼 이리 왔다 저리 갔다 했습니다. 몸을 흔들면서, 허리를 굽히면서, 깡충깡충 뛰는 그들의 모습은 옛날 아주 솜씨 좋은 직공이 만들었으나 이제는 조금 망가져버린 낡은 기계의 힘으로 춤을 추는 두 개의 인형과도 같았습니다.

그들을 보고 있으려니 이상한 감격으로 가슴이 설레고 마음이 형용할 길 없는 비애에 젖었습니다. 나는 슬프고도 우스운 유령, 한 세기 전의 그림자를 보는 듯했습니다. 웃음이 터져 나올 것도 같았습니다.

갑자기 그들이 멈춰 섰습니다. 춤이 끝난 것이었습니다. 잠시 마주 보던 그들은 놀랍게도 얼굴이 이지러지더니 서로 끌어안고 흐느꼈습니다.

사흘 뒤에 나는 시골로 떠났습니다. 그들을 다시 만나지 못했지요. 2년 후 다시 파리로 돌아왔을 때는 공원의 종묘원은 헐리고 없었습니다. 저 정다운 옛날의 공원, 아름다운 숲속의 에움길과 지난날의 향기를 지닌 미궁과 같은 공원을 잃어버린 두 사람은 어떻게 되었을까? 그들은 죽었을까? 그들은 희망을 잃은 망명객처럼 현대식 거리를 방황하고 있을까? 그들은 희미한 망령이 되어, 달 밝은 밤이면 무덤들 사이로 난 샛길을 따라 묘지의 삼목을 헤치고 가며 저 환상적인 미뉴에트를 추고 있을까?

그들에 대한 추억은 머릿속에서 떠나지 않고 나를 괴롭히며 마음속에 상처처럼 남아 있습니다. 왜일까요? 그 이유는 나도 알 수가 없습니다.

여러분은 아마도 이런 이야기가 우습게 생각되겠죠. 안 그렇습니까?

어느 여인의 고백

 나의 벗이여, 당신은 나에게 인생에서 가장 생생한 추억담들을 들려달라고 요청하신 적이 있습니다. 나는 부모도 자식도 없이 이제는 나이가 들었습니다. 그래서 당신께 나 자신을 자유롭게 고백할 수 있습니다. 다만 이름을 절대 밝히지 않겠다는 것만은 약속해주십시오.
 당신도 아시다시피 나는 퍽 많은 사랑을 겪었습니다. 그래서 때로는 내가 나 자신을 사랑하기도 했습니다. 나는 상당한 미모를 가졌지요. 그러나 지금에 와서 내가 할 수 있는 말은, 그렇다고 해도 남은 것이라곤 하나도 없다는 것입니다. 내가 보기에는 마치 육체적 생활에 공기가 없어서는 안 되듯이, 사랑이란 정신적 생활에 불가결한 것입니다. 애정 없이, 언제나 나를 열심히 생각해주는 사람 없이 사느니 차라리 죽는 것이 낫다고 생각했습니다. 여자들은 흔히 진실한 사랑은 일생에 단 한 번밖에 할 수 없다고 주장합니다. 하지만 나에게는 이따금 열렬한 사랑이 찾아왔으므로 내 인생에 정열적 사랑의 종말이란 있을 수 없다고 생각했습니다. 그러나 이러한 나의 정열의 불꽃은 마치 장작이 떨어진 난로처럼 언제나 저절로 꺼져버리곤 했습니다.

오늘 나는 당신에게 내가 아주 순진했던 시절 겪은 사건들 중에 최초이지만 그다음 사건들의 원인이 되었던 경험을 말씀드리겠습니다.

그 지독한 페크의 약제사의 끔찍스러운 복수는 내가 어쩔 수 없이 말려들었던 그 무서운 사건을 다시 생각나게 했습니다.

나는 그 1년 전에 에르베 드 케르…… 백작이라는 한 부유한 남자와 결혼했습니다. 그는 브르타뉴의 오래된 가문 태생으로, 물론 나는 그를 좋아하지 않았습니다. 내가 생각하기로는 적어도 사랑, 진정한 사랑이란 자유와 장애가 동시에 있어야 합니다. 강요된 사랑, 법적으로 공인된 사랑, 신부(神父)에게 축복받은 사랑, 그런 것을 진짜 사랑이라고 할 수 있습니까? 법적으로 허용되어 하는 키스란 도둑맞은 키스보다 나을 것이 없습니다.

나의 남편은 키가 크고 점잖고 태도가 참으로 신사다웠습니다. 그러나 지성이 부족했습니다. 그는 솔직하게 이야기하고 칼로 자르듯이 생각을 모조리 털어놓았습니다. 사람들은 그의 머릿속이 앞뒤가 막힌 생각으로 꽉 차 있다고 여겼습니다. 이러한 사고방식은 그의 부모님이 그에게 물려준 것이며, 또한 그 부모님의 조상이 지녔던 것이기도 합니다. 그는 결코 저주하거나 매사에 당황하지 않고,

달리 볼 수도 있다는 생각은 눈꼽만큼도 하지 않은 채 즉각적으로 편협한 의견을 내놓곤 했습니다. 그래서 사람들은 그의 머리는 꽉 막혀 있고 마치 문이나 창을 열어놓으면 집 안의 공기가 바뀌듯이 그의 정신을 새롭게 하고 건전하게 할 그런 궁리가 그 속에서는 돌지도 못한다고 생각했습니다.

우리가 살던 성관은 황량한 지방의 한복판에 있었습니다. 그 성관은 커다랗고 을씨년스러운 건물로 거대한 수목에 둘러싸여 있었는데, 그 건물에 낀 이끼는 노인들의 흰 수염을 연상시켰습니다. 사실 숲이라고 하는 것이 맞을 큰 정원은 주위에 깊은 도랑이 둘러싸고 있으며, 그 정원 끝 벌판 쪽에 갈대와 수초가 그득한 두 개의 못이 있었습니다. 그 두 못을 연결하는 시냇가에 나의 남편은 들오리를 사냥하기 위하여 조그마한 원두막을 짓게 했습니다.

원래 있던 하인들 이외에 죽으라면 죽을 정도로 남편에게 충실한 짐승 같은 시종 하나와 나에게 정성을 다하는, 거의 친구나 다름없는 몸종 하나를 우리는 각각 데리고 있었습니다. 나는 5년 전에 그 아이를 스페인에서 데려왔지요. 의지가지없는 아이였어요. 검은 살결에 검은 눈동자 그리고 삼림처럼 숱이 많고 언제나 이마 언저리에 머리카락이 삐죽삐죽 일어선 이 계집아이를 사람들은 보헤미안으로 여겼습니다. 그녀는 열여섯 살이었지만 스무 살은 되어 보였어요.

가을이 되어 사냥이 한창이었습니다. 사냥판이 어떤 때는 인근에서, 또 어떤 때는 우리 집에서 벌어지곤 했어요. 그 무렵 C······라는 젊은 남작이 내 눈에 띄었습니다. 우리 성관을 유난히 자주 찾아오더니 얼마 후 발길을 끊었고, 나도 잊어버리고 말았지요. 그러나 남편이 나를 대하는 태도가 바뀐 것을 나는 눈치 챘습니다.

남편은 말수가 적었고 생각에 골몰한 것 같았으며, 나를 포옹해 주는 일이 없었어요. 그러나 내가 혼자 있기 위해 방을 따로 쓰자고 강요하다시피 하여 나의 침실에 들어오는 일은 별로 없었는데, 밤이면 내 방문 앞까지 와서 서성거리다 얼마 후 멀어져 가는 발소리가 들리곤 했습니다.

나는 내 방 창문이 1층에 있는 탓으로 성관 주위에서 후미진 곳을 순찰하는 발소리까지 들려온다고 믿었지요. 남편에게 그런 이야기를 했더니 나를 한동안 뚫어지게 쳐다보다가 이렇게 대답을 하더군요.

"아무것도 아니오. 내 시종이 순찰하는 거요."

그러던 어느 날 저녁 우리가 저녁식사를 마쳤을 때, 그날따라 즐거운 표정을 드러내지는 않지만 이상하게도 즐거워 보이는 에르베가 나에게 이런 질문을 했습니다.

"여보, 저녁마다 우리 암탉을 잡아먹으러 오는 그놈의 여우를 잡아 죽이기 위해 당신이 그 사냥 원두막에 서너 시간 가 있는 게 어떻겠소?"

나는 놀랐습니다. 그래서 주저했습니다. 그러나 그가 끈덕지게 바라보았기 때문에 나는 이렇게 대답하고 말았습니다.

"좋지요, 뭐."

나도 남 못지않게 늑대며 멧돼지를 잡은 적이 있다는 것을 당신께 말씀드려야겠군요. 그러니 나에게 사냥 원두막에 가자고 하는 것은 너무도 있을 법한 제안이었습니다.

그런데 나의 남편은 갑자기 이상하게도 신경질이 난 것 같아 보였습니다. 그래서 저녁 내내 화가 나서 일어났다 앉았다 하면서 안절부절못했습니다.

열 시쯤 그는 불쑥 이렇게 말을 했지요.

"준비 다 되었소?"

나는 일어섰습니다. 그가 손수 내 총을 가져다주기에 나는 물었습니다.

"노루잡이 총알을 재야 하나요, 아니면 보통 총알을 재야 하나요?"

그는 놀라는 기색이더니 말을 받았습니다.

"아! 노루잡이면 되오. 그것이면 충분해요. 자신을 가져요."

그리고 나서 삼시 후에 그는 담담한 어조로 이렇게 말을 이었습니다.

"당신 특유의 그 침착성을 과시해보구려!"

나는 웃음을 터뜨렸습니다.

"제가요? 왜요? 여우 잡으러 가는데 침착성이라니요? 당신은 무슨 생각이신 거예요?"

그러고서 우리는 큰 정원을 건너서 소리를 죽이며 출발했습니다. 온 집 안은 잠들어 있었습니다. 보름달은 석반석(石盤石) 지붕이 빛나는, 우중충하고 낡은 건물에 노란빛을 띠게 해주었습니다. 그 건물을 보호하는 두 개의 망루에는 꼭대기마다 등이 달렸고, 이 달 밝은 쓸쓸한 밤, 훈훈하고 무엇엔가 눌리는 듯하며 죽음 같은 이 밤의 고요를 깨뜨리는 소리는 아무것도 들리지 않았습니다. 오직 장례식의 무거운 공기 같은 것이 만물을 짓누르는 듯했습니다.

우리가 정원 나무들 밑에 들어서자, 싸늘한 공기와 낙엽의 향기가 몸에 스며들었습니다. 나의 남편은 아무 말도 없었어요. 그러나 그는 사냥하고 싶은 간절한 마음에 불타서 귀를 기울이기도 하고 사방을 살피기도 하며 어둠 속에서 무엇인가 냄새를 맡는 것 같기도 했습니다.

이윽고 우리는 연못가에 이르렀습니다.

동심초의 줄기들이 움직이지 않았습니다. 바람기라곤 전혀 없어 어루만져주지 못했던 거지요. 그러나 겨우 보일까 말까 하는 어떤 것들이 물속에서 움직였습니다. 때로는 수면에 한 점이 움직였습니다. 그래서 그 점에서부터 달빛에 어른거리는 주름살 같은 가느다란 동그라미가 멀리멀리 퍼져 나갔습니다.

우리가 몸을 숨기고 지켜보아야 할 그 원두막에 다다르자 남편은 나에게 먼저 총을 들게 하고 그다음에 서서히 자기 총을 잡았습니다. 그러자 총의 덜그럭거리는 소리에 이상한 기분이 들었습니다. 그는 내가 몸을 떠는 것을 눈치 채고 말했습니다.

"혹시 이런 고생이 당신 취향엔 맞지 않을지도 모르지. 그렇다면 돌아가보구려."

나는 깜짝 놀라서 대답했습니다.

"전혀 그렇지 않아요. 나는 돌아가려고 온 게 아니에요. 당신, 오늘 참 이상해요."

그는 낮은 목소리로 말했습니다.

"당신 좋을 대로 하구려."

그리고 우리는 움직이지 않았습니다.

반 시간 가까이 지나도 달 밝은 가을밤의 무거운 정적을 깨뜨리는 것이 아무것도 없기에 나는 아주 낮은 목소리로 말했습니다.

"그것이 여기로 지나는 것이 틀림없을까요?"

에르베는 내가 그를 물기라도 한 듯이 진저리를 쳤습니다. 그러고는 나의 귀에다 입을 대고는 "틀림없소, 들어봐요" 했습니다.

그러고는 또 침묵이 시작되었습니다.

남편이 내 팔을 잡자 마음이 가라앉는 것 같았습니다. 그는 목소리를 바꾸어 조용히 말했습니다.

"저기 나무 밑을 보고 있소?"

나는 아무리 보아도 소용이 없었어요. 아무것도 구별하지 못했지요. 그때 에르베는 나의 눈을 뚫어지게 들여다보면서 천천히 총을 어깨에 대었습니다. 나 역시 총을 쏠 준비가 되어 있었어요. 그런데 갑자기 우리 앞에 30보 떨어진 저쪽에서 한 남자가 불을 환히 밝히고 나타나더니 도망치듯이 몸을 구부리고 빠르게 왔습니다.

나는 하도 놀라서 날카로운 외마디 소리를 질렀습니다. 그러나 몸을 돌리기도 전에 불꽃이 내 눈앞을 획 스쳤어요. 총소리에 나는 정신이 얼떨떨했어요. 그리고 그 사람이 총알 맞은 늑대처럼 땅바닥에 구르는 것을 보았습니다.

나는 공포에 질려 정신을 잃고는 날카로운 소리를 질렀습니다. 그때 에르베의 분노에 떠는 손이 나의 목을 잡았습니다. 나는 넘어졌습니다. 그러자 그는 억센 팔로 나를 안아 들었습니다. 나를 허공에 번쩍 들고 풀밭에 쭉 뻗어 자빠진 시체 있는 곳으로 그는 달려갔습니다. 그러고는 마치 내 머리를 부수려는 듯 나를 그 위에 내동댕이쳤습니다.

나는 죽었구나 하고 생각했습니다. 그는 나를 곧 죽일 참이었습니다. 그래서 벌써 내 이마 위에 자기의 발꿈치를 쳐들고 있었습니다. 그때 내가 무슨 영문인지 알 사이도 없이 그는 발이 걸려 넘어졌습니다.

나는 벌떡 일어섰습니다. 그리고 나는 나의 몸종인 파키타가 그의 위에 무릎을 꿇고 올라타고서 성난 고양이처럼 독이 올라 웅크린 채 한사코 그의 턱수염과 코밑수염을 잡아 뽑고 그의 얼굴의 살갗을 잡아 뜯는 것을 보았습니다.

그러더니 갑자기 어떤 다른 생각에 사로잡힌 듯이 그녀는 벌떡 일어났습니다. 그러고는 그 시체 위에 엎어지더니 팔을 벌려 얼싸안고서 그의 눈 위에, 입에 키스를 하고 자기의 입술로 죽은 자의 입술을 벌리고 숨소리를 찾았으며, 또 사랑하는 사람끼리의 힘찬 포옹을 찾았습니다.

다시 일어난 남편은 그 장면을 멀거니 보았습니다. 그는 그제야 깨닫고 나의 발밑에 엎어졌습니다.

"아! 용서해줘요, 여보. 나는 당신을 의심했소. 그래서 저 계집애가 사랑하는 사람을 죽였구려. 나를 속인 것은 나의 시종 놈이오."

나는 이 죽은 자와 살아 있는 계집애의 괴이한 키스와 그녀의 흐느끼는 모습과 또 끝장난 사랑에서 깨어나는 그녀를 물끄러미 보았습니다.

그래서 그때부터 나는 남편에게 충실할 필요가 없다는 것을 깨달았습니다.

의자 고치는 여인

베르트랑 후작의 저택에서 사냥 개시를 축하하는 만찬이 끝날 무렵이었다. 열한 명의 사냥꾼과 여덟 명의 부인 그리고 그 지방 의사가 과일과 꽃으로 덮인 불 밝힌 식탁 둘레에 앉아 있었다.

화제가 사랑에 관한 이야기에 이르자 진실한 사랑은 한 번밖에 할 수 없는 것인가, 아니면 몇 번이라도 할 수 있는 것인가를 알아내기 위해 거창한 논쟁이 벌어졌다. 논쟁은 언제까지고 그칠 줄을 몰랐다. 진실한 사랑을 단 한 번밖에 하지 못한 사람들의 실례를 들어 말하는 이도 있었고, 열렬하게 여러 번 사랑한 사람들의 실례를 들어 말하는 이도 있었다. 남자들은 대체로 사랑도 병과 같아서 한 사람이 여러 번 앓을 수 있으며, 어떤 장애물이 생기면 충격을 받아 죽게 되는 수도 있다고 주장했다. 이런 견해는 반박할 여지가 없는 것이었지만, 현실에 대한 관찰보다는 시적인 것에 기울어지는 부인들은 사랑, 참된 사랑, 위대한 사랑이라면 인간에게는 단 한 번밖에 주어질 수 없으며, 그것은 벼락과도 같아서 이 사랑의 벼락을 맞은 마음은 타버리고 황폐하게 되어 어떻게나 공허해지는지 그 후로는 어떤 감정도 솟아날 수 없게 되고, 어떤 꿈마저도 다시 싹틀 수 없다고 단정했다.

사랑을 여러 번 해본 후작은 이런 신념을 맹렬히 공박했다.

"사랑은 있는 기력과 심혼을 다해 몇 번이라도 할 수 있는 것이라고 나는 말씀드리는 바요. 두 번 다시 사랑할 수 없다는 증거로 사랑 때문에 자살한 사람들을 들지만, 바보같이 자살하지 않았다면 그들은 회복되었을 것이라고 나는 대답하겠소. 자살을 했기 때문에 정열이 재발할 기회를 빼앗겨버렸던 거요. 그들은 다시 시작하여 죽을 때까지 사랑했을 거요. 사랑하는 인간이란 주정뱅이와 같소. 술도 마셔본 자가 마실 수 있고 사랑도 해본 자가 할 수 있소. 그것은 기질 문제죠."

일동은 의사에게 판결을 내려주기를 기대했다. 그는 파리 태생이나 은퇴해서 시골로 온 늙은 의사였다. 일동은 그의 의견을 듣고자 했다.

확실하게 말한다면 그는 자기 의견을 갖고 있지 않았다.

"후작께서 말씀하신 것처럼 그것은 기질 문제지요. 내가 아는 경우란 하루도 쉬지 않고 55년을 이어오다 죽음으로 끝맺은 사랑이지요."

후작 부인은 손뼉을 쳤다.

"얼마나 아름다운 이야기입니까? 그처럼 사랑을 받는 것은 얼마나 황홀한 꿈입니까? 그처럼 통렬한 애정에 둘러싸여 55년을 살았으니 얼마나 행복했을까요! 그토록 사랑을 받은 남자는 얼마나 행복했고 인생을 축복했을까요!"

의사는 미소를 지었다.

"부인께서는 사랑을 받은 남자라고 하셨는데, 사실 틀리지 않은 말씀입니다. 바로 부인께서도 아시는 마을의 약제사 슈케 씨랍니다. 여자로 말하자면, 역시 잘 아시는 해마다 성으로 의자를 고치러 오는 노파랍니다. 그러나 제 이야기를 좀 더 잘 이해하시도록 설명하겠습니다."

부인들의 감격은 죽어버렸다. 흥을 잃은 부인들은 "흥!"하고 코웃음을 쳤다. 마치 훌륭한 남성의 관심을 받을 만한 귀부인이 아니면 사랑의 일격을 받을 수 없다는 듯.

의사는 이야기를 계속했다.

"석 달 전 저는 그 노파의 임종에 불려 갔지요. 그 여인은 전날 자신이 집으로 사용하던 마차를 타고 이곳에 도착했죠. 그 마차는 여러분도 보셨겠지만 늙은 말이 끌었으며 그 곁에는 친구 겸 호위자인 개 두 마리가 따라다녔지요. 사제는 벌써 와 있더군요. 여인은 우리에게 유언을 말했지요. 그리고 자기의 마지막 소원을 우리에게 알리려고 자신의 전 생애를 들려주었습니다. 나는 이보다 더 특이하고 마음 아픈 이야기를 들어본 적이 없습니다.

그녀의 아버지와 어머니는 의자를 고치는 사람들이었죠. 여인은 한 번도 땅에 터를 잡은 숙소에서 살아본 적이 없었어요.

아주 어렸을 때 그녀는 더럽고 이가 끓는 누더기 옷을 입고 돌아다녔지요. 그들 일가족은 마을 입구, 도랑가에 마차를 세워놓고 말을 풀어주었습니다. 그러면 말은 풀을 뜯어먹고 개는 발에 코를 파묻고 잠이 듭니다. 아버지와 어머니가 길가에 서 있는 느릅나무 그늘에서 그 일대의 낡은 의자들을 수선하는 동안 어린아이는 풀밭에서 뒹굴었습니다. 저 이동 숙소 안에서 식구들은 별로 말을 하지 않았지요. 마을에 누가 갈 것인가를 결정하기 위해 필요한 말을 몇 마디 하고는 서로 마주 앉거나 나란히 앉아 새끼를 꼬기 시작했죠. 다음에 나가는 사람은 저 아주 귀에 익은 '의자 고칩쇼!'라는 말을 외치며 집집을 돌아다녔어요. 어린애가 너무 멀리 가거나 마을 애들과 사귀려고 하면 아버지는 성난 목소리로 이렇게 불렀죠.

'썩 이리 못 올까, 쌍놈의 계집애!'

이것이 그녀가 부모에게서 들을 수 있는 유일한 말이었습니다.

그녀가 좀 자라자, 부모는 그에게 망가진 의자의 뼈대를 모아 오라고 시켰습니다. 그래서 그녀는 여기저기 돌아다니며 애들과 사귀기 시작했지요. 그러나 이번에는 이 아이들의 부모가 자기 자식들을 사납게 불러들였어요.

'이 녀석, 썩 이리 못 와! 누가 너보고 거지 애하고 사귀라고 하든!'

때로는 돌을 던지는 애들도 있었지요.

부인들에게 돈이라도 받게 되면 그녀는 조심스럽게 그것을 간직했습니다.

어느 날—그때 열한 살이었죠—그녀는 이 지방을 지나가게 되었는데, 묘지 뒤에서 친구에게 동전 두 푼을 빼앗기고 우는 어린 슈케를 만났지요. 부잣집 애가 우는 것을 보자 그녀는 의아해졌습니다. 불행하고 연약한 그녀의 머릿속에서는 부잣집 애들이란 언제나 즐겁고 불만이 없을 것이라고 상상했으니까요. 그녀는 다가가서 그가 우는 이유를 알게 되자 아껴두었던 돈 7수를 모두 그 애의 손에 쥐여주었습니다. 그 애는 물론 눈물을 씻으며 그것을 받았습니다. 그러자 그녀는 기쁨에 넘쳐서 소년을 대담하게 껴안았습니다. 소년은 그녀가 준 돈을 열심히 보고 있었기 때문에 소녀가 하는 대로 내버려두었습니다. 소년이 떼밀지도 않고 반항하지도 않는 것을 보고 그녀는 다시 그를 껴안았습니다. 두 팔을 벌리고 마음껏 껴안았지요. 그러고는 그곳을 떠나갔습니다.

가련한 그녀의 머릿속에는 어떤 변화가 일어났을까요? 떠돌아다니며 모은 돈을 주었기 때문에, 아니면 정다운 첫 키스를 했기 때문에 그 어린 소년에게 마음이 사로잡히게 된 것일까요? 불가사의한 일은 어른들의 경우나 애들의 경우나 마찬가지입니다.

여러 날 동안 그녀는 저 묘지 한 모퉁이를 그리고 그 소년을 생각했습니다. 그를 다시 보고 싶은 마음에 그녀는 부모의 돈을 훔치기도 했고, 여기서 한 푼, 저기서 한 푼, 의자 고친 데서 또는 찬 사 오는 데서 돈을 떼기도 했습니다.

다시 돌아왔을 때 그녀의 호주머니에는 2프랑이 들어 있었습니다. 그러나 그녀가 찾을 수 있었던 것은 아버지가 경영하는 상점의 창 너머로 보이는 말쑥한 어린 약제사였습니다.

번쩍이는 유리 그릇과 울긋불긋한 약물의 황홀한 광채에 도취되고 감동되어 그녀는 더욱 소년을 사랑하게 되었습니다.

그녀는 가슴속에 지울 수 없는 추억을 간직하게 되었지요. 그 이듬해 학교 뒤에서 친구들과 구슬치기를 하고 노는 소년을 보았을 때, 그녀는 달려들어 소년을 팔로 꼭 껴안았습니다. 그러고는 난폭하게 키스를 했기 때문에 소년은 겁을 먹고 소리치기 시작했지요. 그래서 소년을 달래기 위해 그녀는 가지고 있던 돈을 주었습니다. 3프랑 20수, 큰 돈이었지요. 그래서 소년은 눈이 둥그레져서 바라보았습니다.

소년은 돈을 받았지요. 그리고 그녀가 하고 싶은 대로 애무하게 내버려두었습니다.

그 후 4년 동안이나 그녀는 자기가 모은 돈을 모두 소년의 손에 쥐여주었지요. 소년으로서는 그것이 키스에 응한 대가였으므로 양심의 가책을 느끼지 않고 호주머니에 집어넣었습니다. 한때는 30수, 한때는 40수, 한때는 12수(그 때문에 그녀는 마음이 괴롭고 부끄러워 울기도 했지만, 그해는 경기가 나빴지요), 마지막 번에는 5프랑짜리 크고 둥근 동전을 주었답니다. 5프랑짜리 돈을 받고 소년은 흡족해서 미소를 지었습니다.

그녀는 소년밖에 생각하지 않았습니다. 소년도 그녀가 돌아오기를 초조하게 기다리다 그녀가 나타나면 달려갔지요. 이것은 소녀의 가슴을 뛰게 만들었습니다.

그 후 소년의 모습이 보이지 않았습니다. 중학교에 들어갔던 것이었죠. 그녀는 교묘하게 이 사실을 알아냈습니다. 그리하여 방학 때 이곳을 지날 수 있게 행선지를 바꾸도록 그녀는 부모에게 갖은 수단을 다 썼습니다. 1년이나 꾀를 써서야 뜻을 이루었지요. 그러니 2년 동안이나 소년을 보지 못하고 지냈던 것입니다. 그녀는 소년을 거의 알아보지 못했습니다. 그렇게나 소년은 키가 자랐고 변했던 것입니다. 금단추를 단 학생복을 입은 소년은 아름답고 의젓해졌습니다. 소년은 그녀를 못 본 척하고 거만하게 지나쳐 갔습니다.

그녀는 이틀 동안이나 울었습니다. 그 후로 그녀의 마음은 한없이 괴로웠습니다.

해마다 그녀는 다시 왔습니다. 그러나 그 앞을 지나면서도 인사조차 하지 못했지요. 그도 그녀를 거들떠보려고도 하지 않았습니다. 그녀는 그에 대한 사랑으로 미칠 것 같았습니다. 그녀는 나에게 이렇게 말했습니다.

'의사 선생님, 제가 이 세상에서 본 유일한 남자였습니다. 저는 그 말고 다른 남자들이 있는지조차 몰랐답니다.'

부모가 죽고, 그녀는 부모가 하던 일을 이어받았습니다. 그러나 개는 한 마리에서 두 마리로 늘어났습니다. 개들이 어떻게나 사나운지 아무도 감히 건드리지 못했지요.

어느 날 마음을 두고 온 그 마을에 들어섰을 때, 그녀는 슈케 상점에서 젊은 여인이 사랑하는 사람의 팔에 매달려 나오는 것을 발견했습니다. 그 여자는 부인이었습니다. 그는 결혼했던 것입니다.

바로 그날 저녁, 그녀는 면사무소 앞에 있는 연못에 몸을 던졌습니다. 밤늦게 돌아가던 주정꾼이 그녀를 끄집어내어 약국에 데려다 놓았습니다. 잠옷을 입은 아들 슈케가 그녀를 치료하러 내려왔습니다. 그는 그녀를 아는 척도 하지 않고 옷을 벗기고는 몸을 문질러주었습니다. 그러고는 무뚝뚝한 소리로 말했지요.

'아니, 당신 미쳤소? 이렇게 바보 같은 짓을 하면 못써요.'

이것으로도 그녀를 회복시키기에는 충분했습니다. 그가 자기에게 말을 하다니! 그녀는 오래도록 행복감을 느꼈습니다.

그녀는 완강히 고집했지만 슈케는 치료비를 받으려 하지 않았습니다.

이렇게 그녀의 일생은 흘러갔습니다. 그녀는 슈케를 생각하며 의자를 수선했지요. 해마다 그녀는 유리창 너머로 그를 바라보았습니다. 그리고 슈케 상점에서 자질구레한 의약품을 사는 것이 버릇이 되었습니다. 이렇게 하여 그녀는 가까이에서 그를 볼 수 있고 그에게 말을 걸 수도 있고 돈을 줄 수도 있었던 것입니다.

처음에 말했던 바와 같이 그녀는 올봄에 죽었습니다. 그녀는 이 슬픈 이야기를 나에게 보누 늘려주더니 자기가 평생 모아놓은 돈 전부를 그토록 열렬히 사랑했던 애인에게 전해주기를 간청했습니다. 그녀는 말하기를, 자기가 죽었을 때 그가 단 한 번만이라도 자기를 생각하리라는 확신을 갖기 위해 끼니도 굶어가며 저축했고 다만 그를 위해서 일해왔다는 것입니다.

그러고는 나에게 2천3백27프랑을 주었습니다. 나는 사제에게 장례비로 27프랑을 주고 나머지는 가지고 갔습니다.

이튿날 나는 슈케 씨 집으로 갔습니다. 혈색이 좋고 뚱뚱하게 살진 그들 부부는 약품 냄새를 풍기면서 만족한 듯이 거만하게 마주앉아 막 아침식사를 마친 모양이었습니다.

그들은 나에게 자리를 권하고는 앵두주를 주었습니다. 나는 그것을 받아 마시고는 그들이 눈물을 흘리리라고 믿고 감격한 어조로 이야기를 시작했지요.

집도 없이 떠돌아다니며 의자를 고치는 여자에게 사랑을 받았다는 것을 깨닫자 슈케는 자신의 명성, 신사로서의 품위, 인격, 그에게는 생명보다 더 귀중하고 고귀한 무엇을 그녀가 빼앗아 가기라도 한 듯이 펄쩍 뛰며 화를 내었습니다.

부인도 똑같이 화가 나서 이렇게 중얼거렸지요.

'그 거지 년이……! 그 거지 년이……! 그 거지 년이……!'

말을 잇지 못하더군요.

슈케는 자리에서 일어났습니다. 베레모를 쓴 그는 식탁 저편에서 성급히 왔다 갔다 했습니다. 그는 이렇게 중얼거렸습니다.

'의사 선생님은 이해하실 수 있겠습니까? 끔찍한 일이죠! 어떻게 해야 좋을까요? 아! 살아 있을 때 알았다면, 경관을 시켜 감옥에라도 잡아넣었을 텐데. 절대로 감옥에서 못 나오게 했을 겁니다.'

나로서는 충실하게 일을 처리하려고 한 것인데, 결과가 이렇게 되자 어이가 없었습니다. 무슨 말을 해야 좋을지, 어떻게 해야 좋을지 몰랐습니다. 그러나 맡은 임무는 완수하지 않을 수 없었죠. 나는 다시 이렇게 말했습니다.

'그 여자는 2천3백 프랑에 달하는 모아놓은 돈을 당신에게 전해 달라고 나에게 맡겼습니다. 방금 당신에게 알려드린 사실이 불쾌하신 것 같은데, 그러면 이 돈을 가난한 사람들에게 나누어 주는 편이 좋을 것 같군요.'

남편과 아내는 놀라서 굳은 표정으로 나를 바라보았습니다.

나는 호주머니에서 돈을 꺼냈습니다. 그것은 눈물겨운 돈이었습니다. 온갖 나라의 갖가지 모양의 돈이 다 있었고, 금화와 동전이 섞여 있었습니다. 나는 그들에게 물어보았습니다.

'어찌하시겠습니까?'

슈케 부인이 먼저 입을 열었습니다.

'글쎄, 그 여자의 마지막 소원이라니…… 거절하기 어려울 것 같군요.'

남편은 어쩐지 난처한 듯 이렇게 말했습니다.

'어쨌든 그것으로 우리 애들에게 뭐라도 사줄 수가 있겠군요.'

나는 퉁명스럽게 말했습니다.

'마음대로 하십시오.'

남편이 다시 이렇게 말했습니다.

'어쨌든 주세요. 그 여사가 당신에게 부탁했다니 그것을 좋은 사업에 쓸 수 있는 방법을 생각해보죠.'

나는 돈을 주고 인사를 한 다음 나왔습니다.

이튿날 슈케 씨는 나를 찾아왔습니다. 그러고는 다짜고짜 이렇게 말하더군요.

'여기 그, 그 여자가 쓰던 마차가 있지요? 어떻게 하셨습니까?'

'그대로 있습니다. 원하신다면 가져가시죠.'

'그러지요. 잘됐습니다. 그것으로 원두막을 만들어야겠어요.'

그는 밖으로 나갔습니다. 나는 그를 다시 불렀습니다.

'또 늙은 말과 개 두 마리가 남아 있는데 가져가시겠습니까?'

그는 놀라서 멈춰 섰습니다.

'아! 싫습니다. 그것들을 어디다 쓰겠습니까? 마음대로 처분하세요.'

그는 웃으며 나에게 손을 내밀었습니다. 나는 그의 손을 잡았지요. 어쩌겠습니까? 한 고장에 살면서 의사와 약제사가 적이 되어서는 안 되니까요.

개 두 마리는 우리 집에서 길렀습니다. 넓은 안뜰이 있는 사제는 말을 차지했습니다. 슈케는 마차를 원두막으로 사용했고, 돈으로는 철도 채권 다섯 주를 샀답니다.

이것이 내가 이제까지 살아오는 동안 목격한 유일한 깊은 사랑이랍니다."

의사는 입을 다물었습니다.

그러자 후작 부인은 눈에 눈물을 글썽거리며 이렇게 탄식했다.

"정말이지, 사랑할 줄 아는 것은 여자들뿐이지요!"

고아

 일찍이 수르스 양은 몹시 딱한 처지에 있는 그 소년을 양자로 삼았다. 그때 그녀 나이 서른여섯이었고 불구자였기에(어렸을 때 하녀의 품에서 기어 나와 벽난로 속으로 들어가는 바람에 얼굴에 무서운 화상을 입어 외모가 끔찍해졌다) 절대 결혼하지 못하리라는 것이 결정적인 이유였다. 그녀는 돈도 좀 있고 해서 시집을 가려 하지 않았다.
 이웃에 살던 임신한 과부가 해산을 하다 동전 한 푼 남기지 않고 죽고 말았다. 수르스 양은 갓난애를 거두어 젖을 먹이고 길러 학교 기숙사에 보냈다가 열네 살이 되자 집으로 데려왔다. 텅 빈 집에 자신을 생각해주고 돌봐줄 사람을 두기 위해서일 뿐만이 아니라 노후에 마음을 붙일 사람을 갖기 위해서이기도 했다.
 그녀는 렌에서 4킬로미터 떨어진 시골의 조그만 자기 집에서 살았다. 그리고 하녀 없이 손수 살림을 했다. 이 고아가 들어온 다음부터는 생활비가 두 배 이상으로 늘어서 세 사람이 먹고살자면 그녀에게 들어오는 3천 프랑으로는 충분치 못했기 때문이다.

부엌 일은 그녀가 손수 했고 심부름 갈 일이 있으면 아직은 정원이나 가꾸는 그 꼬마를 보냈다. 그는 온순하며 수줍음이 많고, 조용하며 부드러운 성격이었다. 그래서 그녀의 추한 꼴에 놀라거나 무서워하지 않고 자기를 포옹해줄라치면 그녀는 한없는 기쁨과 새로운 희열을 맛보곤 했다. 그는 그녀를 아줌마라고 부르며 어머니같이 따랐다.

저녁때면 그들은 불가에 같이 앉아 있었다. 그녀는 소년에게 맛있는 것들을 마련해주었다. 포도주를 데우고 빵을 한 조각 석쇠에 구웠다. 이것은 잠자리에 들기 전 먹는 재미나고 간단한 밤참의 하나였다. 때로는 그를 자기 무릎 위에 앉히고 달콤하고 열에 들뜬 말을 그의 귓속에 속삭이면서 마구 애무하기도 했다. "나의 어여쁜 꽃, 나의 아기 천사, 나의 귀여운 천사, 나의 둘도 없는 보석"이라고 그를 불렀다. 소년은 이 늙은 처녀의 어깨에 머리를 대고는 그녀가 하는 대로 가만히 있었다.

그는 열다섯 살이나 되었지만 아직도 연약하고 체격이 작으며 약간 병색마저 있었다.

이따금 수르스 양은 자신의 유일한 가족인 그를 데리고 친척이라 할 수 있는 렌의 어느 마을에 시집가 사는 두 사촌 언니를 만나러 가곤 했다. 두 여인네는 재산 상속 때문에 그 아이를 양자로 삼은 것을 늘 원망스럽게 생각했다. 그러나 그네들은 그래도 그녀의 상속을 균등하게 분배한다면 삼 분의 일은 자기들 몫이라는 희망을 아직

버리지 않았으므로 어쨌든 그녀를 흔연히 맞아주었다.

그녀는 소년에게 마음을 쏟노라면 언제나 아주 행복했다. 그녀는 그의 정신을 윤택하게 만들어주고자 책을 사주었다. 그래서 그는 열심히 독서하기 시작했다.

그러고 나서부터는 저녁에 그가 그녀의 비위를 맞추기 위해 무릎에 올라가지 않게 되었다. 그는 벽난로 한구석 작은 의자에 의젓이 앉아 책을 펴고 있었다. 그의 머리맡 시렁가에 놓인 등불이 그의 곱슬곱슬한 머리카락과 이마의 포동포동한 살결을 비춰주었다. 그는 움직이지 않고 눈도 들지 않고 아무런 몸짓도 없이 그 책 속에 있는 재미나는 이야기에 온통 빠져들어 정신없이 읽었다.

그와 마주 앉은 그녀는 그를 열심히 뚫어지게 바라보면서 그가 책에만 정신을 쏟는 것이 놀라운 한편 샘도 나서 눈물마저 글썽였다.

그녀는 그가 머리를 쳐들고 자기를 포옹해주길 바라면서 이따금 "귀여운 아가, 피곤하겠구나"라고 말을 건넸다. 그러나 그는 대답조차 없었다. 듣지도 못했고 그 말의 뜻은 더더욱 알아차리지 못했다. 그는 책장에서 읽은 것밖에는 아무것도 알지 못했다.

이태 동안 그는 셀 수 없이 많은 책을 독파했다. 그의 성격도 변했다.

그러고 나서는 수르스 양이 먼저 그에게 돈을 주던 옛날과는 달리 여러 차례 그가 돈을 요구했다. 항상 돈이 더 필요하다고 하는 탓에 마침내 그녀는 거절하게까지 되었다. 왜냐하면 그녀는 일정한 선을 그어놓고, 돈이 필요하다면 어디에 필요한지 타당한 이유를 듣지 않고는 돈을 내주지 않았기 때문이다.

어느 날 저녁 그는 애원하다시피 해서 그녀로부터 또 상당한 금액을 얻어냈다. 그러나 며칠 후에 다시 돈을 달라고 졸라대었고 그녀는 엄격한 태도를 끝내 굽히지 않았다.

그랬더니 그는 단념하는 태도를 보였다.

전과 같이 조용해지고 몇 시간이든 꼼짝하지 않고 앉아 있기를 좋아하며 눈을 아래로 깔고 몽상에 잠겼다. 그녀가 묻는 말에나 겨우, 그것도 짤막하고 분명한 몇 마디 말로 대답할 뿐 이제는 수르스 양과 이야기가 없었다.

그러나 그는 그녀에게 예의 바르게 대했고 정성이 지극했다. 하지만 그녀를 포옹해주는 일은 결코 없었다.

이제는 저녁에 벽난로 양편에 움직이지 않고 조용히 마주 앉아 있노라면 때로는 그가 무섭게도 보였다. 숲속의 어둠 같은 무시무시한 정적에서 벗어나기 위하여 그녀는 생각에 잠긴 그를 일깨워 무엇이든 아무 이야기라도 하고 싶었다. 그러나 그는 이제 그녀의 말을 들어주지 않는 듯이 보였다. 그래서 계속해서 대여섯 번 이야기를 해도 한마디 대꾸도 듣지 못하면 힘없이 초라해진 이 여인은 무서움에 떨었다.

왜 그럴까? 속을 보여주지 않는 저 머릿속에는 무슨 생각이 담겨 있을까? 그와 함께 그렇게 두세 시간을 마주 앉아 있을 때면 그녀는 미칠 듯 괴로웠고 마침내 시골로 도망가서 말없이 언제까지나 마주 보는 일을 피해버렸으면, 또한 의심할 여지 없이 막연한 어떤 위험, 그러나 그녀에게 직접 느껴지는 이 위험을 피했으면 싶었다.

그녀는 혼자서 종종 울었다.

왜 그럴까? 그녀가 무엇인가 원하는 표시를 하면 그는 그것을 군소리 없이 해주었다.

그녀가 시내에 가볼 일이 있다고 하면 그는 즉시 갔다 왔다. 그녀는 이렇다 하게 그에게 불평할 것이 없었다. 그러나…….

한 해가 또 지났다. 그리고 이 젊은이의 마음에는 새로운 변화가 생긴 듯했다. 그녀도 그것을 알고 느꼈다. 그리고 눈치 챘다. 어떻게 바뀐 것일까? 어떻게든 바뀌었다! 그녀는 자기 생각이 틀리지 않다고 확신했다. 그러나 이 이상한 소년의 알 수 없는 생각이 어떻게 달라졌다고 꼬집어 말할 수는 없었다.

그녀에게는 그가 갑자기 어떤 결심을 하느라 여태까지 머뭇거리던 사람처럼 여겨졌다. 어느 날 저녁 이제껏 그녀가 보지 못했던 유별나게 응시하는 시선에 부딪치자 이런 생각이 떠올랐다.

그 후 그는 줄곧 그녀를 응시하기 시작했다. 그래서 그녀는 자기를 쏘아보는 이 차가운 눈길을 피해서 몸을 숨기고 싶어졌다.

며칠 저녁 내내 그가 그녀를 뚫어지게 바라보았다. 그래 그녀가 망설이던 끝에 용기를 내어 이렇게 말할라치면 그때만 고개를 돌릴 뿐이었다.

"아가야, 나를 그렇게 쳐다보지 마라."

그때는 그가 고개를 숙였다.

그러나 등을 돌린 그녀는 다시 자기를 쏘아보는 그의 눈길을 느꼈다. 그녀가 어디를 가나 그는 끈덕진 시선으로 그녀를 뒤쫓았다.

때로는 조그만 정원에서 산책을 하다가 그가 마치 매복 중인 병사처럼 덤불 속으로 숨는 것을 그녀는 보았다. 또는 그녀가 집 앞에 앉아 양말을 손질할 때면 그는 채소밭을 파헤치면서 줄곧 흉측하고 끈질긴 눈길로 그녀를 노려보곤 했다.

그녀가 이런 말을 해보았지만 아무 소용도 없었다.

"얘야, 왜 그러니? 너는 3년 전에 비해 너무도 달라졌단다. 나는 너를 모르겠어. 네가 무슨 마음을 먹고 있는지, 무슨 생각을 하고 있는지 말해봐라, 제발."

그는 언제나 같은 태도에 조용하고 지친 어조로 말했다.

"난 아무 생각도 없어요, 아줌마."

그러나 그녀는 그런 말에 맞서면서 호소했다.

"아! 얘야, 대답 좀 해보렴. 내가 말을 하면 대답을 해줘. 네가 나를 얼마나 슬프게 하는지 안다면 언제나 내 말에 대답을 해주련만. 그리고 그렇게 나를 바라보지는 않으련만. 괴로운 일이 있니? 내게 말해봐, 잘 해줄게……."

그러면 그는 이렇게 중얼거리며 지친 태도로 자리를 떠났다.

"분명히 말씀해두지만 저는 아무 일 없어요."

그의 모습은 어른이 되었지만 아직도 어린 티가 나는 것이 크게 성장한 것은 아니었다. 그의 모습은 실팍했으나 덜 채워진 것 같았다. 그래서 그는 불완전해 보였고 발육이 좋지 못한 편으로 잘 다듬어지지 않았으며 알 수 없는 비밀을 지닌 사람처럼 불안해 보였다. 그는 속을 통 드러내지 않아서 꿰뚫어볼 수 없는 그런 사람으로, 그 속에서는 정신적으로 위험한 어떤 일이 부단히 일어나고 있을 것 같았다.

수르스 양은 그런 것을 모두 잘 알고 있었다. 그래서 고민 때문에 잠이 오질 않았다. 무시무시한 공포와 몸서리쳐지는 악몽에 그녀는 사로잡혀 있었다.

그녀는 무엇을 겁내는 것일까?

그녀도 전혀 알 수 없었다.

어둠도, 저 벽들도 하얀 커튼을 통해 창문으로 달빛에 비치는 것들, 온갖 것이 다 무섭기만 했다. 특히 그가 무서웠다!

왜 그럴까?

그녀는 무엇을 불안해하는 걸까? 그녀는 그게 무언지 알까……!

이렇게는 더 이상 살 수가 없었다! 그녀는 어떤 불행이, 무시무시한 불행이 자신을 위협하고 있다고 굳게 믿었다.

그래서 어느 날 아침 몰래 집을 나와 시내의 사촌 언니들을 찾아갔다. 그녀는 그들에게 숨찬 목소리로 이야기했다. 그네들은 그녀가 미쳤다고 생각하고 진정시키려고 애를 썼다.

그녀가 이런 말을 했다.

"언니들도 참, 그 애가 아침부터 저녁까지 나를 어떻게 쳐다보는지 알아요! 나한테서 전혀 눈을 안 떼요! 이따금 하도 무서워서 나는 사람 살리라고 외치고 또 이웃 사람이라도 부르고 싶을 지경이에요. 그러나 내가 그들에게 말해본대야 무슨 소용 있어요? 그 애는 나를 쳐다보기만 할 뿐인데."

"때로는 난폭하기도 하니? 무뚝뚝하게 대꾸할 때도 있어?"

두 여인이 물었다.

그녀가 다시 말을 이었다.

"아니, 결코 그렇지는 않아요. 내가 원하는 것이면 무엇이든 해요. 일도 잘하고 요즈음은 집 안 정돈도 해요. 그런 점에서는 무서울 것이 없어요. 하지만 틀림없이, 정말 틀림없이 그 애는 속으로 무엇인가 생각하고 있어요. 난 더 이상 지금처럼 시골에서 그 아이와 단둘이 지내고 싶지 않아요."

그 말을 듣고 놀란 그네들은 그녀에게 사람이란 서로 틈이 벌어지게 마련이고 속을 알 수 없는 법이라고 일러주었다. 또 그녀에게 그녀의 걱정과 계획을 비밀에 부쳐두라고 타이르면서 그렇게 되면 그녀의 상속이 몽땅 자기들에게 돌아오기를 바라는 마음에서 시내에 와서 살겠다는 것을 말리지 않았다.

그네들은 그녀의 집을 팔아서 자기들 가까이 다른 집을 구하는 것을 도와주겠다고까지 약속했다.

수르스 양은 집으로 돌아왔다. 그러나 몹시 정신이 산란하여 조그만 소리에도 깜짝깜짝 놀라고 조금만 마음이 언짢아도 손이 떨리기 시작했다.

두 번째로 사촌들과 이야기를 하고 돌아와서 이제는 이처럼 외따로 떨어져 살지 않기로 굳게 결심했다. 그녀는 마침 시 변두리에 자신에게 알맞은 자그마한 집 한 채를 구해서 남모르게 샀다.

어느 수요일 아침에 매매 계약에 서명하고 수르스 양은 그날 온종일 이사 준비에 골몰했다.

그녀는 저녁 여덟 시에 집에서 1킬로미터 떨어진 곳에서 지나가는 역마차를 잡아타고는 언제나 마부가 내려주는 그 자리에서 멈추게 했다. 마부가 말을 채찍질하면서 외쳤다.

"안녕히 가세요, 수르스 양. 안녕히 주무세요."

그녀가 멀리 가면서 대답했다.

"안녕, 조제프 영감님."

그 이튿날 아침 7시 30분쯤 마을에 편지를 가져오는 우편 배달부가 큰길에서 멀리 떨어지지 않은 철도 건널목에서 아직도 핏물이 괴어 있는 웅덩이를 눈여겨보았다. 그는 생각하기를 '저런! 어떤 주정꾼이 코피를 흘린 모양이지' 했다. 그러나 열 발자국쯤 더 가서 또 피 묻은 손수건을 하나 보았다. 그는 그것을 집었다. 올이 가는 천이었다. 놀란 우체부는 뭔가 이상한 것을 볼 것 같은 느낌에 도랑으로 가까이 갔다.

수르스 양이 저 아래 풀밭에 목에 칼을 맞고 쓰러져 있었다.

한 시간 후 경관들이며 예심판사며 여러 당국자들이 그 시체를 둘러싸고 여러 가지 추측을 했다.

증언하라는 호출을 받은 두 친척은 와서 이 늙은 처녀가 불안해하던 것과 최근의 계획을 이야기했다.

그 고아가 구속되었다. 그를 양자로 입양한 그녀가 죽은 다음부터 그는 종일 울었다. 적어도 겉으로는 몹시도 슬픔에 잠겨 있었다.

그는 열한 시까지 카페에서 저녁 시간을 보냈다고 증명했다. 열한 사람이나 그를 카페에서 보았고 그곳을 떠날 때까지 같이 있었다고 했다.

그런데 역마차의 마차꾼은 아홉 시 반에서 열 시 사이에 피살된 여인을 길에 내려주었다고 주장했다. 범죄는 열 시가 훨씬 지난 시각에 큰길에서 집까지 가는 길에서 일어난 것 같았다.

피고는 무죄로 석방되었다.

렌의 공증인에게서 나온, 벌써 오래전에 해둔 유언장에 의하여 그가 유산 일체를 상속받게 되었다.

그러나 그 지방 사람들은 그를 여전히 의심해서 오랫동안 멀리했다. 사람들은 죽은 그녀의 집이었던 그의 집을 저주의 대상처럼 여겼다. 길에서 그를 보면 피하기까지 했다.

그러나 그가 너무나 선량한 어린이같이 보이는 데다 어찌나 친절하게 굴었는지 사람들은 차차 그 무시무시한 의심을 잊어갔다. 그는 너그럽고 상냥했으며, 남들이 원하는 것이면 무엇이나 최대한 겸손하게 일러주었다.

웃음을 띠고 늘어놓은 능란한 말솜씨로 해서 그의 예상대로 사이가 원만해져 돌아온 첫 번째 사람들 중 하나가 공증인 라모 씨였다. 그는 어느 날 저녁 세무서원 집에서 열린 만찬석에서 큰소리를 쳤다.

"말을 잘하고 언제나 기분이 좋은 사람은 양심상 그런 범죄를 저지를 수 없습니다."

이 말에 가슴이 찔린 동석자들은 곰곰이 생각해보았다. 그리고 그들은 사실 그가 자기의 생각을 알려주기 위하여 거의 반 강제로 그들을 붙들기도 하고, 또 그들이 그 집 뜰 앞을 지나노라면 끝다시피 하여 들어가자고 하고, 또는 입담이 경찰서장보다도 거침없고 하도 이야기를 잘하는 명랑한 성격이라 그에 대한 반감에도 불구하고 함께 있으면 언제나 웃음을 참을 수 없게 되는 그 사내의 기나긴 이야기들이 새삼스럽게 머리에 떠올랐다.

이렇게 해서 그는 모든 일이 순조롭게 잘 되었다.
그는 지금 자기가 사는 읍의 읍장으로 있다.

산장

빙하 아래 흰 눈이 뒤덮인 봉우리들을 가로지른 바위투성이의 벌거벗은 산길에 자리 잡은, 오트 알프스에 있는 모든 목조 여관들과 다를 바 없는 슈바렌바흐 산장은 제미 협곡의 길을 따라 오르는 길손들에게 숙소를 제공한다.

1년에 여섯 달 동안은 장 오제네 가족이 여기 살면서 개업을 한다. 그리고 눈이 쌓여 골짜기를 메우고 로에슈 마을로 내려가기 어려워지면 여자들과 아버지 그리고 세 아들은 가버리고 집을 지키기 위하여 젊은 안내인 울리히 쿤시와 함께 늙은 안내인 가스파르 아리와 삼이라는 이름의 커다란 산개(山犬)가 남는다.

희고 반짝이는 봉우리들에 둘러싸인 발름호른의 넓고 하얀 경사만을 눈앞에 두고, 그들 주위에 쌓여 그 자그마한 집을 에워싸고 점점 좁혀들며 짓누르는 눈, 지붕 위에 겹겹이 쌓이고 창을 넘고 문을 막아버리는, 그 눈에 막히고 파묻혀 이 두 사람과 개는 봄이 올 때까지 눈 감옥 속에서 지낸다.

겨울이 다가오고 내려가는 길이 위험해져 오제 가족이 로에슈로 돌아가는 날이 되었다. 세 마리 노새는 옷가지와 짐을 싣고 세 아들에 끌려 먼저 떠났다. 그리고 어머니 잔 오제와 딸 루이즈는 네 번째 노새를 타고 이제 막 출발하기 시작했다.

가족들은 내림길의 봉우리까지 호송해주어야 할 두 산지기를 데려갔고 아버지는 그들을 뒤따랐다.

그들은 우선 산장 앞에 있는 바위들의 커다란 구멍 밑에 이제는 얼어붙은 자그마한 호수를 끼고 돌아 온통 눈에 덮여 침대보처럼 새하얀 봉우리에서 양쪽이 다 내려다보이는 작은 골짜기를 따라서 갔다.

이 반짝이는 얼어붙은 눈밀판 위에 햇빛이 마구 쏟아져 어떤 눈부시고 차가운 불꽃에 이 벌판이 타는 듯했고, 끝없는 산속에는 아무것도 살지 않는 것 같았으며, 이 무수한 고독 속에는 어떤 움직임도 없는 것 같아 아무런 소리도 이 깊은 고요를 흔들어놓지 않았다.

늘씬한 다리에 키가 큰 스위스 사람인 젊은 안내인 울리히 쿤시는 두 여인을 태우고 가는 노새를 쫓아가느라 아버지 오제와 가스파르 아리 영감을 점점 뒤로 처뜨렸다.

소녀는 그가 오는 것을 보고 서글픈 빛을 띤 눈으로 그를 부르는 듯했다. 그녀는 금발의 작은 시골 아가씨로, 우윳빛 뺨과 은빛 도는 머리카락은 오래 빙하에 묻혔던 탓에 빛이 바랜 듯 보였다.

그녀가 타고 가는 노새에 닿자 그는 노새의 엉덩이에 손을 대고 걸음을 늦추었다.

어머니 오제는 겨울 동안 할 일을 한없이 자세하게 주워섬기며 그에게 이야기를 꺼냈다. 그는 이런 고지에 있어보는 것이 처음이지만 아리 영감은 눈에 묻힌 슈바렌바흐 산장에서 이미 열네 번 겨울을 지낸 터였다.

울리히 쿤시는 명심해 들으려는 빛 없이 들어 넘기며 줄곧 소녀를 바라보았다. 이따금 그는 "네, 오제 마님" 하고 대답했지만, 그의 생각은 먼 데 있는 듯했고 가라앉은 얼굴은 아무런 표정도 짓지 않았다.

그들 일행은 골짜기 아래, 수면이 평평하게 얼어붙은 도브 호수에 다다랐다. 오른쪽 도벤호른봉은 빌트스트뤼벨에서 내려다보이는 로에메른 빙하의 커다란 퇴석들 옆에 우뚝 서 있는 바위들을 드러냈다.

로에슈 마을로 내려가는 길이 트이는 제미 협곡에 가까이 왔을 때, 넓고 깊은 론 계곡과 그들을 갈라놓는 발레 알프스의 광막한 지평선이 문득 그들의 눈에 들어섰다.

저 멀리 하얀 봉우리의 높낮은 군상들, 뭉툭하기도 하고 뾰족하기도 한 봉우리들이 햇빛을 받아 빛났다. 두 개의 뿔이 달린 미샤벨봉, 비세호른의 기세등등한 군봉, 육중한 브루네그호른, 많은 사람들을 죽인 피라미드형의 세르뱅과 야릇하고 요염한 계집 같은 당블랑슈가 모습을 나타내고 있었다.

그리고 그 봉우리들 아래 커다란 구멍 속 소름 끼치는 깊은 골짜기 저 밑에 로에슈 마을이 보였다. 제미 협곡이 끝나고 저쪽 론강 쪽으로 트인 커다란 틈으로 보이는 로에슈 마을의 집들은 모래알을 뿌려놓은 것 같았다.

오른쪽으로 산을 끼고 환상적이고도 놀라울 정도로 꼬불꼬불한 길을 끝없이 돌고 돌아 거의 보일 듯 말 듯한 마을까지 뻗어 있는 좁은 길가에 노새는 멎었다. 여인들은 눈 위에 뛰어내렸다.

두 늙은이는 이들을 뒤따라왔다.

"자, 잘들 있게. 내년 봄까지 용기를 잃지 말고."

아버지 오제가 말했다.

"그럼 내년에 뵙지요."

아리 영감이 말을 이었다.

그들은 서로 얼싸안았다. 이번엔 오제 마님이 뺨을 내밀었고 소녀도 역시 그렇게 했다.

울리히 쿤시는 제 차례가 되자 루이스의 귓속에 속삭였다.

"높은 곳에 있는 저희들을 잊지 마세요."

"네."

그녀는 대답을 했으나 목소리가 너무 작아 그는 알아듣지 못하고 짐작할 뿐이었다.

"몸조심하고 잘들 있게."

장 오제는 거듭 당부했다.

그리고 그는 여자들 앞을 지나 내려가기 시작했다.

이윽고 그들 세 사람은 첫 번째 모퉁이를 돌아 사라져 갔다.

그리고 이들 두 사내는 슈바렌바흐 산장을 향해 돌아섰다.

그들은 말없이 나란히 서서 천천히 발을 옮겼다. 이젠 끝났다. 앞으로 너더댓 달 동안 그들끼리만 얼굴을 맞댄 채 있게 될 터였다.

가스파르 아리는 지난겨울을 지낸 이야기를 꺼냈다. 그는 미셸 카놀이란 사람과 지냈는데 미셸은 이제 나이가 너무 많아서 올해는 올 수 없었단다. 왜냐하면 이 긴 고독 속에서 사고가 일어날 수도 있기 때문이다. 그들은 지루하지 않았다고 했다. 하기야 첫날부터 모든 것을 운명이라 여기고 체념한 채 오락과 노름 따위의 소일거리나 궁리해냈으니 말이다.

울리히 쿤시는 눈을 내리깔고 마음속으로는 제미 협곡을 통해서 마을로 내려간 이들을 따라가면서 그의 이야기를 들었다.

이윽고 엄청난 눈파도에 조그마한 산장이 보일 듯 말 듯 까만 점같이 보이기 시작했다.

그들이 문을 열자 털이 곱슬곱슬한 커다란 개 삼이 주위를 뛰어다니기 시작했다.

"자, 여보게, 이젠 여자들이 없네. 저녁을 준비해야지. 자네는 감자를 까게."

가스파르 영감이 말했다.

그들은 나무로 만든 등 없는 의자에 앉아 빵에 수프를 적셔 먹기 시작했다.

이튿날 아침나절이 울리히 쿤시에겐 길게만 느껴졌다. 그가 창문 너머 맞은편 눈 덮인 산을 바라보는 동안 아리 영감은 담배를 피우며 벽난로에 침을 뱉었다.

오후에 울리히는 집을 나서서 전날 걸어온 길을 다시 밟으면서 두 여인을 태우고 간 노새의 발자국을 땅에서 찾았다. 그리고 제미 골짜기의 좁은 길에 이르자 절벽가에 엎드려 로에슈 마을을 내려다 보았다.

바위에 둘러싸인 구멍으로 보이는 마을은 아직도 눈에 묻히지 않았다. 눈이 마을 가까이까지 이르렀으나 그 부근을 보호하는 전나무 숲에 막혀 있다. 위에서 보기에는 납작한 그 집들은 초원 가운데 뻗어 있는 길들 같았다.

오제네 아가씨는 지금 저 잿빛 집들 어느 곳에 있겠지. 어느 집일까? 울리히 쿤시가 있는 곳은 그 집들을 구별하기에는 너무 멀었다. 얼마나 달려 내려가서 그 집을 찾아내고 싶었을까?

태양이 빌트스트뤼벨 정상 뒤로 자취를 감춘 뒤에야 젊은이는 돌아왔다. 아리 영감은 담배를 피워 물고 있었다. 자기 동료가 돌아온 것을 보고 카드놀이를 한판 하자고 했다. 그들은 테이블 양편에 마주 앉았다.

그들은 한동안 브리스크라는 간단한 게임을 한 다음 저녁을 먹고 자리에 들었다.

다음 날도 또 그다음 날도 첫날과 매한가지였다. 눈은 내리지 않았고 춥고 맑은 나날이었다. 울리히가 버릇처럼 그 마을을 내려다보러 제미 협곡의 좁은 길로 돌아가는 오후면 가스파르 영감은 얼어붙은 산정에서 위험을 무릅쓰고 날아다니는 매들과 드문드문 보이는 새들을 겨냥하며 시간을 보냈다. 그리고 그들은 카드나 주사위나 도미노를 가지고 놀음을 하며 판을 흥미롭게 하고자 작은 물건들을 걸고 잃기도 하고 따기도 했다.

어느 날 아침 먼저 일어난 아리 영감은 그의 동료를 불렀다. 흰 거품같이 가볍고 크나큰 눈구름이 다가와 소리 없이 그들의 머리 위로 그리고 그들 주위로 눈을 뿌려 두툼하고 무거운 눈보라 속에 점점 그들을 파묻었다. 이렇게 나흘 낮 나흘 밤을 지냈다. 문과 창문을 터서 통로를 만들고 열두 시간의 결빙으로 화강암 퇴석보다 더 단단해진 눈 위를 올라서기 위해서 계단을 만들어야 했다.

그런 때는 집 밖으로 거의 나다니지 않고 죄수 같은 생활을 했다. 그들은 늘 해야 할 일들을 나누어 맡았다. 울리히 쿤시는 청소와 빨래, 집 주위를 돌보고 치우는 일을 맡았다. 아리 영감이 요리를 하고 불을 때는 동안 장작을 패는 것도 그의 몫이었다. 그 규칙적이고 지루한 일들은 카드나 주사위 놀이를 오래 하다 보면 중단되기도 했다. 조용하고 침착한 그들은 결코 서로 다투지 않았고, 초조감에 싸이거나 기분 나쁘거나 귀에 거슬리는 말을 하는 일이라곤 없었다. 왜냐하면 그들은 산 위에서 겨울을 나기 위해 이미 모든 것을 체념할 각오를 했기 때문이다.

때때로 가스파르 영감은 총을 가지고 산양을 찾아 나섰다. 가끔 산양이 잡히는 날이면 슈바렌바흐 산장은 잔칫날이 되어 싱싱한 고기의 성대한 향연이 벌어지곤 했다.

어느 날 아침에도 그는 사냥을 하러 집을 나섰다. 집 밖의 온도계는 영하 18도를 가리키고 있었다. 해도 아직 뜨지 않았는데 그 사냥꾼은 빌트스트뤼벨 부근에서 짐승들이 나타나기를 바랐다.

혼자 남은 울리히는 열 시까지 누워 있었다. 그는 타고난 잠꾸러기였다. 그런데다 항상 일찍 일어나고 부지런한 그 늙은 안내인이 있으면 자기 하고 싶은 대로 마음껏 할 수 없었으니 말이다. 난로 앞에서 잠자는 것으로 나날을 보내는 삼과 함께 천천히 아침을 먹고 나자 그는 서글픔과 외로움에 사무쳐 누구나 어쩔 수 없는 습관적인 욕망에 빠져들듯이 매일 하는 카드놀이가 하고 싶어졌다.

그래서 그는 으레 네 시면 돌아오는 자기 동료를 마중하러 밖으로 나갔다.

눈은 깊은 골짜기를 평평하게 하고 갈라진 얼음의 틈을 메우고 두 호수를 자취도 없이 만들고 바위를 덮어버렸다. 그러나 얼어붙어 눈부신 하얀 통 같은 산정 사이를 그 이상 파고들지는 않았다.

3주일 전부터 울리히는 마을을 내려다보곤 하던 그 벼랑에 내려가지 않았다. 그는 빌트스트뤼벨로 가는 비탈을 오르기 전에 거기에 가봤으면 싶었다. 지금은 로에슈 마을도 눈에 뒤덮여 집들은 새하얀 망토를 뒤집어쓴 듯 거의 알아볼 수 없을 지경이었다.

그리고 오른쪽으로 돌아 그는 로에메른 빙하에 이르렀다. 그는 돌같이 굳은 눈 위를 쇠를 댄 지팡이로 두드리며 산골 사람의 큰 발걸음으로 걸어갔다. 그리고 이 광대무변한 눈바다 위의 멀리 움직이는 까만 점을 날카로운 시선으로 찾았다.

그는 빙하 가장자리에 이르자 발길을 멈추고 그 영감이 이 길을 잘 갔을까 생각해보았다. 그러고는 불안하고 빠른 걸음으로 빙퇴석(氷堆石) 옆을 따라가기 시작했다.

날은 저물고 눈은 장밋빛으로 물들어갔다. 메마르고 살을 에는 바람이 수정 같은 눈 위를 휘몰아쳐 불어왔다. 울리히는 날카롭고 떨리며 길게 퍼지는 음성으로 소리 질렀다. 그 소리는 산들이 잠든 죽음 같은 정적 속으로 미끄러져 들어갔다. 새 울음소리가 바다의 파도 위에 퍼지듯이 그 소리는 얼어붙은 눈덩이의 움직이지 않는 거대한 파도 위를 달려 마침내 자취 없이 사라져버렸다.

그는 다시 발을 떼어놓기 시작했다. 해는 짙은 황혼이 붉게 물든 산정 뒤로 빠지고 깊은 골짜기는 잿빛으로 변했다. 젊은이는 갑자기 무서운 생각이 들었다. 고요함과 추위와 외로움 그리고 겨울철이, 산들의 죽음이 그를 엄습하여 피를 멈춰 얼어붙게 하고 사지를 빳빳하게 만들어 움직이지 못하는 물체로 만들어버릴 것만 같았다. 그래서 집을 향해 달아나듯 뛰기 시작했다. 자신이 집을 비운 동안에 영감이 돌아와 있으려니 생각했다. 그 영감은 다른 길로 와서 죽은 양을 발밑에 놓고 불을 쬐고 앉아 있으려니 여겼다.

이윽고 산장이 보였다. 열기는 흘러나오지 않았다. 울리히는 더욱더 빨리 달려와서 문을 열었다. 삼이 그를 반기느라고 달려들었다. 그러나 가스파르 아리는 돌아와 있지 않았다.

당황한 쿤시는 마치 자기 동료가 어느 구석에 숨어 있기라도 한 듯이 주위를 살펴보았다. 영감이 돌아오기를 못내 바라면서 그는 불을 피워 수프를 만들었다.

이따금 영감이 보이지 않나 밖에 나가보곤 했다. 어둠이 내렸다. 산중의 희끄무레한 밤, 창백한 모습을 한 밤, 어슴푸레한 빛을 띤 밤을 지평선가에서 산봉우리 뒤로 방금 떨어지려는 노란빛의 실낱 같은 초생달이 비추었다.

젊은이는 들어와 앉아서 일어날 만한 사고들을 생각해보며 손발을 녹이고 있었다.

가스파르가 다리를 다쳤을 수도 있고, 구멍에 빠졌을지도 모르며, 발을 헛디뎌 뒤꿈치를 다쳤을 수도 있다고 생각했다. 그러고는 눈 위에 자빠져 눈에 묻혀 추위에 몸은 굳어졌고 곤경 속에 정신을 잃고 어쩌면 이 밤의 정적 속에서 살려달라고 목이 터지도록 외치고 있을지도 모른다. 그러나 어디에? 산이 너무도 넓고 거칠어 이 부근은 워낙 위험한 데다 이런 철에는 더욱 그러하니, 이 무한한 공간에서 한 사람을 찾는다는 것은 열 또는 스무 명의 안내인이 있어 일주일 동안 사방으로 헤맨다 해도 장담할 수 없는 일이었다.

하지만 울리히 쿤시는 가스파르 아리가 자정에서 새벽 한 시까지도 돌아오지 않는다면 삼을 데리고 그를 찾아 나서기로 결심했다. 그리고 그는 모든 채비를 차렸다.

그는 이틀치 식량을 배낭 속에 넣고 강철 갈고리도 집어넣고 가늘고 긴 질긴 밧줄을 허리에 감았다. 쇠지팡이와 얼음을 깎아 층계를 만드는 데 쓸 손도끼의 상태를 검사했다. 그는 대기하고 있었다. 난로 속에서는 장작이 활활 타고 큰 개는 타오르는 불빛을 받으며 코를 골고 있었다. 상자 속에 든 벽시계는 심장의 일정한 고동같이 똑딱거리고 있었다.

그는 기다리고 있었다. 멀리서 들리는 소리에 귀를 기울이고 벽과 지붕을 스쳐가는 바람 소리에 몸을 떨면서.

자정을 쳤다. 몸서리가 쳐졌다. 몸이 떨리고 스스로가 겁에 질린 게 느껴져 출발하기 전에 따끈한 커피를 마시고자 불 위에 물을 올려놓았다.

시계가 한 시를 치자 그는 벌떡 일어서서 삼을 깨워가지고 문을 열고 빌트스트뤼벨 쪽으로 떠났다. 다섯 시간 동안 쇠갈고리를 사용하여 바위를 기어오르고 얼음을 깎으면서 여전히 앞으로 나가며 몇 번인가 너무도 가파른 벼랑을 만나 개를 밧줄에 매어 끌어 올리기도 하면서 올라갔다. 가스파르 영감이 산양을 찾아서 가끔 올라오던 한 봉우리에 이르렀을 때는 여섯 시쯤 되었다.

그리고 그는 날이 밝기를 기다렸다.

그의 머리 위에 하늘이 희끄무레해지더니 갑자기 어디서 오는지 알 수 없는 이상한 빛줄기가 그의 주위 백여 리 범위까지 펼쳐진 대양처럼 넓디넓은 산들을 비추어주었다. 이 희미한 빛은 흔히 눈더미 속에서부터 허공에 퍼지는 것이라고들 했다. 차차 멀리 높은 봉우리들이 모두 살빛 같은 부드러운 장미빛으로 물들더니 붉은 해가 베른 알프스의 듬직한 큰 봉우리들 뒤에서 치솟았다.

울리히 쿤시는 길을 떠나기 시작했다. 그는 사냥꾼처럼 허리를 구부리고 발자국을 살피면서 걸으며 개에게 소리쳤다.

"찾아봐라, 삼."

그는 이제 깊은 구릉을 살피고 가끔 길게 목소리를 뽑아 불러보았다. 이내 말 없는 허공에 사라져버렸지만 또 소리를 질러보면서 그는 산을 내려갔다. 잘 들어보기 위해서 귀를 땅에 대보고는 무슨 소리가 난다고 믿고 달리다가 또다시 불러보곤 했지만 아무것도 들리지 않아 그는 피로에 실망이 겹쳐 주저앉았다. 정오쯤에 점심을 먹으며 자기와 마찬가지로 지친 삼에게도 먹이를 주었다.

그러고는 그는 다시 수색을 시작했다.

어둠이 깃들었을 때 그는 이미 산길 50킬로미터를 쏘다니고도 또 걷고 있었다. 산장으로 돌아가기에는 너무도 멀리 떨어졌고 피로 하여 더는 헤맬 기운도 없었기 때문에 그는 눈 속에 구덩이를 파고 가지고 온 덮개 밑에 삼과 함께 웅크리고 앉았다. 사람과 짐승이 서로 몸을 녹이려고 의지하고 누웠지만 뼛속까지 얼어붙는 듯했다.

울리히는 정신은 공상에 사로잡히고 사지는 추위로 떨려 거의 잠을 이루지 못했다.

그가 일어나자 날이 밝아왔다. 다리는 쇠몽둥이같이 굳어버렸고 앓는 소리가 절로 날 정도로 정신은 약해졌으며, 심장은 무슨 소리건 들었다고 여기면 흥분해서 쓰러질 지경으로 팔딱거렸다.

그는 자기마저 이 고독 속에서 추위 때문에 죽어간다는 생각이 문득 들었다. 그러자 이 죽음의 공포가 힘을 내게 하여 원기를 회복했다.

그는 몇 번인가 넘어졌다가는 다시 일어나서 다리를 저는 삼을 멀찍이 앞세우고 이세 산장으로 내려왔다.

그들은 오후 네 시경에야 슈바렌바흐에 다다랐다. 집은 텅 비어 있었다. 젊은이는 불을 피우고 식사를 한 후 이제는 아무런 생각도 없는 것처럼 멍청하게 있다가 잠이 들었다.

그는 졸음을 참을 수 없어 오랫동안 잠을 잤다. 그런데 갑자기 "울리히" 하고 이름을 부르는 것 같기도 하고 부르짖는 것 같기도 한 목소리가 깊은 잠을 깨워 그를 벌떡 일으켰다. 그가 꿈을 꾸었던가? 불안한 영혼의 꿈속에 나오는 이상한 부르짖음이었던가? 아니, 그 목소리, 떨리는 그 부르짖음, 그의 귀에 쟁쟁하고, 그의 몸에, 떨리는 그의 손가락 끝에까지 와 닿는 그 부르짖음을 그는 또 들었다. 분명 누군가가 외쳤다. 부르짖었다. "울리히" 하고. 누군가 집 가까이 있다는 것을 의심할 수 없었다. 그래서 그는 문을 열고 목이 터져라고 부르짖었다.

"당신이오, 가스파르!"

아무 대답이 없다. 어떤 소리도, 어떤 속삭임도, 어떤 신음도 들려오지 않았다. 어둠 속에 눈빛이 희끄무레하다.

돌을 부수는 차가운 바람, 버려진 이 고지 위에 살아 있는 것이라곤 아무것도 남겨놓지 않는 그 매서운 바람이 일어났다. 사막의 열풍보다 더 메마르고 무시무시한 일진광풍이 휘몰아쳤다. 울리히는 다시 불러보았다.

"가스파르! 가스파르! 가스파르!"

그리고 그는 기다렸다. 산 위에 만상은 입을 다물고 있었다. 그러나 공포가 뼛속까지 파고들어 그를 뒤흔들었다. 그는 단숨에 산장 안으로 달려와서 문을 잠그고 빗장을 질렀다. 그는 의자에 주저앉아 떨었다. 운명하는 순간에 그를 부르는 것, 방금 그 소리를 들은 것이 분명하다.

인간이 산다는 것, 또는 빵을 먹는다는 것이 틀림없는 사실임을 누구나 확신하듯이 그는 이런 것을 확신했다. 가스파르 아리 영감은 지하의 암흑보다도 더 무시무시한 흰 눈이 덮인 계곡 어느 구덩이 속에서 이틀 낮 사흘 밤 동안 임종의 고뇌를 겪었다. 이틀 낮 사흘 밤 동안 지속된 임종의 고뇌 끝에 그는 자신의 동료를 생각하면서 이제 막 죽었다. 겨우 자유로워진 그의 넋은 울리히가 자고 있는 산장으로 날아와 마치 죽은 사람의 넋이 산 사람을 홀리는 것 같은 그런 신비롭고도 무서운 힘으로 그를 부른 것이었다. 그 소리 없는 넋은 잠자는 자의 짓눌린 심령에다 대고 소리쳐 마지막 작별을 고했던 것이다. 아니면 그것은 끝내 자기를 찾아주지 못하고 만 사람에 대한 비난이나 저주일 게다.

울리히는 아주 가까이, 벽 뒤에서, 방금 닫은 문 뒤에서 그 부르짖는 넋을 느꼈다. 불빛 비치는 창문에 날개를 부딪는 밤새처럼 넋은 산장 주위를 배회했다. 정신을 잃은 젊은이는 소리치려고 했다. 그는 도망치고 싶었으나 감히 문 밖으로 나갈 수가 없었다. 그는 감히 나가지 못했고 또 이제부터는 나가지 못하리라. 왜냐하면 그 늙은 안내인의 시체를 찾아 묘지에 묻지 않는 한 그 망령은 밤낮으로 산장 주위에 있을 것이기 때문이다. 날이 밝아 햇살이 퍼지자 쿤시는 조금 안심이 되었다. 그는 아침식사를 준비하고 개에게 수프를 끓여주고는 눈 위에 누워 있을 그 영감을 생각하면서 괴로운 심정으로 의자에 파묻혀 움직일 줄을 몰랐다.

그러나 산 위에 어둠이 다시 덮이자 새로운 공포가 그를 엄습해 왔다. 그는 겨우 희미한 촛불이 비치는 컴컴한 부엌으로 들어가보았다. 그 무시무시한 외침이 가버리지 않고 집 바깥 침울한 고요 속에서 또 들려오지 않나 귀를 기울이며 그는 방 이 끝에서 저 끝으로 발걸음을 크게 떼어 왔다 갔다 했다. 그는 마치 세상에 혼자 있어본 사람이 아무도 없는 듯 자기만이 외롭고 불쌍하게 여겨졌다. 사람들이 살고 있는 땅에서, 인간들의 집에서, 웅성거리고 조잘대며 꿈틀거리는 삶이라는 것에서 뚝 떨어진 2천 미터 높이의 광막한 눈 벌판, 꽁꽁 얼어붙은 허공에 홀로 있구나! 미칠 듯한 생각, 어디로든, 어떻게 해서든 몸을 빼어 깊은 골짜기에 몸을 던져서라도 로에슈 마을로 내려가고 싶은 생각이 그를 몹시 괴롭혔다. 그러나 혼자서는 감히 문을 열 수 없었다. 그 망령, 죽은 안내인이 저 혼자 이 높은 곳에 남기 싫어서라도 그의 갈 길을 막을 것이 틀림없기 때문이다.

자정쯤 되니 서성대기도 지치고 고뇌와 공포에 너무도 시달린 그는 마침내 의자에 주저앉아 졸았다. 귀신 들린 곳이 무섭듯이 침대가 무서웠기 때문이다.

갑자기 엊저녁의 그 날카로운 부르짖음이 그의 귀를 찢는 듯했다. 너무도 날카로운 소리에 무엇인가 다가오는 놈을 밀치려는 듯이 팔을 쭉 펴고 의자에 앉은 채로 자빠지고 말았다.

그 소란에 잠을 깬 삼은 겁에 질려 짖기 시작했다. 그리고 위험이 어디에서 닥칠 것인지 알아내려고 집 주위를 빙빙 돌았다. 문 근처에서 숨을 헐떡이며 힘차게 으르렁대고 털을 곤두세우며 꼬리는 빳빳이 세우고 킁킁거리며 문 아래의 냄새를 맡았다.

이성을 잃어버린 쿤시는 일어나 발로 의자를 추켜들고 외쳤다.

"들어오지 마, 들어오지 마, 들어오면 죽여버린다."

이렇게 협박을 퍼붓자 성난 개는 주인의 목소리에 도전하는 보이지 않는 적을 향해 마구 짖어댔다.

삼은 차차 진정이 되어 난로 옆에 돌아와 누웠다. 그러나 머리를 들고 흰 송곳니를 드러내고 타는 듯한 눈길로 으르렁거리며 내내 불안한 태도였다.

이번에는 제정신이 돌아오기는 했으나 울리히는 아직도 무서움 때문에 얼에 빠진 사람처럼 되어 찬장 속의 브랜디 병을 찾아내어 연거푸 몇 잔을 마셨다. 그러자 정신은 몽롱해졌으나 용기가 솟았다. 열기가 혈관에 스며들었다.

 그 이튿날도 그는 술만 마실 뿐 거의 아무것도 먹지 않았다. 그러고는 다음 며칠 동안 몹시 취해 있었다. 가스파르 아리에 대한 생각이 날라치면 그는 땅바닥에 쓰러질 때까지 또 술을 마시기 시작했다. 그러고는 취해서 이마를 땅에 대고 코를 골면서 사지를 뻗고 죽은 듯이 자빠져 있었다. 그러나 열화 같은 그 술기운이 그의 몸에 배어들자마자 "울리히" 하는 한결같은 부르짖음이 마치 그의 머리에 박히는 총알처럼 그를 깨워 그는 또다시 비틀거리며 일어나서 넘어지지 않으려고 손을 펴고 구원을 바라는 투로 샘을 불렀다. 그리고 주인과 마찬가지로 정신이 돌아버린 듯한 개는 문에 매달려 발톱으로 긁고 길고 하얀 이빨로 물어뜯었다. 한편 울리히는 목을 돌려 머리를 들고, 뜀박질을 한 다음 시원한 물을 마시듯이 그의 생각과 기억과 미칠 듯한 공포감을 다시 잊어버리게 해주는 브랜디를 꿀꺽꿀꺽 마셨다.

 3주일이 못 가서 그는 집에 저장해두었던 술을 모조리 마셔버렸다. 그러나 이 계속적인 폭음(暴飮)은 그의 공포를 잠들게 했을 뿐 이제 그것을 진정시킬 수 없게 되자 더욱 미칠 듯이 그를 괴롭혔다. 그래서 취해 있던 한 달 동안에 악화되고 또 비길 데 없는 이 고독 속에 계속 커가는 그의 공포라는 잡념은 나사못처럼 그에게 파고들었다. 그는 벽 저쪽에 다른 사람이 있어 자기에게 도전하고 있지나 않나 들어보려고 문에 귀를 대보기도 하면서 우리 속의 짐승처럼 집 안을 이리저리 서성댔다.

 피로에 싸여 어렴풋이 잠이 들면 그는 어떤 목소리를 듣고 소스라치곤 했다.

마침내 어느 날 밤 그는 밀려 떨어지는 맥빠진 사람처럼 문으로 내달아 자기를 부르는 자를 보고 입을 다물게 하려고 문을 열었다.

뼛속까지 얼게 하는 매서운 바람을 얼굴에 맞고서 그는 삼이 밖으로 뛰쳐나간 것은 알지 못하고 문을 닫고 빗장을 질렀다. 그리고 몸을 떨면서 난로에 장작을 지피고 몸을 녹이려 그 앞에 앉았다. 그 순간 갑자기 자지러지게 놀랐다. 문 밖에서 무엇이 울면서 벽을 긁고 있지 않는가.

그는 미친 듯이 외쳤다.

"꺼져라."

길게 뽑으며 불안에 떠는 비명이 그 외침에 대답하듯 들렸다.

그때 그 공포로 해서 그에게 분별할 수 있는 능력이라곤 깡그리 사라져버렸다. 숨을 곳을 찾고자 빙빙 돌면서 그는 거듭 되뇌곤 했다. "꺼져라"라고. 밖의 것은 여전히 울며 벽에 자기의 몸을 비비대면서 집을 끼고 배회했다. 울리히는 식기와 식료품이 가득 들어 있는 참나무로 만든 찬장으로 달려가서 엄청난 힘으로 그것을 번쩍 들어 바리케이드로 삼고자 문 앞까지 들고 갔다. 그리고 그 위에 담요, 방석, 의자 등 가구란 가구는 전부 쌓아 올려놓고 적에게 포위당한 때와 같이 창문을 막았다.

그래도 밖의 것은 구슬픈 비명을 올려서 마침내 울리히도 그 비슷한 비명으로 대답하기 시작했다.

그들은 서로 으르렁거리기를 멈추지 않고 며칠 낮 며칠 밤을 지냈다. 하나는 집 주위를 쉬지 않고 돌면서 벽을 무너뜨리려는 듯이 있는 힘을 다하여 발톱으로 긁어대고, 안의 것은 밖의 것이 움직이는 대로 따라가며 몸을 굽히고 돌에 귀를 대보고는 무시무시한 외침으로 그 부르짖음에 맞섰다.

그러던 어느 날 저녁 아무 소리도 울리히의 귀에 들려오지 않았다. 그는 지칠 대로 지친 채 주저앉아 깊은 잠에 빠졌다.

마침 잠에 빠진 동안에 머리가 다 비어버린 것처럼 아무런 생각도 기억도 없이 잠에서 깨어났다. 그는 배가 고파 밥을 먹었다.

겨울이 지났다. 제미 협곡의 통행이 가능하게 되었다. 오제네 가족은 산장으로 돌아가기 위하여 길을 떠났다.

오르막 길에 닿자 여인들은 노새에 올라타고 이제 곧 그들과 만나게 될 두 사내에 대해서 이야기했다.

길이 트이기가 무섭게 긴 겨울 동안의 소식을 전하러 그들 중 한 사람이 으레 그러듯 며칠 더 일찍 내려올 줄 알았는데 그러지 않아서 그녀들은 놀랐던 것이다.

흰 눈에 파묻힌 산장이 드디어 나타났다. 문과 창은 닫혔고 연기가 지붕 위로 조금 피어올랐다. 그것을 보고 아버지 오제는 적이 마음이 놓였다. 그러나 초입에 들어서니 독수리에게 뜯긴 동물의 뼈다귀, 산허리에 널려 있는 커다란 뼈다귀가 그의 눈에 띄었다.

모두들 그것을 살펴보았다.

"삼의 뼈다귀 같구나."

어머니가 말했다. 그리고 그녀는 "이봐요, 가스파르" 하고 불렀다. 짐승에 쫓기면서 지르는 비명 같은 날카로운 소리가 집 안에서 들려왔다. 아버지 오제가 또 불렀다.

"어이, 가스파르."

역시 처음과 같은 소리가 들렸다.

그래서 아버지와 두 아들, 이 세 사내가 문을 열려고 했으나 열리지 않았다. 그들은 텅 빈 외양간에서 몽둥이 같은 기둥 토막을 가져와 그것으로 문을 세차게 밀었다. 나무는 와지끈 하는 소리를 내며 부러지고 판자는 산산조각이 되어 날아가고 요란한 소리는 산장을 흔들었다. 집 안에는 찬장이 넘어졌고 어떤 사내 하나가 우뚝 서 있는데 머리카락이 어깨까지 내려오고 수염은 가슴패기를 지나고 몸에 넝마를 걸치고 눈이 번쩍거리는 꼴을 그들은 보았다.

그들은 그를 알아보지 못했다. 그러나 드디어 루이즈 오제가 소리쳤다.

"울리히야, 엄마."

머리는 백발이 되었지만 그가 울리히라는 것을 어머니도 알아보았다.

그는 그들이 들어와 건드려보아도 가만히 있었다. 그들이 묻는 말에도 아무것도 대답하지 못했다. 그는 로에슈로 데려가야 했다. 거기서 의사들은 그가 미쳤다는 진단을 내렸다.

그리고 그의 동료가 어떻게 되었는지는 아무도 알지 못했다.

오제네 딸은 의사가 산의 추위 탓을 하기는 했지만 마음의 병으로 그해 여름에 죽을 고비를 넘겼다.

올리브나무 숲

1

마르세유와 툴롱 사이, 피스카만(灣) 안에 있는 조그만 어촌 가랑두의 어민들이 낚시질에서 돌아오는 빌부아 신부의 배를 보자, 배를 끌어 올려주려고 바닷가로 내려갔다.

배 안에는 신부 혼자였다. 쉰여덟인데도 정정하게 노를 젓는 품이 뱃사람 못지않았다. 근육이 울룩불룩한 팔 위로 소매를 걷어 올리고, 신부복 자락을 올려 무릎 사이에 끼고, 가슴을 좀 풀어헤치고, 삼각모는 벗어 옆자리에 놓고, 흰 천으로 싼 코르크 헬멧을 쓴 그의 모습은 미사를 주재하기보다는 모험을 떠나는 것이 어울리는, 남부 사람으로서는 이상하게 건장한 교직자의 풍모였다.

가끔 그는 배 댈 곳을 잘 살펴보려고 뒤를 돌아다본 다음 박자를 맞추어 규칙적으로 힘차게 다시 노를 젓는 것이었다. 그것은 마치 서툰 남쪽 뱃사람들에게 북쪽 사람들이 얼마나 배를 잘 젓는지 새삼 보여주려는 것 같았다.

급히 달려오던 배는 바닷가에 닿자 앞머리를 처박고 해변 끝까지 기어오를 듯 모래 위를 미끄러지더니 뚝 멈춰 섰다. 신부가 오는 것을 바라보던 사내 다섯이 상냥하고 호의에 찬 표정으로 다가갔다.

"그래, 많이 잡으셨습니꺼?"

그들 중 한 사람이 심한 남부 사투리로 말했다.

빌부아 신부는 노를 거두어 넣고 삼각모를 쓰려고 헬멧을 벗었다. 걸어 올렸던 소매를 내리고 옷단추를 채운 다음 이 마을 사제로서의 태도와 위엄을 갖추고 자랑스럽게 대답했다.

"암, 아주 많이 잡았네. 농어 세 마리, 곰치 두 마리, 놀래기도 몇 마리 잡았지."

고기잡이꾼 다섯 사람이 배 가까이 다가와서 뱃전 너머로 몸을 굽히고 감정가나 되는 듯이 죽은 물고기들을 살펴보았다. 살찐 농어, 머리가 넓적하고 징그럽게 생긴 바닷뱀 곰치 그리고 오렌지 껍질과 같은 금빛 얼룩 띠 무늬가 있는 보랏빛 놀래기 같은 고기들이었다. 그들 중 한 사람이 말했다.

"신부님, 제가 댁까지 들어다 드리겠습니다."

"고맙네."

사람들과 악수를 하고 나서 신부는 걷기 시작했다. 한 사람만 그를 따라가고 남은 사람들은 배를 거두기로 했다.

신부는 발걸음을 크게 떼면서 힘차고 위엄 있게 천천히 걸었다. 힘을 들여 배를 저은 뒤라 아직도 몸이 더워 올리브 숲의 가벼운 그늘 아래를 지날 때는 가끔 모자를 벗고 그 반듯한 이마에 아직도 훈훈하긴 하지만 먼 바다 위에서 불어오는 은은한 미풍으로 적이 선선해진 저녁 공기를 쐬었다. 빳빳하고 짧게 깎은 흰머리로 덮인 그 이마는 신부라기보다는 오히려 군인의 이마에 가까웠다. 바다를 향해 펼쳐진 경사진 커다란 골짜기 한복판에 언덕이 있고 그 언덕 위에 마을이 보였다.

때는 7월의 저녁이었다. 멀리 톱날 모양으로 서 있는 산봉우리에 거의 닿을 것 같은 눈부신 태양이 먼지를 뒤집어쓴 하얀 길 위에 신부의 그림자를 비스듬히 길게 길게 던졌다. 그의 큰 삼각모는 길가 올리브 숲 위에 검고 큰 그늘을 던지며 지나가, 마치 장난이나 하는 듯 부딪치는 나무마다 급히 타고 올라갔다가는 다시 툭 땅으로 떨어져 나무 사이를 기어갔다.

빌부아 신부의 발밑에서는 가는 먼지가 부옇게 피어올랐다. 여름이면 프로방스 지방의 모든 길을 덮어버리는 희뿌연 가루가 주위에서 연기처럼 피어올라 신부복 자락을 차츰차츰 밝은 회색빛으로 덮어버렸다. 이제 좀 시원해진 신부는 두 손을 주머니에 찌르고 산을 타는 산악 지방 사람처럼 느리고 힘 있는 걸음걸이로 걸어갔다.

그는 고요한 눈으로 마을을 바라다보았다. 그의 마을, 20년 동안 그가 사제 일을 보아온 마을, 자기가 택했고 다행히도 자기 차지가 되었으며 장차 이곳에 몸을 묻으려고 생각하는 마을이었다. 교회, 그의 교회가 큰 원추형으로 옹기종기 모인 집들 위에 자리 잡고 있었다. 서로 크기가 다른 두 개의 네모난 갈색 석탑이 남국의 아름다운 계곡 속에 드러낸 고풍스러운 윤곽은 성당의 종루라기보다는 요새의 보루와도 같았다.

신부는 마음이 흡족했다. 농어 세 마리, 곰치 두 마리 그리고 놀래기도 몇 마리 잡았으니까.

교구 사람들에게 보여줄 조그마한 자랑거리가 또 하나 늘어난 셈이었다. 나이는 많지만 마을의 누구보다도 체력이 좋다는 이유로 존경을 받고 있는 그에게는 이처럼 대수롭지 않은 천진스러운 자랑이 가장 큰 즐거움이었다. 그는 권총을 쏘아 꽃가지를 꺾을 수도 있었고 때로는 예전에 연대의 검술 조교를 한 옆집 담배 가게의 주인과 검술 연습을 하기도 했으며 바다에 나가면 누구보다도 헤엄을 잘 쳤다.

그는 바로 한때 명성이 높던 멋쟁이 빌부아 남작이었다. 그는 사랑의 상처를 받고 서른두 살에 신부가 되었다.

그는 유서 깊고 독실한 왕당파 집안 피카르드가(家)에서 태어났다. 그의 집안은 대대로 아들을 낳으면 군인이나 사법관 또는 성직자로 만들었으므로 그도 처음에는 어머니의 권고를 따라 성직자가 되려고 생각했다. 그러나 그 후 아버지의 반대로 목표를 바꾸어 우선 파리로 가서 법률을 공부한 다음 재판소의 요직을 얻기로 결심했다.

그러나 그가 공부를 거의 마쳐갈 때쯤 아버지는 늪에서 사냥을 한 것이 원인이 되어 폐렴으로 죽고 어머니도 갑작스러운 불행에 심통한 나머지 얼마 지나지 않아 세상을 떠났다. 그리하여 갑자기 막대한 재산을 상속받은 그는 다른 어떤 직업을 가질 계획을 버리고 부유한 사람으로 살면 그만이라고 마음을 정했다.

비록 신앙과 전통 계율로 인해—이것은 그의 시골 신사와 같은 근육과 더불어 조상으로부터 물려받은 것이지만—그리 자유로운 정신을 지니지는 못했으나 그는 아름답고 총명한 청년이었으므로 사람들의 호감을 받았고 귀족 사회에서 인기를 차지했다. 그리하여 그는 젊고 바르고 부유하고 존경받는 청년으로 인생을 즐겼다.

그런데 우연히 어느 친구의 집에서 몇 번 만났던 것이 인연이 되어 한 젊은 여배우를 사랑하게 되었다. 아직 나이 어린 콩세르바투아르 음악학교의 생도로서 오데옹 극장에 처음으로 출연하여 격찬을 받은 여자였다.

절대적인 진리를 믿는 사람처럼 그는 격렬하게 모든 열정을 기울여 그 여자를 사랑했다. 처음 무대 위에 나타나 큰 성공을 거둔 바로 그날 연기한 환상적인 배역을 통하여 그 여자를 바라보면서 그는 사랑에 빠셨다.

그녀는 예뻤다. 선천적으로 성격이 간사했으나 그 태도는 천진한 어린애 같았다. 그는 이것을 천사와 같은 모습이라고 불렀다. 그녀는 남자를 완전히 정복하는 법을 알았다. 단번에 그를 열병에 걸린 몽유병자, 한 번의 눈짓과 치맛자락으로 마음속에 치명적인 정욕의 불이 붙은 사랑에 취한 미치광이로 만들 줄 알았다. 그래서 그는 여자를 정부로 삼고 무대에서 데리고 나와 4년 동안 갈수록 뜨거워지는 열정으로 그녀를 사랑했다. 그는 물론 자기의 명성, 가문의 명예로운 전통도 버리고 그녀와 결혼했을 것이다. 어느 날 여자를 자기에게 소개해준 친구와 그녀가 오래전부터 부정한 관계를 맺어왔다는 것을 알아내지 못했던들.

비극은 여자가 임신 중이라는 사실이었고, 또 아기를 낳으면 그가 곧 이 여자와 결혼할 결심을 한 때여서 더욱 비참했다.

그는 증거로 서랍 속에서 발견한 몇 통의 편지를 손에 쥐자 그의 본성인 반야만족인 야수성을 드러내어 여자의 부정함과 불의와 추행을 문책했다.

그러나 여자는 파리의 거리에서 자란 여자였으며 음란하고 또한 뻔뻔스러웠다. 한 남자만이 아니라 다른 남자에 대해서도 자신을 갖고 있었고 또한 단순히 대담성을 과시하기 위해 바리케이드 위에라도 올라갈 수 있는 하층 사회의 딸들같이 대담했으므로 그에게 대들며 그를 비웃었다. 사내가 주먹을 들자 그녀는 자기 배를 가리켰다.

그는 창백해져서 손을 멈췄다. 자기의 핏줄기가 저 더럽혀진 몸뚱이 속, 저 비열함 몸뚱이 속, 추한 배 속에 들어 있다고 생각하자 계집에게 달려들어 둘 다 한 발에 밟아 죽여 이중의 오욕을 단번에 씻어버리려고 했다. 여자는 얼굴이 파랗게 질렸다. 이제 죽는다고 느껴졌다. 남자의 억센 주먹 아래 이리 구르고 저리 구르며 방바닥 위에 쓰러져 헐떡이는, 이미 생명의 씨가 움직이는 부른 배를 이제 당장 남자의 발이 내리밟으려 한다는 것을 깨달은 여인은 발길질을 막으려고 힘껏 두 손을 벌리며 소리쳤다.

"죽이지 마요. 당신의 애가 아니니."

그는 주춤 물러섰다. 어떻게나 어이없고 멍해졌던지 분노도 발길도 한꺼번에 공중에서 멈춰버린 듯 이렇게 중얼거렸다.

"뭐…… 뭣이라고?"

여인은 사내의 무서운 눈초리와 몸짓 속에서 뚜렷이 느껴지는 죽음의 위협 앞에 갑자기 미칠 듯 두려워져서 이렇게 수없이 거듭 소리쳤다.

"당신의 애가 아녜요. 그 사람 애예요."

그는 이를 악물고 아연해져서 중얼거렸다.

"그 아이가?"

"그래요."

"거짓말!"

그러자 또다시 밟아 죽일 듯 발을 움찔거리기 시작했다. 여자는 무릎을 꿇고 일어나 뒷걸음치려고 애쓰면서 한결같이 중얼거렸다.

"그이 아이예요. 당신 아이라면 벌써 예전에 생겼을 거 아녜요."

이 말은 진실 그것과도 같이 그의 마음에 부딪혔다. 번개같이 스쳐가는 생각 가운데 바르고 분명하고 명쾌하고 반박할 수 없는 온갖 주리가 일시에 뚜렷하게 나타났다.

그는 자기가 저 더러운 계집의 배 속에 들어 있는 비참한 생명의 아버지가 아니라는 것을 확실하게 깨달았다. 안도감과 함께 엉켰던 마음이 후련해지는 듯했다. 분노도 차츰 가라앉아 그는 더러운 계집을 죽일 생각을 버렸다.

잠시 후 그는 훨씬 침착한 목소리로 이렇게 말했다.

"일어나, 나가! 다시는 내 눈앞에 나타나지 마!"

여인은 명령대로 일어나 순순히 나갔다.

그 후 그는 그녀를 두 번 다시 보지 못했다.

그는 그대로 길을 떠났다. 남쪽을 향하여, 태양을 바라보고 자꾸 내려갔다. 그리하여 지중해안 어느 계곡 안에 자리 잡은 마을에 이르러 발을 멈췄다. 그곳에서 18개월 동안 그는 비탄과 절망과 깊은 고독 속에서 지냈다. 그곳에서 그는 자기를 배반한 여자의 괴로운 추억, 체취, 교태, 그 말할 수 없는 매력에 대한 상념에 빠져 지냈다. 그는 여자의 육체와 애무를 아쉬워하면서 살았다.

그리고 그는 프로방스의 골짜기를 헤매었다. 떠나지 않는 추억이 자리 잡은 병든 머리를 이끌고 올리브나무의 잿빛 잎들 사이로 스며 나온 햇빛을 받으며 그는 끝없이 걸었다.

그러나 괴로운 고독과 싸우는 동안 그의 마음속에는 옛날의 경건한 신앙심이, 소년 시절의 정열만은 다소 식어버린 신앙심이 자기도 모르는 사이에 소생했다. 한때는 미지의 생활에 대한 피난처로 생각되었던 종교가 이제는 허위와 괴로움 많은 인생에 대한 피난처로 떠올랐다. 기도의 습관을 버리지 않은 그는 슬픔 속에서 더욱 기도에 전념했다.

저녁이면 때때로 어두운 교회당 안에 들어가 무릎을 꿇고 기도했다. 교회당 안에는 제단을 지키는 성스러운 램프의 불꽃이 신의 존재를 상징하는 듯 외롭게 빛났다.

그는 자기의 번민을 신에게, 자기의 신에게 고백하고 모든 괴로움을 호소했다. 그는 또한 신에게 충고를 구하고, 동정을, 구원을, 보호와 위로를 탄원했다. 매일매일 더욱 열렬히 부르짖는 기도 속에서 그는 그때마다 더욱 강한 감격을 느꼈다.

한 여인의 사랑으로 인하여 이지러지고 상처가 난 그의 가슴은 아물 줄 모르고 헐떡이며 끝없이 애정을 갈구했다. 그러나 차츰 기도를 계속하며 점점 깊어진 신앙의 습관으로 성자와 같은 생활을 하는 동안 그리고 불쌍한 인간을 위로하고 이끌어주는 구세주와 진심으로 경건한 영혼의 은밀한 교섭을 계속하는 동안 신의 신비로운 사랑이 그의 마음속에 들어와서 지상의 애정을 정복해버렸다.

그래서 그는 다시 어렸을 때의 뜻으로 돌아가 순결을 지키지 못한 부족함 많은 생애나마 교회에 바치기로 결심했다.

그리하여 그는 신부가 되었다. 그는 가문과 인척 관계의 힘으로 우연히 찾아온 이 프로방스의 마을에서 부사제가 되었다. 그는 재산의 대부분을 자선사업에 기부하고, 일생 동안 가난한 사람들을 돕고 힘이 되어줄 수 있는 정도의 재산만 가지고 경건한 예배와 인류에 대한 봉사의 조용한 생활 속으로 은거했다.

그는 편협한 사람이었으나 선량한 신부였다. 그는 군인의 기질을 지닌 종교의 안내자였다. 그는 본능과 취미와 욕망의 많은 샛길이 뒤얽힌 인생의 상림 가운데서 길을 잃고 헤매며 앞을 내다보지 못하는 인간을 완력으로 바른길로 인도하는 교회의 안내자였다. 그러나 예전의 많은 기질이 그의 마음속에 그대로 남아 있어 격렬한 운동과 귀족적인 스포츠와 검술을 좋아했다. 그는 여성을, 모든 여성을 무엇보다도 싫어했다. 그는 알 수 없는 위험 앞에 선 어린애와 같은 공포심으로 여성을 싫어했다.

2

신부 뒤를 따라오던 뱃사람은 남부 사람다운 독특한 말을 하고 싶은 충동을 느꼈으나 신도들에게 엄격한 위엄을 지닌 신부 앞이라

감히 입을 열지 못했다. 그러나 마침내 그는 입을 떼었다.

"어떻습니까? 신부님, 별장은 마음에 드십니까?"

별장이라 하는 건물은 도시와 시골에 사는 프로방스 사람들이 피서용으로 사용하는 아주 작은 집을 가리키는 것이었다. 신부는 교회 사택에서 5분이면 갈 수 있는 숲속에 있는 이런 건물을 한 채 빌려두었다. 교회 사택은 너무 작고 교구 가운데 있는 덕에 교회당으로 가로막혀 답답했다.

그는 여름을 정기적으로 여기서 보내는 것은 아니었다. 가끔 가다 며칠씩 묵을 뿐이었다. 주위가 온통 푸른색뿐인 숲속에 머물며 권총 사격을 연습하기 위해서였다.

"그럼, 아주 마음에 드네."

신부는 대답했다.

나지막한 별장이 숲 가운데 보였다. 장밋빛으로 칠한 이 작은 집은 숲 한복판에 있어서 올리브 가지와 잎사귀의 검은 그림자를 받아 줄이 처지고 잘게 잘리고 썰린 듯하여 이 프로방스 지방의 버섯이 솟아난 것 같았다.

키가 큰 여인이 작은 저녁 식탁을 차리며 문 앞을 왔다 갔다 하는 것이 보였다. 한결같이 느릿한 걸음으로 올 때마다 무엇인가 한 가지씩 들고 와서 식탁 위에 놓고 갔다. 처음에는 포크를, 다음에는 접시를, 다음에는 빵을, 다음에는 찻잔을…… 이런 식으로 하나씩만 가져왔다. 그녀는 아를르 지방 여자들이 쓰는 작은 보닛을 썼는데, 검은 비단과 벨벳으로 만든 끝이 뾰족한 모자 끝에는 흰 방울이 달려 있었다.

목소리가 들릴 만한 거리에 이르자 신부는 소리쳤다.

"어, 마르그리트!"

여인은 걸음을 멈추고 신부 쪽을 바라보았다. 그러고는 주인임을 알아보자 "아, 신부님!" 하고 대답했다.

"자, 물고기를 많이 잡아 왔어. 그런데 농어는 버터를 발라서 구워줘. 다른 것은 바르지 말고 버터만, 알겠지?"

하녀는 앞으로 맞으러 나오며 어부가 들고 온 생선들을 살펴보았다.

"그런데 신부님, 닭 요리를 해놓았는데요."

"그래도 하는 수 없지. 갓 잡아 온 생선을 하루 묵혀서 먹을 수야 있나. 한번 든든히 먹어보아야겠군. 이런 일이 자주 있는 것도 아니고 큰 죄가 될 것도 아닐 테니."

하녀는 농어를 골라가지고 가다가 돌아서더니 말했다.

"아, 참 어떤 남자가 신부님을 보려고 세 번이나 왔다 갔어요."

신부는 무심히 물었다.

"남자? 어떤 사람인데?"

"보잘것없는 사람이에요."

"그래? 그럼 거지 아냐?"

"글쎄, 그런 것도 같아요. 하지만 제 생각엔 불한당 같아요."

신부는 이 말에 웃음이 터졌다. 사제는 마르그리트의 겁 많은 성격을 잘 알았다. 이 하녀는 별장에 머무를 때는 온종일, 특히나 밤만 되면 신부와 자기가 이 별장에서 악한에게 죽게 되리라는 망상을 버리지 못했다.

올리브나무 숲

신부는 자기를 따라온 수부에게 몇 푼의 동전을 주어 돌려보냈다. 그러고 나서 옛날 사교계 신사로서 몸가짐을 깨끗이 하던 습관을 버리지 않은 그가 "잠깐 얼굴을 씻고 오겠어"라고 하며 세면을 하러 가려고 하자, 식칼로 생선 잔등을 긁어 작은 은화쪽 같은 피 묻은 비늘을 떨어뜨리던 마르그리트가 부엌에서 이렇게 소리쳤다.

"앗! 저기 와요."

신부가 길 쪽으로 돌아서니 정말 그곳에 어떤 남자의 모습이 눈에 띄었다. 멀리서 보아도 지극히 누추한 차림이었는데 이 집을 향해 잔걸음으로 걸어왔다. 신부는 서서 그가 오기를 기다렸다. 아직도 겁 많은 하녀의 무서워하는 모습이 우스웠다. 그러나 마음속으로는 '그 말이 옳군, 정말 불한당 같은 꼴을 하고 있는데!'라고 생각했다.

이 알지 못하는 남자는 두 손을 주머니에 찌르고 신부를 바라보며 천천히 다가왔다. 그는 젊은 사람이었다. 곱슬곱슬한 금빛 수염이 났고, 구불구불한 머리칼이 부드러운 펠트 모자 밖으로 빠져나와 흩어져 있었다. 모자의 더러운 모양과 떨어진 꼴은 이루 말 못할 지경으로, 아무도 원 빛깔과 모양을 알아낼 수 없을 정도였다. 기다란 밤색 외투를 입었고, 바지는 발꿈치 근처가 너덜너덜했다. 발에는 운동화를 신었고, 걸음걸이가 힘이 없고 소리가 나지 않아 불안해 보였다. 그것은 눈을 피하려는 부랑인들의 걸음걸이와 같았다.

신부의 몇 걸음 앞까지 오자 그는 이마를 가리고 있던 걸레 조각 같은 모자를 극단의 배우가 하는 식으로 벗었다. 그의 얼굴은 생기가 없고 방탕스러워 보였으나 그래도 아름다웠다. 정수리가 벗어진 것은 과로나 그보다도 조숙한 방탕의 표시였다. 나이는 확실히 스물다섯은 넘지 않았을 터이니.

신부도 따라서 모자를 벗었다. 신부는 이 사람이 보통 부랑자는 아니며, 일자리 없는 노동자나 감옥에서 감옥으로 전전하여 형무소의 은어밖에 모르는 전과자는 아니라는 걸 느꼈다.

"안녕하십니까? 신부님."

그 남자가 먼저 말을 걸었다.

신부는 이 수상하고 남루한 행인에게 씨 자(字)는 붙일 수가 없어 다만, "안녕하시오" 이렇게 대답했다. 두 사람은 잠시 서로 마주 보고 있었다. 그러자 신부는 이 남자의 시선 앞에서 자기 마음이 흔들리고, 알지 못하는 적을 눈앞에 둔 것과 같은 어떤 충격을 느꼈다. 육체와 혈관 속에 찌르르 스며드는 이상한 불안감이 그의 마음속에 퍼졌다.

결국 부랑인이 다시 말을 계속했다.

"저를 아시겠습니까?"

목사는 아연해져서 대답했다.

"내가? 당신을? 모르겠는데. 나는 당신을 전혀 모르겠소."

"그래, 나를 모르시겠다고. 그럼 좀 더 똑똑히 보시지요."

"아무리 보아도 소용없소. 난 당신을 전혀 본 적이 없으니까."

그러자 상대방은 비웃는 듯이 말했다.

"그야 그러시겠지. 그렇다면 당신이 좀 더 알 만한 사람을 보여드리지."

그는 다시 모자를 머리 위에 올려놓고 외투의 단추를 풀었다. 그러자 맨가슴이 그대로 보였다. 여윈 배 위에는 붉은 허리띠가 바지의 허리춤에 감겨 있었다.

그는 주머니에서 더러워질 대로 더러워져서 봉투 같지도 않은 봉투를 하나 꺼냈다. 흔히 부랑자들이 경관을 만났을 때 자기 신분을 보장해주는 서류 같은 것, 정말인지 가짜인지 훔친 것인지 제 것인지 알 수 없지만 그런 서류를 넣어 옷 속에 간직해두는 그런 봉투였다.

그는 봉투 속에서 다시 사진을 한 장 꺼냈다. 옛날에 유행했던 엽서형 사진이었다. 색은 누렇게 되었고 구겨질 대로 구겨진 것으로, 오랫동안 여기저기 들고 다니고 품속에서 뜨뜻한 체온으로 색이 바래 희미해진 사진이었다.

그는 사진을 자기 얼굴 옆에다 대고 신부에게 물었다.

"그럼 이 사람은 아시겠습니까?"

신부는 좀 더 자세히 보려고 두어 걸음 가까이 다가갔다. 사진을 들여다본 그는 갑자기 얼굴이 창백해져서 그대로 서 있었다. 그것은 자기 사진이었다. 옛날 사랑하던 여자에게 주려고 찍은 사진이었다.

신부는 어찌 된 영문인지 몰라 아무 말도 하지 못했다.

남자는 말을 계속했다.

"그럼, 이젠 아시겠습니까? 이제는?"

신부는 더듬거리며 이렇게 말했다.

"그렇소."

"이게 누구요?"

"나요."

"확실히 당신이죠?"

"틀림없소."

"그러면 이제는 이 사진과 나를 비교해보십시오."

신부는 이미 알아챘다. 가엾은 그는 이 두 사람, 사진의 남자와 그 옆에서 비웃는 사람의 얼굴이 서로 형제처럼 닮은 것을 보았다.

그러나 역시 영문을 알 수가 없었다. 그는 더듬거리며 말했다.

"그래, 대체 당신이 원하는 것은 뭐요?"

부랑자는 성난 목소리로 이렇게 말했다.

"내가 바라는 것은 우선 내가 누구라는 것을 알아달라는 겁니다."

"대체, 그대가 누구란 말이오?"

"내가 누구냐고요? 홍! 길 가는 사람을 붙들고 물어보시구려. 아니 당신 하녀에게 불어보시구려. 뭐, 이걸 보이고 촌장에게 물어봅시다. 정말 웃을 거요, 하하. 내가 당신의 아들이란 것을 인정하지 않을 작정이세요, 네?"

신부는 성경에 나오는 모양으로 두 손을 하늘로 추켜들고 절망에 찬 목소리로 부르짖었다.

"그럴 리가 없다."

젊은이는 바로 그 앞에 다가서서 얼굴을 맞대며, "홍, 그럴 리가 없다고? 자, 신부님, 이제 거짓말은 집어치웁시다. 아시겠어요?"라고 말한 후 위협하는 얼굴로 두 주먹을 꼭 쥐었다. 그가 너무나 굳은 확신을 가지고 말하므로 신부는 한 걸음씩 뒤로 물러서며 지금 둘 중 누가 정말 거짓말을 하는지 의심하지 않을 수 없었다.

올리브나무 숲

그러나 신부는 다시 한번 단정을 내렸다.

"나는 아직까지 자식을 가진 일이 없다."

상대방은 이렇게 반박했다.

"정부를 가진 일도 없습니까?"

신부는 분연히 한마디 고백했다.

"그건 있지."

"정부는 당신이 쫓아낼 때 임신 중이었죠?"

돌연 옛날의 분노가, 25년 전에 짓눌러버렸던 분노가, 아니 그의 가슴속에 유폐되었던 분노가 그 위에 지어놓았던 신앙과 신에 대한 일종의 헌신과 속세의 포기라는 모든 천장을 깨뜨리고 솟아올랐다. 그는 자기를 잊고 부르짖었다.

"그 여자를 쫓아낸 건 나를 속였기 때문이었다. 그리고 다른 남자의 애를 가졌기 때문이었다. 그것이 내 자식이었다면 죽여버렸을 것이다. 알았어? 너도, 그 여자도."

이번에는 젊은이 쪽이 사제의 진정한 분노에 놀라 당황했다. 그는 잠시 후 좀 부드러운 말로 이렇게 말했다.

"누가 그랬습니까? 다른 남자의 애라고?"

"물론 그녀가 제 입으로 말했지. 나에게 대들면서."

그러나 젊은이는 이 말에 구태여 반대하려고 하지도 않고 사건을 가리는 악한의 냉혹한 태도로 결론을 내렸다.

"그야 어머니가 잘못 말한 것이죠. 그뿐이죠."

분노의 물결이 지나간 후 다시 냉정을 회복한 신부는 이렇게 물었다.

"누가 그랬지? 네가 내 아들이라고."

"어머니죠. 돌아가실 때…… 신부님, 그리고 또 이게 있고."

그는 또다시 그 작은 사진을 신부의 눈앞에 내밀었다.

신부는 그것을 받아들고 천천히 오랫동안 가슴이 찢어지는 듯한 고통을 느끼면서 이 알지 못하는 행인과 자기의 옛날 모습을 비교해보았다. 더 의심할 것이 없었다. 확실히 자기 아들이었다.

큰 슬픔이, 마치 옛날에 저지른 죄의 가책과 같은 말할 수 없이 무섭게 괴로운 감정이 그의 가슴속을 메웠다. 그는 어느 정도만 알 수 있었다. 그 밖의 것은 추측할 수밖에 없었다.

여자와 헤어질 때의 난폭한 광경이 다시금 그의 눈앞에 떠올랐다. 자기의 목숨을 구하려고 저 거짓에 찬 부정한 계집이 거짓말을 던진 것이다. 그리고 그 거짓말은 훌륭히 목적을 달성했다. 그리하여 그의 아들이 세상에 나와 성장하여 길거리를 헤매는 더러운 부랑자가 되었다. 염소가 짐승의 냄새를 풍기듯 죄의 냄새를 풍기는 부랑자가 되었다.

신부는 조용히 말했다.

"나하고 좀 걸으면서 더 자세한 이야기를 해볼까?"

상대방은 비웃음을 띠고 말했다.

"물론이죠……. 여기까지 온 것도 다 그 때문인 걸요."

두 사람은 나란히 서서 올리브나무 숲으로 걸어갔다. 해는 이미 져버렸다. 남부 황혼의 찬 기운이 벌판 위에 보이지 않는 장막을 폈다. 신부는 몸이 떨렸다. 교직자다운 태도로 눈을 치켜뜰 때마다 그의 주위에는 어디나 올리브의 작은 회색빛 이파리가 하늘에 매달려 바르르 떠는 것이 눈에 띄었다. 저 성스러운 나무, 그 약한 그늘 아래 이 세상의 가장 큰 고뇌였던 그리스도의 단 한 번의 절망을 가려준 올리브 잎이.

그의 가슴속에서 기도가 솟아올랐다. 그는 짧고 절망적인 기도를 마음속으로 올렸다.

그것은 신도들이 주에게 구원을 청하는 탄원이었다.

'주여, 구하여주소서.'

그러고는 아들을 향해 신부는 이렇게 말했다.

"그래, 어머니는 죽었다고?"

이 말이 입 밖으로 튀어나왔을 때 새로운 슬픔이 그의 마음속에서 깨어나 가슴을 찢는 것 같았다. 결코 완전히 잊어버릴 수 없는 인간의 육체에 대한 이상한 슬픔이었다. 그것은 지난날 자기가 받았던 고뇌의 잔혹한 여운이었다. 아니 그보다도 이제는 그 여자가 죽어버린 이상 추억의 상처밖에 남지 않은 청년 시대의 저 기쁘고 짧았던 행복의 전율이었다.

젊은이는 이렇게 대답했다.

"그렇습니다. 어머니는 돌아가셨어요."

"오래되었니?"

"그렇죠. 벌써 3년이 지났으니까요."

새로운 의혹이 신부의 가슴속에 일어났다.

"그러면 왜 좀 더 빨리 나를 찾아오지 않았지?"

젊은이는 잠시 주저했다.

"그럴 수가 없었죠. 여러 가지 사고가 생겨서…… 차차 이야기하도록 하죠. 얼마든지 자세히 이야기할 테니까요. 실은 어제 아침부터 아무것도 먹지를 못했는데요."

가엾은 생각이 치밀어 신부는 두 손을 내밀고 말했다.

"아아, 그래! 딱하지……."

젊은이는 내미는 손을 잡았다. 큰 두 손이 훨씬 가늘고 따뜻한 손을 감싸 쥐었다.

그러고는 버릇이 되어버린 허풍 떠는 어조로 그는 대답했다.

"사실 이야기하다 보면 서로 통할 것 같은데요."

신부는 걷기 시작했다.

"저녁을 먹을까."

신부는 언뜻 자기가 잡아 온 생선 생각이 났다. 이것을 닭 요리와 함께 내놓으면 저 비참한 자식에게는 훌륭한 저녁이 되리라는 생각이 들자 본능적인 막연한 기쁨이 이상하게 떠올랐다.

아르르 출신의 하녀는 벌써 불안에 싸여 무어라고 중얼거리면서 문 앞에 서서 기다리고 있었다.

신부가 큰 소리로 분부를 내렸다.

"마르그리트, 그 식탁은 치우고 방 안으로 옮겨놓도록 해. 자 어서. 식사를 두 사람 분 가져와. 빨리빨리."

하녀는 주인이 이런 악당과 식사를 같이 하려는 것을 보고 어찌해야 좋을지 몰라 그대로 서 있었다.

그러자 빌부아 신부는 자기를 위해 차려놓은 식기를 스스로 치우며 아래층 하나밖에 없는 방으로 식탁을 옮기기 시작했다.

5분이 지난 뒤 신부는 부랑자와 마주 앉아 있었다. 앞에 놓인 양

배추 수프 그릇에서는 더운 김이 작은 구름처럼 두 사람의 얼굴 사이로 피어올랐다.

3

그릇에 가득한 수프를 젊은이는 차차 숟가락을 빨리 놀려 들이마시듯 먹기 시작했다. 신부는 이제 시장한 생각이 없어져 빵을 접시 안에 남겨둔 채 향기로운 수프만 천천히 맛보았다.

신부는 갑자기 물었다.

"이름이 무어지?"

젊은이는 웃었다. 배부르게 먹어서 만족했다.

"아버지를 모르니 성은 어머니 성이죠. 아마 그 성을 벌써 잊어버리진 않으셨겠죠. 하지만 이름은 둘이나 되지요. '필리프 오귀스트.' 내게 어울리는 이름은 아니죠."

"어떻게 그런 이름을 갖게 되었지?"

신부는 얼굴이 창백해져서 목멘 소리로 물었다.

부랑자는 어깨를 으쓱하면서 말했다.

"뻔한 노릇이죠. 당신과 헤어진 뒤 어머니는 정부에게 내가 그의 아이라고 속였죠. 사실 그 작자도 내가 열다섯 살쯤 때까지는 그대로 믿었죠. 그런데 내가 너무 당신을 닮아가기 시작했거든요. 그래서 그도 내가 자기 아들이 아니라고 했지요. 빌어먹을, 그래서 이름을 둘이나 가지게 되었지요. 필리프 오귀스트라고. 내가 운이 좋아 아무도 닮지 않았든지 그렇지 않으면 나타나지 않을 어떤 셋째 도둑의 자식이었던들 지금쯤은 필리프 오귀스트 드 프라발롱 자작이라고 그자의 성과 이름을 똑똑히 가질 수 있었을 텐데. 상원의원 프라발롱 백작의 뒤늦게 알려진 아들이라고요. 나는 스스로 '재수 없는 놈'이라고 이름 지었죠."

"어떻게 그리 자세한 내막을 알았지?"

"내 앞에서 말다툼이 한바탕 벌어졌죠. 아주 대판 싸움이…… 그래서 다 알게 되었죠."

반 시간 전부터 느끼고 참아오던 모든 것보다 더 아프고 괴로운 무엇이 신부의 가슴을 내리눌렀다. 숨이 막힐 듯 점점 심해져서 결국은 죽고 말 것 같았다. 이 고통은 그가 들은 여러 가지 사건에서 오는 것이 아니고 그것을 이야기하는 사나이의 태도, 과장해서 말할 때 무뢰한이 짓는 음탕한 표정에서 오는 것이었다. 신부는 젊은이와 자기, 아들과 자신 사이에 도덕적 오물의 시궁창이 흐르는 것을 느끼기 시작했다. 이것은 어떤 사람에게는 생명을 빼앗는 독기를 지닌 것이다. 그래 이것이 내 아들이란 말인가? 신부는 아직 믿을 수 없었다. 모든 증거가 필요했다. 모든 증거가. 모든 것을 알고 싶고, 듣고 싶고, 모든 것에 귀를 기울이고 싶고, 온갖 고통을 견뎌보고 싶었다. 그는 다시 한번 자기의 작은 별장 주위에 둘러 선 올리브나무들을 생각했다. 그리고 두 번째 이렇게 입속으로 중얼거렸다.

'아. 신이여, 저를 구원하옵소서.'

필리프 오귀스트는 수프를 다 마시고는 말했다.

"에, 더 먹을 것이 없습니까?"

부엌은 집 밖에 붙여 지은 건물에 있었기 때문에 신부의 목소리가 마르그리트에게 들리지 않았다. 그래서 신부는 알려야 할 일이 있으면 담벽에 매달아놓은 중국식 동라를 두서너 번씩 두드렸다.

신부는 가죽으로 싼 마치를 들어 둥근 금속판을 여러 번 두드렸다. 처음에는 희미한 소리로 울리더니 점점 소리가 커지며 잉잉 울었다. 그 소리는 날카롭고 격하여 두드려 맞춘 구리의 찢어질 듯한 무서운 비명으로 변해갔다.

하녀가 나타났다. 그녀는 경련이 일어날 정도로 굳은 얼굴로 들어오더니 주인에게 충성스러운 개가 본능적으로 주인 위에 떨어지려는 참극을 예감하듯이 분노에 찬 눈초리로 불한당을 쏘아보았다. 손에는 불에 구운 생선 요리를 들고 있었다. 녹은 버터의 고소한 냄새가 풍겼다. 신부는 숟가락을 들어 고기를 위에서 아래까지 쭉 가르더니 등쪽 살을 젊은 아들에게 주면서 이렇게 말했다.

"아까 내가 잡은 것이다."

이것은 번민 속에 살아남은 조그만 자부심의 조각이었다.

마르그리트는 자리를 떠나지 않고 그대로 서 있었다.

신부는 다시 이렇게 말했다.

"마르그리트, 포도주를 가져와, 좋은 것으로. 코르시카산(産) 백포도주를 가져와."

하녀는 거역할 듯한 몸짓을 했다. 신부는 엄격한 얼굴로 말했다.

"어서 두 병만 가져와."

신부가 누구에게 술을 낼 때는—극히 드문 즐거운 일이었지만—꼭 자기 몫으로 한 병을 따로 가져오게 했다.

필리프 오귀스트는 기쁨에 빛나는 얼굴로 중얼거렸다.

"근사한데……. 이렇게 먹어보기는 참 오랜만인데요."

하녀는 잠시 후 다시 돌아왔다. 신부에게는 그 사이가 영원과 같이 지루하게 생각되었다. 지금 무엇을 알고 싶은 욕구가 그의 피를 타오르게 하고 지옥의 불꽃과 같이 그를 집어삼키려 했다.

병마개를 둘 다 뽑고도 하녀는 그대로 머물러 서서 수상한 사나이를 쳐다보고 있었다.

"돌아가지."

신부가 이렇게 말했는데도 하녀는 듣지 못한 것 같았다. 그래서 신부는 다시 냉혹하게 느껴질 정도로 무뚝뚝하게 말했다.

"돌아가라고 했잖아!"

비로소 하녀는 돌아갔다.

필리프 오귀스트는 걸신들린 것처럼 생선을 먹어치웠다. 신부는 아들을 바라다보며 자기를 닮은 얼굴에서 비천한 꼴을 발견하고는 점점 놀라며 절망 속으로 빠져 들어갔다. 그는 입에 넣은 작은 고깃점도 목이 메어 삼킬 수가 없었다. 그래서 그는 머릿속에 떠오르는 의문 가운데 제일 먼저 알고 싶은 것이 무엇인가 찾으며 입에 넣은 것을 오랫동안 씹었다. 그는 마침내 조용한 목소리로 물었다.

"죽은 원인이 무엇이지?"

"폐병이죠."

"오래 앓았니?"

"1년 반쯤 될까요."

"어쩌다 병이 났지?"

"그야 모르죠."

잠시 말이 없었다. 신부는 생각에 잠겼다.

알 수만 있었다면 알고 싶어했을 수많은 의문이 물밀듯 밀려왔다. 그 여자와 헤어진 날, 그러니까 자칫하면 그녀를 죽일 뻔한 그날 이후 그는 그녀에 대하여 아무런 소식도 듣지 못했다. 물론 알려고 하지도 않았다. 그는 여자와 행복했던 시절을 일시에 망각의 심연 속에 던져버렸던 것이다. 그러나 돌연 여자가 죽어버린 것을 알게 된 지금 그의 마음속에는 그녀에 대한 것을 모두 알고 싶은 강한 욕망이, 질투가 섞인 욕망이, 사랑에 빠진 남자의 욕망이 솟아났다.

그는 말을 계속했다.

"혼자 살지는 않았겠지?"

"그럼요. 항상 정부와 같이 있었죠."

신부는 몸을 떨었다.

"정부라니? 플라발롱 말이냐?"

"그렇죠."

옛 여자에게 배반을 당한 그는 자기를 속였던 여자가 바로 자신의 연적이라고 할 남자와 30년 이상을 살았다는 것을 마음속으로 계산해보았다.

그것은 자기도 모르는 사이에 이런 질문을 하게 만들었다.

"두 사람은 행복하게 지냈던가?"

젊은이는 비웃는 듯한 웃음을 띠며 대답했다.

"그럼요. 그야 물이 가득 찰 때도 있고 빠질 때도 있기는 한 것이지만…… 내가 없었다면 아주 좋았을 거였는데 항상 내가 망쳐놓았거든요."

"그건 어째서?"

"벌써 이야기했잖아요. 내가 열다섯까지는 그도 내가 자기 아들인 줄만 알았거든요. 하지만 바보는 아니었어요. 그는 혼자서 내가 누구를 닮았는지 알아챘거든요. 그래 싸움이 몇 차례 있었죠. 나는 문 밖에서 들었죠. 그는 자기를 속였다고 엄마를 막 야단치더군요, 엄마도 막 대들었어요. 어디 그게 자기 잘못이냐고. 자기를 꾀어낼 때는 딴사람의 것인 줄 몰랐느냐고 이렇게 대들었지요. 딴사람이란 것은 당신을 말하는 거죠."

"음, 그럼 내 이야기도 때때로 하던가?"

"그렇죠. 하지만 내 앞에서는 절대로 당신 이름을 입 밖에 낸 적이 없어요. 최후에 엄마가 이젠 소생할 가망이 없게 된 막판에 가서야 말을 꺼냈지요. 그때도 하긴 여간 꺼리는 것이 아니었죠."

"그런데 너는 어렸을 때부터 네 어미의 부정한 생활을 눈치 채고 있었니?"

"아니, 제가 그렇게 어리석은 줄 아세요? 이래 뵈도 아직까지 어리석다는 소릴 들어본 적이 없어요. 그런 일은 철이 나기 시작하면 다 알게 되는 법이거든요."

필리프 오귀스트는 잔에 술을 부어 쭉쭉 들이켰다. 두 눈이 광채를 발하기 시작했다. 오랜만에 술을 마시니 빨리 취기가 오르는 모양이었다.

신부는 이것을 알아채고 막으려 하다 문득 술이 취하면 무슨 말이나 함부로 지껄일 것이라는 생각이 머리에 스치자 병을 들어 잔을 채워주었다.

마르그리트가 닭 요리를 가지고 와서 식탁 위에 놓고는 다시 부랑자를 뚫어지게 바라보았다. 그러고는 분하다는 듯이 주인에게 말했다.

"신부님, 글쎄 저 취한 꼴을 좀 보세요."

"참견하지 말고 돌아가."

하녀는 문을 쾅 닫고 나가버렸다.

신부는 다시 물었다.

"그래, 네 어미는 나에 대해서 뭐라고 하던가?"

"그야 별것 있어요. 보통 헤어진 남자에 대해서 하는 그런 말이었죠. 여자에겐 까다로운 남자였다는 둥 갑갑한 성미였다는 둥 그대로 지냈으면 당신 고집 때문에 세상 살기가 힘들었으리라는 둥……."

"그런 말을 자주 하던가?"

"그럼요. 어떤 때는 내가 알아듣지 못하게 하려고 말을 돌려서 했지만 나야 속일 수 있나요."

"그럼 그들은 너를 어떻게 대했지."

"처음에는 아주 좋았고 나중에는 말이 아니었죠. 엄마는 나 때문에 일이 악화되는 것을 보자 나를 몰아냈죠."

"어떻게?"

"간단하죠. 내가 열여섯 살 때 젊은 혈기로 실수를 좀 했거든요. 그랬더니 연놈들은 나를 집에서 내쫓으려고 감화원에 집어넣었어요."

그는 식탁 위에 두 팔을 세우고 두 손으로 볼을 괴었다. 만취해서 머리가 마비되는 기분이었다. 그는 갑자기 제 이야기를 지껄이고 싶은 참을 수 없는 충동을 느꼈다. 그것은 흔히 술 취한 사람들이 빠지는 저 괴상한 횡설수설하고 싶은 충동이었다.

그는 입가에 여성적인 애교를 띠며 부드럽게 한 번 웃었다. 이 간사한 아리따움이 누구의 것인지를 신부는 알았다. 알 뿐만이 아니었다. 과거의 자기를 정복하고 파멸케 한 저 가증스럽고 어루만지는 듯한 아리따움을 그는 몸으로 느껴보았던 것이다. 이때 아들이 가장 닮은 것은 그의 어머니였다. 얼굴의 윤곽이 아니라 그의 매력 있는 믿을 수 없는 눈초리와 그보다도 가슴속에 든 모든 죄악의 문을 여는 듯한 간사한 미소의 유혹이 그러했다.

필리프 오귀스트는 제 이야기를 시작했다.

"하하하, 아주 기막힌 생활을 했죠. 감화원부터는 아주 재미있는 생활을 했답니다. 소설가라면 내 인생을 비싸게 살걸……《몽테크리스토》를 쓴 대(大) 뒤마도 내 인생보다 아슬아슬한 이야기를 만들어내지는 못했으니까요."

그는 입을 다물고 취한 사람이 무엇을 생각할 때 짓는 심각하고 엄숙한 표정을 했다가 다시 천천히 말을 계속했다.

"자식이 잘 되기를 바란다면 어떤 짓을 했어도 절대로 감화원 같은 델 보내서는 안 되죠. 그 안에서 사귀는 친구가 무섭거든요.

나도 기막힌 놈들을 사귀었는데 결과가 아주 좋지 않았지요. 그놈들 세 명과 같이 어떤 날 밤 아홉 시경 모두 얼근하게 취해서 포락나루 근처의 큰길을 걸었죠. 그런데 마차 한 대가 오는 걸 봤는데, 보니 마부도 가족들도 모두 잠들어 있는 거예요. 그들은 마르티농 사람들이었는데 시내에서 저녁을 먹고 돌아오는 길이었어요. 그래서 나는 말고삐를 쥐고 나루터로 끌고 가서 말을 나룻배 위에 태운 다음 배를 강 가운데로 밀어내었죠. 소리가 나는 바람에 고삐를 쥐고 있던 마부가 잠이 깨었죠. 사방이 캄캄하니까 말에다 채찍질을 했어요. 말이 껑충 뛰어 마차를 단 채 물속으로 뛰어들었죠. 모두가 물속에 빠져버린 거예요.

그런데 후에 친구 녀석들이 나를 고발했어요. 처음엔 내가 하는 장난을 보고 좋다고 웃던 녀석들이. 사실 우리도 일이 이렇게까지 될 줄은 생각 못 했죠. 장난삼아 목욕하는 꼴이나 좀 보려고 한 것뿐이었는데.

그다음부터 처음 실수를 복수하려고 더 지독한 장난을 많이 했죠. 그렇지만 감화원만큼 재미있는 곳은 없었어요. 하지만 사실 이런 것들은 이야기할 만한 것이 못 되고 맨 나중에 있었던 일 하나만 이야기하죠. 이건 당신 마음에 꼭 들 거예요. 제가 아버지 원수를 갚았거든요."

신부는 자기 아들을 공포에 싸인 눈으로 바라보았다. 이제 그는 아무것도 먹지 않고 앉아 있었다.

필리프 오귀스트는 다시 이야기를 시작하려고 했다.

"좀 있다가 해."

신부는 몸을 뒤로 돌려 날카로운 소리가 나는 동라를 두드렸다. 곧 마르그리트가 나타났다.

그러자 신부는 마르그리트에게 분부를 내렸다. 그 목소리가 어떻게나 엄했던지 하녀는 무서워 온순하게 머리를 숙였다.

"램프를 가져와. 그리고 식탁에 내놓을 것이 있으면 전부 다 가져오도록. 이제부터는 동라를 울리지 않는 한 절대로 들어오지 마."

하녀는 나갔다가 다시 돌아와 식탁 위에 초록색 갓을 씌운 흰 자기 램프와 치즈 그리고 과일을 갖다 놓고는 나가버렸다.

그러자 신부는 단호하게 이렇게 말했다.

"자, 이제 이야기해봐."

필리프 오귀스트는 조용히 자기 디저트 접시와 포도주 잔을 채웠다. 신부는 손도 대지 않은 둘째 병도 거의 비었다.

젊은이는 입속에 음식과 술을 한 입 물고 떠듬거리며 이야기를 계속했다.

"자, 들어보세요. 내 마지막 이야기는 이런 거예요. 좀 끔찍한 이야기죠. 나는 다시 집으로 돌아갔어요. 둘이 싫어하건 말건 그대로 머물렀죠. 그들은 나를 무서워했죠. 나를 무서워했어요. 물론 나를 건드리면 안 되니까요. 그렇죠. 귀찮게 하면 난 어떤 짓이라도 하니까요. 그런데 그들은 함께 있을 때도 있고 떨어져 있을 때도 있었어요. 하나는 상원의원의 집이고 하나는 정부의 집이라고 했죠. 그렇지만 자기 집보다는 엄마 집에 있을 때가 더 많았죠. 그는 이미 엄마 없이는 잠시도 지낼 수 없게 되었어요. 정말 엄마는 현명하고 굳세었어요. 남자를 꽉 붙잡을 줄 알았죠. 몸과 마음을 온통 사로잡았으니까요. 하긴 남자들이란 어리석죠. 난 집에 돌아와서 그들을 주먹으로 다뤘죠. 다른 수단도 있었어요. 필요하다면 꾀나 술책, 주먹다짐도 동원할 수 있는 나는 무서운 놈이 없어요. 그런데 엄마가 병에 걸리자 그는 엄마를 뫼랑 근처, 숲속같이 넓은 정원 가운데 있는 큰 집으로 옮겼어요. 이것이 아까 말한 대로 어머니가 세상을 떠나기

올리브나무 숲

1년 반 전의 일이에요. 그때는 우리도 엄마의 임종이 가깝다는 것을 느꼈어요. 그는 파리에서 매일같이 찾아왔어요. 아주 슬퍼했어요. 정말 진심에서 우러나오는 슬픔이었어요.

그런데 어느 날 아침엔 둘이서 한 시간가량 무엇인가 수군거리더군요. 대체 무얼 저리 오래 중얼거리나 생각하려니까 나를 방 안으로 불렀어요. 그러더니 엄마는—이제 나는 얼마 안 있어 죽을 것이다. 그러니 백작은 반대하지만 너에게 알려줄 것이 있다(엄마는 그놈 이야기를 할 때는 언제나 백작이라고 불렀죠). 다른 게 아니라 아직 살아 있는 네 아버지 말이다—이렇게 말하더군요. 그때까지 수없이 물어보았는데도, 엄마는 언제나 아버지의 이름을 숨겨왔죠. 나는 언젠가 이걸 알아내고 말려고 엄마의 뺨을 몇 대 후려갈긴 적도 있었죠. 그래도 소용없었어요. 그다음엔 내가 하도 귀찮게 구니까 당신이 한 푼도 남기지 않고 죽어버렸다고 하더군요. 아무 보잘것없는 남자였다는 둥 소녀 시절의 실수였다는 둥 어떻게나 잘 둘러대던지 난 당신이 죽었다고 꼬빡 믿었죠.

그런데 엄마가 이렇게 말하지 않겠어요.

'네 아버지 말이다.'

안락의자에 앉아 있던 백작은, '안 돼, 안 돼, 로제트' 이렇게 세 번이나 '안 돼'를 뇌더군요.

엄마는 침대 위에 일어나 앉았어요. 난 지금도 그 광대뼈 근처가 빨갛고 눈만 빛나던 모습이 선하게 보이는 것 같아요. 엄마는 어쨌든 나를 사랑했어요. 그러더니 엄마는 백작을 향해 말했죠.

'그럼 이 애를 위해서 뭔가 해줘요, 필리프.'

엄마는 늘 백작을 필리프라고 부르고 나는 오귀스트라고 불렀죠.

백작은 미친 사람같이 소리쳤어요.

'저 불량배에게! 천만에! 저 악한, 저 전과자, 저 저······.'

그러고는 이런 이름을 죽을 때까지 찾을 듯이 계속하여 주워댔어요.

내가 벌컥 화를 내니까 엄마는 말을 못 하게 막고는 그를 향해 말했어요.

'그럼 이 애는 굶어 죽으란 말예요. 나는 아무것도 가진 것이 없으니.'

그는 서슴지 않고 이렇게 대답했죠.

'로제트, 지난 30년 동안 당신에게 해마다 3만5천 프랑씩 주지 않았소. 합치면 거의 백만 프랑이 넘는데, 이와 같이 내 덕분에 당신은 돈에 부자유를 느끼지 않고 사랑을 받으며 행복하게 살아오지 않았소. 나는 이런 불량배에게는 아무런 책임도 질 수 없소. 오히려 저놈은 요 몇 해 동안 우리의 생활을 망쳐놓았소. 나는 아무것도 줄 수 없소. 여러 말 하지 마오. 정 그렇다면 그 사람 이름을 알려주구려. 안됐지만 난 이런 일에는 간섭하지 않을 테니.'

그러자 엄마는 나를 향해 앉았어요.

나는 마음속으로 옳지 됐다, 정말 아버지를 찾게 되는구나, 그가 돈 많은 사람이라면 난 살았다, 이렇게 생각했죠.

엄마는 말을 계속했어요.

'네 아버지는 빌부아 남작이었는데 지금은 신부가 되어 툴롱 근처 가랑두의 사제로 있다. 저분 때문에 헤어지게 되었단다.'

그러고는 모든 것을 내게 이야기했어요. 하지만 임신에 대해서 당신을 속인 것만은 감쪽같이 숨겼군요. 하긴 여자란 결코 사실을 말하지 않는 법이니까, 그렇지 않아요?"

젊은이는 천연스럽게 속에 들어 있는 모든 비열함을 그대로 나타내면서 조소했다. 그는 계속해서 술을 마셨다. 그리고 역시 웃는 얼굴로 말을 계속했다.

"엄마는 이틀 후에 죽었죠. 우리는 묘지까지 따라갔어요. 그자와 나, 우습지 않아요? 그와 그리고 하인 셋뿐이었지요. 그자는 소같이 엉엉 울었죠. 우리는 나란히 서 있었어요. 누가 봤다면 아마 아버지와 아들이라고 했겠지……. 나 참!

그리고 둘이서 집으로 돌아왔죠. 나는 속으로 따져봤어요. 한 푼도 없이 쫓겨난다. 수중에 있는 돈이라고는 50프랑이 전부였어요. 어떻게 저놈에게 복수를 하나 생각해보았죠.

그러자 그가 내 팔을 찌르며 말했죠.

'할 말이 있다.'

나는 그의 서재로 따라갔어요. 그는 책상 앞에 앉더니 울음 섞인 목소리로 우물우물하더니 요전에 엄마 앞에서 말한 것처럼 무정하게 대하고 싶지는 않다고 말하더군요. 그는 나에게 제발 당신을 괴롭히지 말라고 부탁했어요. 하지만 이건 우리 문제죠. 그는 내게 천 프랑을 주더군요. 천 프랑……. 천 프랑을 가지고 대체 무얼 할 수 있겠어요. 나 같은 인간이 말이죠. 나는 서랍 속에 돈이 가득 들어 있는 것을 보았죠. 돈 뭉텅이를 보니까 놈을 한칼에 찔러 죽이고 싶은 생각이 들더군요. 나는 그가 내주는 돈을 받으려고 손을 내밀었죠. 그러나 돈을 받는 대신 그에게 달려들어 눈이 휙 돌아갈 때까지 목을 졸랐죠. 그가 거의 죽은 것 같기에 입을 틀어막고 결박을 지은 다음 옷을 벗기고, 그리고 하하하, 아주 후련하게 당신의 복수를 했죠."

필리프 오귀스트는 기쁨에 숨이 막혀 잔기침을 연달아 했다. 신부는 이 젊은이의 잔악하고 즐거운 빛을 띤 약간 말려 올라간 입술에서 옛날 자기의 정신을 잃게 했던 여인의 미소를 또다시 보았다.

"그래서? 그다음은?"

신부는 재촉했다.

"그러고는 하하하…… 난롯불을 피워두었거든요. 12월이었으니까……. 추위 때문에 엄마가 죽은 거였죠……. 시뻘건 석탄불이……. 난 부지깽이를 들어 시뻘겋게 달궈서 그의 잔등에 열십자를 북북 그어주었죠. 여덟인지 열인지 수는 알 수 없었지만……. 그러고는 다시 젖혀놓고 배에도 그 정도 그어주었죠. 재미있지요? 옛날에는 죄수를 이렇게 표시하지 않았어요. 그는 뱀장어같이 몸을 뒤틀더군요. 그러나 입을 틀어막았으니 소리는 지르지 못했죠. 나는 돈뭉치 열두 개, 내가 가지고 있던 것까지 합해서 열세 개를 움켜쥐고는 도망쳤죠. 하긴 이것도 결국 아무 신통한 일을 가져오진 못했죠. 나는 하인들에게 백작은 주무시니까 식사 시간까지 깨우지 말라고 했죠.

그는 상원의원이니 뒷소문이 무서워 아무 짓도 못하리라고 생각했던 것이 잘못이었어요. 나흘 후 파리 어떤 음식점에서 잡혔지요. 그래서 3년 동안 감옥살이를 했습니다. 이것이 좀 더 빨리 찾아오지 못한 이유랍니다."

그는 또 술을 들이켰다. 그는 알아들을 수 없이 빠른 소리로 말했다.

"이젠, 아빠, ……신부 아빠, 흥, 재미있는…… 신부 아버지를 두는 것도 괜찮은데…… 하하…… 아빠는 젊은 아들을 아주 귀여워해 주어야죠. 이놈이 보통이 아니니까요……. 그리고 그 늙은 놈에게 시원하게 복수를 하지 않았어요? 아주 후련하게…… 그놈을……."

옛날 자기를 속인 정부 앞에서 신부를 미치게 했던 그 분노가 다시 이 추잡한 놈의 얼굴 앞에서 솟아올랐다. 고백실의 신비 속에서 속삭인 수많은 죄악의 비밀을 신의 이름으로 용서해준 그가 지금 자기 자신의 이름으로는 인정도 용서도 받을 수 없음을 스스로 느꼈다. 그는 이제 자기를 위하여 저 구원과 자비의 신을 부르지 않았다. 그는 천상과 지상의 어떠한 도움도 이 세상에서 이러한 불행을 받은 자를 구하지는 못할 것임을 깨달았기 때문이다.

성직 생활을 통해 꺼져버렸던 그의 터질 듯한 성미와 성급한 기질의 불길이 자기 아들이라는 이 비참한 인물에 대하여 걷잡을 수 없는 분노로 폭발했다. 그것은 그가 자기를 닮았다는 사실과 비참한 인간을 자기와 닮게 낳아놓은 부끄러운 어미와도 같다는 사실 그리고 죄수의 발목에 쇳덩이를 매달듯이 이 무뢰한 아들을 아버지의 발목에 매단 악착스러운 운명에 대한 참을 수 없는 분노의 불길이었다.

그는 갑자기 선명하게 모든 것을 알게 되었고 미래를 내다볼 수 있었다. 이 충격은 그로 하여금 25년 동안의 꿈과 태평에서 깨어나게 했다.

그는 이 못된 자식을 다루기 위해서는 억세게 나와야 하고 한번에 겁을 집어먹게 만들어야 한다는 것을 즉석에서 깨달았다. 그는 분노에 이를 꽉 물고 벌써 상대방이 취해 있다는 사실에는 상관하지 않고 명령을 내렸다.

"자, 네 이야기가 끝났으니 이제 내 말을 들어라. 너는 내일 아침 이곳을 떠난다. 내가 지정하는 곳에서 살아야 하고 내 허락 없이는 그곳에서 한 발짝도 떠나지 못한다. 생활비는 내가 치러줄 테다. 하지만 얼마 되지 않는다. 나는 돈이 없으니까. 단 한 번이라도 내 명을 거역하면 그것으로 끝나는 것이다. 그리고 재미없는 일이 벌어질 거다."

술에 머리가 혼란했으나 필리프 오귀스트는 이것이 위협이라는 것을 알았다. 그의 속에 숨어 있는 범죄자가 삽사기 튀어나왔다. 그는 딸국질을 하며 말을 내뱉었다.

"그만둬요. 그런 법을 나한테 써서는 안 돼요……. 신부님이라고요……. 내 손에 들어왔으면…… 딴 놈들이나 다름없이 순순히 들어야죠……. 딴 놈들처럼……."

신부는 벌떡 일어섰다. 그는 늙었으나 힘센 건장한 팔로 그놈을 붙잡아 나뭇가지 꺾듯이 항복을 받고 싶은 참을 수 없는 충동을 느꼈다.

신부는 식탁을 흔들어 그의 가슴 앞으로 떼밀며 소리쳤다.

"조심하지 못해……. 조심하지 못해! 나도 무서운 놈이 없다."

술에 취한 젊은이는 몸의 중심을 잃고 의자 위에서 비틀거렸다.

올리브나무 숲

그는 자기가 쓰러질 것 같다는 사실과 신부에게 대항할 수 없음을 느끼자 암살자의 눈초리로 손을 내밀어 식탁 위에 있는 칼 하나를 집으려고 했다. 이것을 본 신부는 식탁을 힘껏 떠다밀었다. 젊은이는 쓰러지며 방바닥 위에 쓰러졌다. 이어 램프가 굴러 떨어지며 불이 꺼졌다.

잠시 동안 어둠 속에서는 유리잔 부딪치는 소리가 울렸다. 그러고는 방바닥 위에 꿈틀거리는 몸뚱이가 기어 다니는 듯한 소리가 나더니 이윽고 잠잠해졌다.

램프가 깨지자 갑자기 어둠이 두 사람 위에 덮였다. 너무나 급작스럽게, 너무나 뜻밖에, 너무나 캄캄한 어둠이 닥쳐왔으므로 두 사람은 무서운 일을 당한 사람들처럼 질겁하여 놀랐다. 주정뱅이는 벽에 몸을 기대고 웅크려 앉은 채 움직이지를 않았다. 신부는 노기를 진정시켜주는 어둠 속에 묻혀 의자 위에 가만히 앉아 있었다. 그에게 덮인 이 검은 장막은 그의 분노를 억누르며 마음속에 솟구쳐 오르는 성급한 충동을 막아주었다. 그리하여 이런 감정과는 다른 어둠과 같이 캄캄하고 비통한 감정이 그의 마음속에 스며들었다.

침묵이 왔다. 닫힌 무덤과 같이 깊고 생명이 존재할 수 없는 침묵이었다. 밖에서도 전혀 소리가 나지 않았다. 멀리에서 들려오는 마차, 바람 소리도 없고, 개 짖는 소리도 들리지 않았으며 나뭇가지나 벽을 스치고 지나가는 바람 소리의 속삭임조차 없었다.

침묵은 참으로 긴 동안, 아마도 한 시간가량이나 계속되었다. 그러나 갑자기 동라가 울렸다. 단 한 번 무겁고 빠르고 힘 있게 때린 소리였다. 그리고는 무엇이 떨어지는 소리와 의자가 넘어지는 이상한 소리가 크게 들렸다.

대기하던 마르그리트가 달려왔다. 그러나 하녀는 문을 열자 지척을 분간할 수 없는 어둠에 놀라 주춤 뒤로 물러섰다. 몸이 떨리고 가슴이 뛰어 헐떡이는 낮은 목소리로 불러보았다.

"신부님! 신부님!"

아무런 대답도 기척도 없었다.

"어떡하면 좋아. 어떡하면 좋아. 어찌 된 일일까?"

하녀는 혼자 중얼거렸다.

그녀는 앞으로 나갈 용기도 불을 가지러 돌아갈 힘도 없었다. 미칠 듯한 욕망, 달아나고 싶은 욕망, 소리치고 싶은 욕망이 그녀를 사로잡았다. 그러나 그녀의 떨리는 다리는 힘이 쭉 빠져 이제라도 그 자리에 쓰러질 것 같았다. 그녀는 다시 불러보았다.

"신부님, 신부님, 마르그리트입니다."

그러나 갑자기 무서움에도 불구하고 주인을 구하겠다는 본능적인 욕구가 그리고 때로 여자를 영웅적으로 만드는 용맹심이 그녀의 마음을 무서운 담력으로 가득 채웠다. 그녀는 부엌으로 달려가서 곧 등불을 들고 왔다.

그녀는 방 문턱에서 멈춰 섰다. 먼저 부랑자의 몸뚱이가 보였다. 벽 옆에 길게 누워 자고 있거나 아니면 자는 척하는 것처럼 보였다. 다음에는 깨진 램프가 보였고 식탁 밑에 빌부아 신부의 검은 양말을 신은 두 다리가 보였다. 그가 뒤로 넘어지며 머리를 동라에 부딪친 것이 틀림없었다.

그녀는 무서움으로 가슴이 두근거려 두 손을 부들부들 떨면서 중얼거렸다.

"어떡하면 좋아, 어떡하면 좋아, 어찌 된 일일까?"

그녀는 조심조심 천천히 걸어 나가다가 무엇인가 기름과 같은 것에 미끄러져 넘어질 뻔했다.

그녀는 몸을 굽혀 내려다보았다. 붉은 방바닥에 역시 붉은 액체가 흘렀다. 그것은 발밑에서 사방으로 퍼져 문 쪽을 향해 줄줄 흘렀다. 그녀는 그것이 피라는 것을 알아보았다.

그녀는 미친 듯이 도망쳤다. 그녀는 아무것도 보지 않으려고 등불을 내동댕이쳤다. 그녀는 집 밖으로 뛰어나오자 마을을 향해 줄달음질쳤다. 나무에 부딪치며 멀리 보이는 불만을 보고 고함을 지르며 뛰었다.

그녀의 날카로운 음성은 밤하늘에 불길한 올빼미 울음소리같이 울렸다. 그녀는 쉬지 않고 소리쳤다.

"불한당이야……. 불한당…… 불한당……."

그녀가 마을의 맨 첫째 집에 이르렀을 때 깜짝 놀라서 뛰어나온 사람들이 그 여자를 둘러쌌다. 그러나 그녀는 물어보는 말에 대답도 못하고 손짓 발짓만 했다. 그녀는 제정신이 아니었다.

그러나 마침내 무슨 심상치 않은 일이 신부의 별장에서 일어났음을 알아채고 일동은 무기를 들고 신부를 구하러 갔다.

올리브 숲 가운데 있는 장밋빛 작은 집은 소리 없이 캄캄한 어둠 속에 싸여 보이지도 않았다. 불빛이 있던 단 하나의 창문이 눈을 감은 듯 꺼진 이후 집은 어둠 속에 잠기고 암흑 가운데 숨어 이곳을 아는 사람 이외에는 찾아낼 수가 없었다.

얼마 후 몇 개의 등불이 땅 뒤를 기는 듯이 나무 사이를 뚫고 이 집을 향하여 달려갔다. 풀밭 위로 노란 불 그림자가 움직이며 지나갔다. 이 움직이는 불빛 아래 올리브나무의 뒤틀린 줄기들은 때때로 괴물과 같이 서로 엉키고 뒤틀어진 지옥의 뱀과 같이 보였다. 멀리 비치는 등불빛에 갑자기 희끄무레하게 어둠 속에서 나타나는 것이 있었다. 그러더니 얼마 지나지 않아 작은 집의 낮고 네모난 장밋빛 담벽이 등불 앞에 나타났다. 네다섯 명의 농부가 등을 들고, 권총을 든 두 사람의 헌병과 산림 간수, 촌장 그리고 마르그리트 일행이 길을 인도했다.

정신을 잃은 마르그리트를 남자 둘이 양쪽에서 부축해주었다.

무시무시한 바람이 도는 문 앞에서 일동은 잠시 주저했다. 헌병 인솔자가 큰 등불을 들고 문 안으로 들어서자 다른 사람들도 뒤따라 들어왔다.

하녀의 말이 사실이었다. 피가 엉겨 방바닥에 마치 카펫을 깐 것 같았다. 피는 부랑자가 누운 곳까지 흘러가서 그의 한쪽 다리와 한쪽 팔이 피에 젖었다.

아버지와 아들은 자고 있었다. 하나는 목덜미를 베여 영원한 잠이 들었고, 또 한 사람은 취한 채 잠이 들었다. 헌병 두 사람은 술 취한 남자에게 달려들어 잠이 깨기 전에 수갑을 채웠다. 그는 눈을 비비며 깨어났으나 영문을 알지 못했다. 술이 아직도 깨지 않아 멍하니 앉아 있었다. 신부의 시체를 보자 그는 깜짝 놀랐다. 어찌 된 일인지 전혀 알 수 없는 모양이었다.

"어째서 내빼지 않았을까?"

촌장이 이렇게 말했다.

"너무 취했기 때문이죠."

헌병 인솔자가 이렇게 대답했다.

모두 같은 의견이었다. 그들 중 빌부아 신부가 자결했을지도 모른다고 생각하는 사람은 없었으니까.

작품 해설

19세기가 낳은 자연주의 작가들에 의해 오늘날 볼 수 있는 것과 같은 단편 소설의 형식이 완성되었다는 것은 일반적인 견해이다. 이 자연주의 작가들 중 탁월한 단편 작가들이 많으나, 우선 작품의 양에 있어서 으뜸갈 뿐 아니라 작품의 수준과 기법에 있어서도 가장 뛰어난 단편 작가로 첫손 꼽히는 것이 기 드 모파상이다. 모파상은 세계 단편 문학 사상 러시아의 안톤 체호프와 더불어 쌍벽을 이루는 작가다.

모파상은 1850년 프랑스 노르망디 지방 디에프 근처의 소읍 에트르타의 미로메닐(Miromesnil)성에서 출생했다. 남편과 사이가 원만하지 못했던 그의 어머니는 아이들에게 마음을 쏟고 살았으므로 그는 남다른 자애 속에서 '굴레 벗은 망아지' 같은 행복한 어린 시절을 보냈다. 그리하여 노르망디 지방의 풍토와 생활 풍습은 그에게 크나큰 영향을 끼쳤으며, 훗날 그의 작품 세계를 이루는 중요한 소재가 되었다.

노르망디 지방은 프랑스에서 가장 토지가 비옥한 곳으로 농촌이면서 바다에 면해 있는 양면성을 지니고 있다. 그리하여 르네 뒤메닐은 모파상의 작가로서의 풍부한 소질을 노르망디의 비옥한 풍토와 연관짓고 있으며, 모파상이 어린 시절부터 초인적인 힘에 대한 매력을 느끼면서도 신(神)에 귀의하지 못하고 깊은 염세주의에 빠진 심적 갈등의 원인을 노르망디의 농촌과 어촌을 겸한 양면성에서 찾는다.

이브토의 신학교에서 합리주의적인 사고방식 때문에 쫓겨난 그는 루앙에서 중학교 공부를 마치고 그 무렵 서신 왕래를 하던 시인 루이 부이에의 격려로 시작(詩作)에 손을 댔다.

1870년 보불전쟁이 일어나자 그는 지원병으로 근위대에 들어갔으며 그때의 전쟁 경험은 많은 작품의 소재가 되었다. 다음해인 1871년 전장에서 돌아온 그는 먹고살기 위하여 해군성과 문부성에서 하급 관리 생활을 했으며, 이때의 궁핍한 생활을 통해 파리 서민층의 생활상을 직접 체험하고 목격할 수가 있었다. 건강하고 힘이 센 그는 한때 센강에서 사공 노릇도 했으며 강변의 술집에도 자주 출입했다. 그러면서 1871년부터 1880년까지 그는 앞으로의 생애를 준비했는데, 이 동안 그는 〈벽(*Le Mur*)〉, 〈강변에서(*Au Bord de L'eau*)〉 등의 시를 발표하는 한편 어머니와 어린 시절부터 친했던 플로베르의 지도하에 현실을 관찰하는 새로운 눈을 키웠으며 문체의 훈련을 쌓았다.

1880년 그는 에밀 졸라를 중심으로 한 자연주의 작가군이 발간한 문학 작품집 《메당의 야회(*Les Soirées de Médan*)》에 저 유명한 〈비곗덩어리(*Boule de Suif*)〉를 발표, 일약 유명해졌다. 이것을 출발점으로 그는 1891년 정신병으로 요양소에서 감금 생활을 하게 되기까지 10년 동안 3백여 편의 단편과 여섯 편의 장편 소설―《여자의 일생(*Une Vie*)》, 《벨아미(*Bel-Ami*)》, 《오리올 산(*Mont Oriol*)》, 《피에르와 장(*Pierre et Jean*)》, 《죽음처럼 강한 것(*Fort Comme la Mort*)》, 《우리의 마음(*Notre Cœur*)》을 써냈으니, 그의 체력과 정력 그리고 문학적 재질과 상상력이 어떠했는지는 짐작이 가고도 남을 것이다. 그러나 호사다마라 할까, 일찍부터 지니고 있던 신경통이 점점 악화되어 1884년부터는 고통이 극도에 달했으며 정신적 장애마저 받아 환각에 사로잡히는 때도 있었다.

1891년 그는 의사로부터 정신이상이라는 진단을 받고 난 후 자살을 기도했다가 실패하자 강제로 요양소에 연금당했다. 이후 끝내 회복되지 못한 채 1893년 7월 6일 "어둡다, 아아 어둡다!"라고 부르짖으며 43세의 젊은 나이로 세상을 떠나고 말았다.

모파상은 작가 생활 10년 동안 3백여 편의 단편과 여섯 편의 장편 소설 그리고 시, 희곡 등을 썼으니, 실로 엄청난 다작(多作)이었다. 그러면서도 대부분이 주옥같은 작품들임은 더욱 경이적인 일이다. 이것은 그 자신이 《피에르와 장》의 서문에서 밝혔듯이 "재능이란 긴 인내 이외에 아무것도 아니다. 탐구하라"는 스승 플로베르의 엄격한 지도를 받으며 작가 수업을 한 데 그 원인이 있다고 말할 수 있으리라.

그는 "이 세상 어디에도 완전히 똑같은 두 알의 모래가 없고, 두 마리의 파리가 없으며, 같은 두 개의 손, 두 개의 코도 있을 수 없다는 진리를 내세우고 나서 나에게 어떤 인물이나 어떤 사물을 몇 줄의 문장으로 묘사해보도록, 그리하여 같은 종족, 같은 종류의 모든 인물이나 사물과 구별되도록, 그리하여 그 특징을 정확히 그려보도록 강요했다"는 스승 플로베르의 가르침을 토대로 다음과 같은 자기 자신의 이론을 전개한다.

"재능은 긴 인내이다―우리가 표현하고자 하는 것이 무엇이든 간에 오랫동안 주의깊게 생각하여 그 가운데에서 일찍이 아무도 보지 못한 점, 아무도 표현하지 못한 점을 발견하지 않으면 안 된다. 어떠한 것이든지 아직까지 탐색되지 않은 면이 있는 법이다. 왜냐하면 우리는 우리가 보는 물건에 대하여 우리 이전 사람들이 생각했던 바를 회고하면서만 눈을 돌리는 데 익숙해졌기 때문이다. 극히 사소한 물건에도 무엇인가 아직 알려지지 않은 점이 있는 법이다. 이것을 찾아내도록 하자. 이글이글 타는 불이나 벌판의 나무 하나를 묘사하기 위해서도 우리는 그 불이나 그 나무에 얼굴을 마주 대고 서서 마침내 그 불과 그 나무가 다른 어떤 불이나 나무와도 전연 같지 않음을 깨달을 때까지 있어야 한다. 이렇게 하는 것이 독창적이 되는 길이다."

"우리는 하려는 이야기가 무엇이든 간에 그것을 표현하는 데는 단 하나의 언어밖에 없고, 그 움직임을 보이는 데는 단 하나의 동사밖에 없고, 그것을 수식하는 데는 단 하나의 형용사밖에 없다. 따라서 우리는 마침내 단 하나의 그 낱말, 그 동사, 그 형용사를 발견할 때까지 찾아내야 한다. 그리고 어려움을 피하려고 비슷한 것으로 만족하거나 잔꾀를 쓰거나 혹은 말의 요술을 부리거나 해서는 안 된다."

모파상은 이렇듯 엄격한 창작 태도로 지극히 평범하고 진부한 일상생활 속으로 파고들어, 비참과 무지에 찬 인생의 진상을 정확히 포착, 간결한 문체로 더욱 진실하고 생생하게 제시한다. 그리하여 그의 작품 소재는 대부분 평범한 서민 생활에서 얻어진 것으로 남자들 세계의 토막 이야기, 시골 사람들에게서 찾아볼 수 있는 어처구니없는 일들, 파리 소시민들의 가지가지 일상사 속에 숨겨진 인생의 진상, 사냥 이야기, 전쟁을 둘러싸고 벌어지는 삶의 비극적 단편 같은 것들로 이루어져 있다. 그러면서도 그의 단편들이 독자의 흥미를 끄는 것은 평범한 사건들이 적절한 표현과 극적인 구성을 통해 현실 자체보다도 더 함축적이고 실감나는 진실로 표현되기 때문이다. 그는 산더미 같은 재료를 멀리 놓고 가장 특색 있는 모습들을 골라서 감탄할 만큼 간결하고 압축된 문체로 '삶의 색조와 음향과 동작'을 표현함으로써 프랑스 문학의 영역 안에 '소재의 선택과 풍부한 표현의 진리'라는 또 하나의 새로운 전통을 세워놓았다.

3백여 편의 단편 중에서 모파상 문학의 전모를 보여줄 만한 몇 개의 작품을 고른다는 것은 실로 어려운 일이다. 그러나 그의 그처럼 많은 단편들은,

① 노르망디 시골 사람들의 생활 속에서 소재를 취한 작품들

② 파리 소시민의 생활 속에서 소재를 취한 작품들

③ 전쟁으로 인한 비참상을 소재로 한 작품들

④ 여성의 애정 문제를 주제로 한 작품들

⑤ 사냥 이야기를 소재로 한 작품들

⑥ 환상의 세계를 다룬 작품들

등 몇 개의 그룹으로 나누어볼 수 있는데, 여기에 추려본 작품들은 그런 그룹을 대표할 만한 작품들로서 모파상을 읽으려는 독자에게 우선 권해보고 싶은 작품들이다.

〈귀향〉, 〈쥘르 삼촌〉, 〈노끈 한 오라기〉, 〈걸인〉은 노르망디 시골 사람들의 단순한 생활 속에서 벌어지는 어처구니없는 이야기들이며, 〈의자 고치는 여인〉, 〈어느 여인의 고백〉, 〈달빛〉, 〈여로〉, 〈첫눈〉, 〈고아〉는 여성의 애정 문제를 주제로 한 작품들이다. 〈두 친구〉, 〈불구자〉, 〈미친 여자〉는 전쟁으로 인해 빚어지는 비참한 인생의 단면을 보여주는 작품들이며, 〈보석〉, 〈목걸이〉, 〈승마〉, 〈미뉴에트〉는 파리의 소시민의 생활을 소재로 한 작품들이다.

〈산장〉은 눈에 파묻힌 알프스 고지의 고독 속에서 하나의 인간이 몸부림치다가 정신이상의 상태에 빠지는 과정을 생생하게 묘사한, 환상의 세계를 다룬 작품으로, 이 작품을 발표하고 5년 후에 작가 자신이 정신이상에 걸리고 말았으니, 작가의 운명을 예시한 작품이라고 할 수 있겠다.

〈올리브나무 숲〉은 말년에 쓴 것으로 작가의 고향인 노르망디의 생활과 작가의 활동 무대였던 파리 생활이 결합, 조화된 작품이다.

부정한 아내와 패륜의 아들 사이에 끼어 비극적인 숙명을 감수한 한 남성의 고뇌를 그린 걸작이다.

   이와 같이 다양한 모파상의 세계를 한마디로 요약한다면, 모파상은 빛을 받는 면에 따라 가지각색의 영롱한 빛을 발하는 보석, 어두운 인생의 이면을 다양하게 표현하는 찬란한 보석이라고 말할 수 있을 것 같다.

옮긴이

기 드 모파상 연보

1850년   프랑스 노르망디의 소도시에서 하급 귀족 아버지와 부유한 부르주아 가문의 딸인 어머니 사이에서 태어났다.

1860년   부모님이 이혼한 후 어머니와 함께 살았다. 셰익스피어 등 고전 문학에 조예가 깊은 어머니에게 문학적 가르침을 받았다.

1868년   어머니와 외삼촌의 절친한 친구인 귀스타브 플로베르를 만났다. 플로베르는 모파상에게 평생의 스승이 되어주었다.

1870년   파리에서 법학 공부를 시작하려 했으나 프로이센-프랑스 전쟁으로 그러지 못했다. 프랑스군에 자원입대했고, 이때의 경험은 그의 여러 작품에 반영되었다.

1878년   플로베르의 지도하에 본격적인 작가 생활을 시작했다. 그

	의 집에서 에밀 졸라를 비롯한 여러 문인과 교류하며 다양한 매체에 작품을 기고했다.
1880년	모파상이 주도해 여섯 명의 젊은 작가가 프로이센-프랑스 전쟁을 취재한 단편집을 주관해 출간했다. 여기에 실린 〈비곗덩어리〉가 좋은 반응을 얻었다. 스승 플로베르가 사망해 큰 충격을 받았다.
1883년	몇 년의 집필 기간을 거친 첫 장편《여자의 일생》을 발표했다. 대중적으로 큰 호응을 얻었을 뿐 아니라 톨스토이 등에게 호평받아 국제적인 명성을 얻었다. 몇 편의 단편집을 추가로 냈다.
1885년	장편《벨아미》를 연재하기 시작했다. 이 역시 큰 성공을 거두었다. 〈목걸이〉가 포함된 단편집을 출간했다.
1887년	이전부터 시달리던 편두통과 눈병이 극심해졌다. 장편《피에르와 장》을 발표했다.
1891년	건강 악화 및 환각과 과대망상으로 요양을 시작했다.
1892년	자살을 시도했으나 실패했고 정신병원으로 이송되었다.
1893년	43세의 젊은 나이로 생을 마감했다.

옮긴이 **김동현**
서울대학교 문리대 불문과 및 동 대학원을 졸업하고, 프랑스 브장송대학에서 수학했다. 경희대·서울대 강사를 거쳐 아주대학교 불어불문학과 교수로 재직하면서 인문대 학장을 지내고, 한국불어불문학회 이사와 회장을 역임했다. 저서로 《프랑스문학연구논집》,《新佛語小辭典》,《現代佛文法研究》,《佛語學辭典》,《응용불문법》 등이 있고, 번역서로 앙드레 모로아 《藝術의 理解》, 앙또닌 마리예 《펠라지여, 사랑의 손수레여》, 마르땡 그레이 《인간의 이름으로, 자유의 이름으로》 등이 있다.

옮긴이 **김사행**
서울대학교 문리대 불문과를 졸업하고 시인으로 활동하고 있다. 저서로는 시집 《화려한 꿈》 등이 있고, 번역서로는 《알퐁스 도데 단편선》,《모파상 단편선》, 뒤마 피스《춘희》 등이 있다.

모파상 단편선

1판 1쇄 발행 1969년 2월 10일
4판 1쇄 발행 2025년 5월 23일

지은이 기 드 모파상 | **옮긴이** 김동현·김사행
펴낸곳 (주)문예출판사 | **펴낸이** 전준배
출판등록 2004. 02. 11. 제 2013-000357호 (1966. 12. 2. 제 1-134호)
주소 04001 서울시 마포구 월드컵북로 21
전화 02-393-5681 | **팩스** 02-393-5685
홈페이지 www.moonye.com | **블로그** blog.naver.com/imoonye
페이스북 www.facebook.com/moonyepublishing | **이메일** info@moonye.com

ISBN 978-89-310-2503-3 04800
ISBN 978-89-310-2365-7 (세트)

• 잘못 만든 책은 구입하신 서점에서 바꿔드립니다.

문예출판사® 상표등록 제 40-0833187호, 제 41-0200044호

■ 문예세계문학선

★ 서울대, 연세대, 고려대 필독 권장 도서 ▲ 미국대학위원회 추천 도서
● 《타임》 선정 현대 100대 영문 소설 ▽ 《뉴스위크》 선정 세계 100대 명저

1 젊은 베르테르의 슬픔 괴테 / 송영택 옮김
▲▽ 2 멋진 신세계 올더스 헉슬리 / 이덕형 옮김
●▽ 3 호밀밭의 파수꾼 J. D. 샐린저 / 이덕형 옮김
4 데미안 헤르만 헤세 / 구기성 옮김
5 생의 한가운데 루이제 린저 / 전혜린 옮김
6 대지 펄 S. 벅 / 안정효 옮김
●▽ 7 1984 조지 오웰 / 김승욱 옮김
●▽ 8 위대한 개츠비 F. 스콧 피츠제럴드 / 송무 옮김
●▽ 9 파리대왕 윌리엄 골딩 / 이덕형 옮김
10 삼십세 잉게보르크 바흐만 / 차경아 옮김
★▲ 11 오이디푸스왕 · 안티고네
소포클레스 · 아이스킬로스 / 천병희 옮김
★▲ 12 주홍글씨 너새니얼 호손 / 조승국 옮김
●▽ 13 동물농장 조지 오웰 / 김승욱 옮김
★ 14 마음 나쓰메 소세키 / 오유리 옮김
★ 15 아Q정전 · 광인일기 루쉰 / 정석원 옮김
16 개선문 레마르크 / 송영택 옮김
★ 17 구토 장 폴 사르트르 / 방곤 옮김
18 노인과 바다 어니스트 헤밍웨이 / 이경식 옮김
19 좁은 문 앙드레 지드 / 오현우 옮김
★▲ 20 변신 · 시골 의사 프란츠 카프카 / 이덕형 옮김
★▲ 21 이방인 알베르 카뮈 / 이휘영 옮김
22 지하생활자의 수기 도스토옙스키 / 이동현 옮김
★ 23 설국 가와바타 야스나리 / 장경룡 옮김
★▲ 24 이반 데니소비치의 하루
A. 솔제니친 / 이동현 옮김
25 더블린 사람들 제임스 조이스 / 김병철 옮김
★ 26 여자의 일생 기 드 모파상 / 신인영 옮김
27 달과 6펜스 서머싯 몸 / 안흥규 옮김
28 지옥 앙리 바르뷔스 / 오현우 옮김
★▲ 29 젊은 예술가의 초상 제임스 조이스 / 여석기 옮김
▲ 30 검은 고양이 애드거 앨런 포 / 김기철 옮김
★ 31 도련님 나쓰메 소세키 / 오유리 옮김
32 우리 시대의 아이 외된 폰 호르바트 / 조경수 옮김
33 잃어버린 지평선 제임스 힐턴 / 이경식 옮김

34 지상의 양식 앙드레 지드 / 김봉구 옮김
35 체호프 단편선 안톤 체호프 / 김학수 옮김
36 인간 실격 다자이 오사무 / 오유리 옮김
37 위기의 여자 시몬 드 보부아르 / 손장순 옮김
●▽ 38 댈러웨이 부인 버지니아 울프 / 나영균 옮김
39 인간희극 윌리엄 사로얀 / 안정효 옮김
40 오 헨리 단편선 O. 헨리 / 이성호 옮김
★ 41 말테의 수기 R. M. 릴케 / 박환덕 옮김
42 파비안 에리히 케스트너 / 전혜린 옮김
★▲▽ 43 햄릿 윌리엄 셰익스피어 / 여석기 옮김
44 바라바 페르 라게르크비스트 / 한영환 옮김
45 토니오 크뢰거 토마스 만 / 강두식 옮김
46 첫사랑 이반 투르게네프 / 김학수 옮김
47 제3의 사나이 그레이엄 그린 / 안흥규 옮김
★▲▽ 48 어둠의 속 조셉 콘래드 / 이덕형 옮김
49 싯다르타 헤르만 헤세 / 차경아 옮김
50 모파상 단편선 기 드 모파상 / 김동현 · 김사행 옮김
51 찰스 램 수필선 찰스 램 / 김기철 옮김
★▲▽ 52 보바리 부인 귀스타브 플로베르 / 민희식 옮김
53 페터 카멘친트 헤르만 헤세 / 박종서 옮김
★ 54 몽테뉴 수상록 몽테뉴 / 손우성 옮김
55 알퐁스 도데 단편선 알퐁스 도데 / 김사행 옮김
56 베이컨 수필집 프랜시스 베이컨 / 김길중 옮김
★▲ 57 인형의 집 헨리크 입센 / 안동민 옮김
★ 58 소송 프란츠 카프카 / 김현성 옮김
★▲ 59 테스 토마스 하디 / 이종구 옮김
★▽ 60 리어왕 윌리엄 셰익스피어 / 이종구 옮김
61 라쇼몽 아쿠타가와 류노스케 / 김영식 옮김
▲▽ 62 프랑켄슈타인 메리 셸리 / 임종기 옮김
▲●▽ 63 등대로 버지니아 울프 / 이숙자 옮김
64 명상록 마르쿠스 아우렐리우스 / 이덕형 옮김
65 가든 파티 캐서린 맨스필드 / 이덕형 옮김
66 투명인간 H. G. 웰스 / 임종기 옮김
67 게르트루트 헤르만 헤세 / 송영택 옮김
68 피가로의 결혼 보마르셰 / 민희식 옮김

(뒷면 계속)

- ★ 69 팡세 블레즈 파스칼 / 하동훈 옮김
- 70 한국 단편 소설선 김동인 외
- 71 지킬 박사와 하이드 로버트 L. 스티븐슨 / 김세미 옮김
- ▲ 72 밤으로의 긴 여로 유진 오닐 / 박윤정 옮김
- ★▲▽ 73 허클베리 핀의 모험 마크 트웨인 / 이덕형 옮김
- 74 이선 프롬 이디스 워튼 / 손영미 옮김
- 75 크리스마스 캐럴 찰스 디킨스 / 김세미 옮김
- ★▲ 76 파우스트 요한 볼프강 폰 괴테 / 정경석 옮김
- ▲ 77 야성의 부름 잭 런던 / 임종기 옮김
- ★▲ 78 고도를 기다리며 사뮈엘 베케트 / 홍복유 옮김
- ★▲▽ 79 걸리버 여행기 조너선 스위프트 / 박용수 옮김
- 80 톰 소여의 모험 마크 트웨인 / 이덕형 옮김
- ★▲▽ 81 오만과 편견 제인 오스틴 / 박용수 옮김
- ★▽ 82 오셀로·템페스트 윌리엄 셰익스피어 / 오화섭 옮김
- ★ 83 맥베스 윌리엄 셰익스피어 / 이종구 옮김
- ▽ 84 순수의 시대 이디스 워튼 / 이미선 옮김
- ★ 85 차라투스트라는 이렇게 말했다 니체 / 황문수 옮김
- ★ 86 그리스 로마 신화 에디스 해밀턴 / 장왕록 옮김
- 87 모로 박사의 섬 H. G. 웰스 / 한동훈 옮김
- 88 유토피아 토머스 모어 / 김남우 옮김
- ★▲ 89 로빈슨 크루소 대니얼 디포 / 이덕형 옮김
- 90 자기만의 방 버지니아 울프 / 정윤조 옮김
- ▲ 91 월든 헨리 D. 소로 / 이덕형 옮김
- 92 나는 고양이로소이다 나쓰메 소세키 / 김영식 옮김
- ★ 93 폭풍의 언덕 에밀리 브론테 / 이덕형 옮김
- ★▲ 94 스완네 쪽으로 마르셀 프루스트 / 김인환 옮김
- ★ 95 이솝 우화 이솝 / 이덕형 옮김
- ★ 96 페스트 알베르 카뮈 / 이휘영 옮김
- ▲ 97 도리언 그레이의 초상 오스카 와일드 / 임종기 옮김
- 98 기러기 모리 오가이 / 김영식 옮김
- ★▲ 99 제인 에어 1 샬럿 브론테 / 이덕형 옮김
- ★▲ 100 제인 에어 2 샬럿 브론테 / 이덕형 옮김
- 101 방황 루쉰 / 정석원 옮김
- 102 타임머신 H. G. 웰스 / 임종기 옮김
- ● 103 보이지 않는 인간 1 랠프 엘리슨 / 송무 옮김
- ● 104 보이지 않는 인간 2 랠프 엘리슨 / 송무 옮김
- ▲ 105 훌륭한 군인 포드 매덕스 포드 / 손영미 옮김
- 106 수레바퀴 아래서 헤르만 헤세 / 송영택 옮김
- ▲ 107 죄와 벌 1 표도르 도스토옙스키 / 김학수 옮김
- ▲ 108 죄와 벌 2 표도르 도스토옙스키 / 김학수 옮김
- 109 밤의 노예 미셸 오스트 / 이재형 옮김
- 110 바다여 바다여 1 아이리스 머독 / 안정효 옮김
- 111 바다여 바다여 2 아이리스 머독 / 안정효 옮김
- 112 부활 1 레프 톨스토이 / 김학수 옮김
- 113 부활 2 레프 톨스토이 / 김학수 옮김
- ▲● 114 그들의 눈은 신을 보고 있었다 조라 닐 허스턴 / 이미선 옮김
- 115 약속 프리드리히 뒤렌마트 / 차경아 옮김
- 116 제니의 초상 로버트 네이선 / 이덕희 옮김
- 117 트로일러스와 크리세이드 제프리 초서 / 김영남 옮김
- 118 사람은 무엇으로 사는가 레프 톨스토이 / 이순영 옮김
- 119 전락 알베르 카뮈 / 이휘영 옮김
- 120 독일인의 사랑 막스 뮐러 / 차경아 옮김
- 121 릴케 단편선 R. M. 릴케 / 송영택 옮김
- 122 이반 일리치의 죽음 레프 톨스토이 / 이순영 옮김
- 123 판사와 형리 F. 뒤렌마트 / 차경아 옮김
- 124 보트 위의 세 남자 제롬 K. 제롬 / 김이선 옮김
- 125 자전거를 탄 세 남자 제롬 K. 제롬 / 김이선 옮김
- 126 사랑하는 하느님 이야기 R. M. 릴케 / 송영택 옮김
- 127 그리스인 조르바 니코스 카잔차키스 / 이재형 옮김
- 128 여자 없는 남자들 어니스트 헤밍웨이 / 이종인 옮김
- 129 사양 다자이 오사무 / 오유리 옮김
- 130 슌킨 이야기 다니자키 준이치로 / 김영식 옮김
- 131 실종자 프란츠 카프카 / 송경은 옮김
- 132 시지프 신화 알베르 카뮈 / 이가림 옮김
- 133 장미의 기적 장 주네 / 박형섭 옮김
- 134 진주 존 스타인벡 / 김승욱 옮김
- 135 황야의 이리 헤르만 헤세 / 장혜경 옮김